Andreas H. Apelt

Ende einer Reise

Andreas H. Apelt

Ende einer Reise

Hiddensee-Roman

mitteldeutscherverlag

Für C. P.

Jemand mußte Josef K. verleumdet haben,
denn ohne daß er etwas Böses getan hätte,
wurde er eines Morgens verhaftet.

Franz Kafka, »Der Prozeß«

1

Vitte, Hiddensee. Endstation. Aus dem Dampfer, der von Stralsund aus die Insel anlief, quoll ein bunter Menschenbrei an Land. Eine leichte Brise, erfüllt vom Rauschen der Brandung, trug das Stimmengewirr heller und tiefer Töne, ein lautes Staunen, aufgeregte Rufe und Kinderlachen auf die Insel, wo es nicht lange blieb, denn der Wind drehte sich und nahm alle Laute und Töne wieder mit hinaus aufs offene Meer.

Die Möwen blieben und kreisten im Tiefflug über uns gut drei Dutzend Neuankömmlinge aller Altersgruppen, die mit Koffern, Taschen und Kisten bepackt in den Ort strömten. Hier und dort flogen Brotstücke in den hellblauen Himmel, die, geschickt gefangen, in den Schnäbeln der Tiere verschwanden.

Die Sonne stand goldgelb zwischen weißen Schleierwolken und warf hinter den sommerlich gekleideten Menschen kurze Schatten auf den Boden. Nur hinter einem großen roten Transparent, das drei ungehobelte in den Boden gegrabene Balken hielten, war der Schatten länger. Aber das muss an der Aufschrift gelegen haben: *Wissen, Wachsamkeit und Tat – für den sozialistischen Friedensstaat.*

Die Ankömmlinge nahmen keine Notiz von der Botschaft, die sich der Ignoranz der neuen Sommergäste nicht erwehren konnte. In Gruppen und Grüppchen eilten sie die staubige Hauptstraße hinauf, verfolgt vom Kreischen der Möwen und dem unaufhörlichen Geplapper der Nachströmenden. Die ersten Gäste verschwanden bereits in den schmalen Türen der reetgedeckten Häuser, deren blühende Vorgärten sich stolz den neuen Besuchern zeigten.

Nun komm doch endlich, drängelte mein Freund Franklin, der nicht wahrhaben wollte, dass ich so lange dem Zug der Fremden nachschauen konnte, deren Art und Weise, die Insel in Besitz zu nehmen, meine Neugierde weckte.

Komm doch schon, antwortete ich etwas mürrisch, da ich noch gern gewusst hätte, an welchen Stellen sich die Farbtupfer in der Landschaft verlieren würden. So zogen auch wir, gewissermaßen als Nachhut, am Ende des bunten Urlaubertrecks los. Drei junge Leute aus Berlin, Mitte zwanzig und bepackt mit Rucksäcken und Taschen, in freudiger Erwartung erholsamer, wenn auch kurzer Ferien. Die Freude ging so weit, dass sich Claudia aus unserer kleinen Nachhut löste, die Taschen fallen ließ, die weißen langen Arme in den Himmel streckte und sich wie eine Tänzerin beim Ballett um die eigene Achse drehte. Dabei bildeten die dunklen welligen Haare einen Kreis um ihren Kopf und den schlanken Körper. Beifall erhielt sie für diese, wie ich fand, alberne Darbietung auf offener Straße nicht. Auch nicht, als sie »Hiddensee« rief, als wäre es ein Zauberwort und der Schlüssel zum Paradies.

Hiddensee, atmete ich erleichtert durch und konnte mich doch ebenso wenig der freudigen Erwartung entziehen. Lächelnd und mit einem gewissen inneren Abstand nahm ich Anteil an der ungezügelten Freude der jungen Frau, die ich seit Jahren kannte und die in Berlin-Pankow einen Jugendclub leitete. Der Club erfreute sich seit Anfang der Achtzigerjahre wegen eines abwechslungsreichen Musikprogramms einiger lokaler Beliebtheit, wohl auch weil der ausgeschenkte Alkohol, ein merkwürdiges Cola-Wodka-Gemisch, wenngleich gewöhnungsbedürftig, zumindest billig war.

Während ich die schlanke, sich drehende Gestalt von der Seite betrachtete, musste ich einmal mehr anerkennen, wie makellos schön Claudia war. Denn da waren die leuchtenden braunen Augen und das offene, immer lächelnde Gesicht, als müsste sie das

Titelblatt einer Zeitschrift schmücken. Ihr Aussehen erinnerte mich irgendwie an Nena, die mit ihren 99 Luftballons gerade die Hitlisten verschiedener, nicht auf Hiddensee zu empfangender Radiosender eroberte. Letzteres nicht, weil die technischen Voraussetzungen der Empfänger fehlten, sondern weil die stets wachsame Staatsmacht zumindest im höchsten Norden der Republik den dekadenten Einfluss westlicher Popikonen und ihrer Luftballons erfolgreich zu verhindern verstand. Ihre Antwort wäre Nina Hagen und ein Micha gewesen, der am Strand von Hiddensee den Farbfilm vergaß, wie das gleichnamige Lied erzählte. Doch war die Rockröhre nach ihrer Ausreise in den Westen auch nicht mehr zu empfangen. Es sei denn, man begnügte sich mit einem der gestörten Mittel- und Kurzwellensender, deren permanentes Quietschen und Pfeifen den Zuhörern ein kaum zumutbares und damit ungewöhnliches Hörvergnügen bereitete.

Trotz der sportlichen Einlage wirkte Claudia mit ihrem Auftritt auch jetzt wieder püppchenhaft unerotisch. Jedenfalls redete ich mir das ein. Denn diese puppenhafte Schönheit, so war ich mir ziemlich sicher, verdarb alle Erotik mit ihrer Makellosigkeit. Schönheit, so dachte ich, verliert eben doch ihre Magie, wenn jener Eros fehlt, der viel tiefer und tiefgründiger ist als aller Schein. Das Bedauern in diesem Gedanken konnte ich nicht ganz unterdrücken, denn er schützte mich zwar bislang vor der Versuchung, in ihr mehr als eine gute Freundin zu sehen, verhinderte aber dennoch nicht manch erotische Fantasie.

Claudia selbst wollte ich niemals Anteil an diesen Gedanken nehmen lassen, zumal es keinen Grund gab, die Eitelkeiten meiner Freundin, von denen ich bereits einige kennenlernen durfte, zu beschwören. Schon gar, weil ich fürchten musste, dass ich sie damit stellvertretend für das gesamte andere Geschlecht provozierte. Und Claudia konnte sich, leidenschaftlich, wie sie war, ganz als Vertreterin aller Frauen dieser Welt sehen.

Vielleicht war auch mein Urteil Unrecht, schließlich haben wir uns in einem Anfall unnötiger Verzweiflung die Ehe versprochen, sollte keiner von uns in spätestens zehn Jahren einen passenden Partner gefunden haben. Für diesen Fall wollten wir uns am 30. Juni des besagten zehnten Jahres ausgerechnet im »Wiener Café« in der Schönhauser Allee treffen, um uns dort das Ja-Wort zu geben.

Ich weiß bis heute nicht, warum wir uns ein solches, allgemein eher belächeltes Versprechen gegeben haben. Zumal es schon damals wegen der Tatsache, dass wir beide keine Kinder von Traurigkeit waren, kaum einzulösen war. Ich weiß auch nicht mehr, in welchem Zustand wir es uns gaben. Was ich noch weiß, ist, dass das Versprechen von ihr ausging, wenn auch der Zusammenhang eher mich betraf. Denn es war die Trennung von meiner langjährigen Lebenspartnerin Susanne, die zwar mich in eine Krise, Claudia aber zu diesem ungewöhnlichen Vorschlag trieb. Und welchen vernünftigen Grund sollte es für mich, der eine gescheiterte Beziehung zu verkraften hatte, geben, den Vorschlag einer attraktiven, ansehnlichen und zudem noch umgänglichen Frau zu widersprechen. Möglicherweise glaubten wir beide, uns damit eine Rückfahrkarte in die uns vorenthaltene Zweisamkeit gelöst zu haben. Ein Reiz, der angesichts des zu erwartenden Preises auch nicht zu verachten war.

So war dieses Versprechen, so widersprüchlich es sich auch anhörte, Teil eines Sicherheitsgefühls, das wir uns gern wie eine Art zweiten Bodens verschafften. Auch die Liebe, selbst die platonische, so rechtfertigte ich mein Tun, benötigt zuweilen dieses Netz, schließlich ist sie ein Hochseilakt im Himmel der Gefühle und gefährlich wie das Leben selbst.

Unabhängig davon gestand mir Claudia am Tag vor unserer Abreise aus Berlin, dass sie sich verliebt habe. Allerdings setzte sie mich nicht in Kenntnis, wer der Glückliche sei.

Unsterblich?, fragte ich mit einem vermutlich nicht überzeugenden, Anteil nehmenden Blick, der mir nur die kalte Schulter und einen beleidigten Gesichtszug einbrachte. Vielleicht, so ärgerte ich mich später, hätte ich sie wenigstens nach dem Auserwählten fragen sollen, eine Aufgabe, die ich während des Urlaubs in Angriff nehmen wollte, schon um unser besonderes, auf seine

Art spannendes Verhältnis nicht unnötig zu belasten. Letzteres war mir im Übrigen wichtiger als jenes leichtsinnige Versprechen.

Was blieb, war unsere, wie ich meinte, geradezu brüderlich-schwesterliche Freundschaft, die sich jetzt einmal mehr bewährte. Ob Claudia ähnlich dachte, blieb mir bis dato verborgen, aber ich vermutete in ihrer zur Schau getragenen Unabhängigkeit, in ihrer Art, bewusst Abstand zu halten und nur so viel Nähe wie nötig zuzulassen, eine vergleichbare Auffassung. Dies, obgleich ich verstand, dass es gerade Frauen sind, hinter deren Fassaden wir Männer niemals schauen werden. Claudias Fassade, das hatte ich gelernt, war dabei keine Theaterfassade aus Pappe und bespannten Leinwänden, sondern eine Mauer, so dick, hoch und unüberwindbar wie die von Berlin. Jedenfalls war ich dankbar, dass Claudia ihren Auslandsurlaub aus Solidarität abgesagt hatte, nachdem mir zwei Tage zuvor der Personalausweis höchst amtlich entzogen wurde und damit unser gemeinsam geplanter Prag-Aufenthalt in eine unerreichbare Ferne rückte.

Denn mit dem neuen Dokument, das am Anfang, des von der Abteilung K der heimischen Volkspolizeiinspektion eingeleiteten Vorgangs gegen mich stand und das den Umfang einer einzigen DIN-A5-Seite hatte, blieb mir sogar der Besuch in den sogenannten Bruderländern verwehrt. Dies war nicht verwunderlich, denn das graue dünne Papierchen strahlte keinerlei Autorität aus und verbot folgerichtig jeden auch ostwärts gerichteten Grenzübertritt. Natürlich war das bitter, da ich mich schon mit der Tatsache abfinden musste, nicht vor Renteneintrittsalter gen Westen reisen zu können, auch wenn der »Westen«, wie in meinem Fall, nur am Ende meiner Straße lag. Die Kopenhagener Straße war nicht die einzige Straße, die im Prenzlauer Berg an einer hohen Mauer endete und deren Bewohner von dem klangvollen Namen wenig hatten. Eigentlich wäre die Umbenennung nur konsequent gewesen, zumal Kopenhagen ebenso unerreichbar blieb wie der Wedding. Aber jetzt noch eine neue imaginäre Mauer im Osten vor die Nase gesetzt zu bekommen, wo mir schon die Mauer am Ende meiner Berliner Straße einiges Gewöhnungsvermögen abverlangte, war mehr als ärgerlich und wenig angetan, meine Stimmung so kurz vor Beginn meines Urlaubs zu heben.

Vielleicht hätte ich mich damit trösten können, dass die Geschichte der Reiserestriktionen lang war, bedenkt man, dass bereits ein Befehl des langobardischen Königs im 8. Jahrhundert jedem Reisenden das Verlassen des Königreiches ohne Einverständnis des Monarchen verbot. Wenig Trost bot auch die Tatsache, dass das Vorgehen besagter Abteilung K die Arbeit unzähliger Angestellter in den öffentlichen Verwaltungen und damit den Unterhalt etlicher Familien sicherte.

Einen Grund für den Entzug des staatsbürgerlichen Vertrauens, in dessen Folge ich mich mit einem grauen Schein ohne Passbild und mit eingeschränktem Gebrauchswert begnügen musste, erfuhr ich trotz Nachfrage bei der zuständigen Volkspolizeibehörde nicht. Das verwunderte nicht, schließlich war es gänzlich unüblich, dass der allmächtige Staats- und Verwaltungsapparat seinen Bürgern auch noch Erklärungen für offensichtlich notwendiges Verwaltungshandeln gab. Das System also funktionierte und jeder Widerstand wäre angesichts der Kräfteverhältnisse sinnlos gewesen. So stellte ich mich vierzig Jahre nach dem Untergang Preußens quasi als preußischer Untertan ganz den widrigen Gegebenheiten und damit meinem Schicksal, das als deutlichstes Zeichen diesen Schein wie ein Brandmal der staatsbürgerlichen Aussätzigkeit trug. Mir war sehr wohl bewusst, dass, egal wo auch immer ich diese neue Legitimation vorwies, ich mit erheblichem Ärger zu rechnen hatte. Schon die Form des Scheines mit der blassen blauen Schrift verbot jegliche Anteilnahme potentieller Kontrolleure mit dem Besitzer. Vielmehr provozierte der Schein geradezu das staatliche Gewaltmonopol und ließ jeden Staatsdiener aufgeschreckt und hellhörig das merkwürdige Exemplar von Papier und logischerweise auch Mensch begutachten.

Jedenfalls setzte ich mir im Bewusstsein dieser Anfälligkeiten und der durch diesen Schein ohnehin versagten Prag-Reise mit dem ebenso reizvollen Hiddensee ein neues Ziel. Und Hiddensee schien mir als idealer Ersatz, nicht nur, weil die romantische Ostseeinsel mit ihren landschaftlichen Reizen, der weiten unberührten Heide, dem sanften Hügelland, das im Norden schroff zum Meer abfällt, und den verschlafenen Fischerdörfern eine magische Anziehung ausübte. Hier hatte ich bereits einmal, weitab von der Welt, einen Sommer verbracht und die Nähe zum großen, aber dennoch vielfach vergessenen Gerhart Hauptmann gesucht, den ich aus vielerlei Gründen verehrte. Er war es, der hier oben seine Sommer verlebte und im nördlichsten Inseldorf mit dem Namen Kloster, ein stattliches Anwesen erwarb, so als wollte auch er vor der Unbill des Reiches fliehen. Und auf der Flucht war ich irgendwie auch.

Ohnehin war ich damit mit meinem Freund Frank, den alle nur in der amerikanischen Form Franklin riefen und den das gleiche Schicksal bereits vor Jahren ereilte, eine Schicksalsgemeinschaft eingegangen. Auch sein Ausweispapier, das immerhin im Gegensatz zu meiner neuen einseitigen Legitimation zwei Seiten umfasste und den amtlichen Titel PM 12 führte, berechtigte nicht zum Verlassen des geliebten Vaterlandes. Warum dieser Ausweis, dessen Umschlag auf die Ersatzlegitimation »Für eingezogenen Personalausweis« verwies, diesen technischen Titel PM 12 trug, vermochte keiner zu sagen. Zumindest ließen die Buchstaben auf das sogenannte Personal- und Meldewesen, also eine Verwaltungsstelle schließen, alles andere war, ebenso wie unsere unterschiedliche staatsbürgerliche Klassifizierung, geheimnisvoll.

In jedem Fall hatte Franklin keine Probleme mit der Wahl des Ferienortes, denn im Rahmen seines PM-12-eingeschränkten Reiseradius' galt Hiddensee fast als Fernreiseziel. Erleichternd kam hinzu, dass mich Franklin bereits vor vielen Jahren nach Agnetendorf, dem letzten Wohnort Hauptmanns im schlesischen Riesengebirge begleitete und, angetan von der Gegend, meine Begeisterung zu Dichter und literarischer Landschaft teilte. Damals waren wir beide noch im Besitz eines ordentlichen, weil üblichen Personalausweises und damit eines Reisedokuments, das zum polnischen Grenzübertritt berechtigte, obgleich wir niemals das

Gefühl hatten, damit privilegiert zu sein. Wie schnell sich diese Auffassung ändert, kann nur nachempfinden, wer im Besitz anderer Legitimationen einmal in einem Land mit stets misstrauischen und damit kontrollsüchtigen Ordnungshütern lebt. Dieser Kontrollsucht war man mit einigem Pech bei den verschiedensten Gelegenheiten ausgesetzt, sei es in öffentlichen oder halböffentlichen Gebäuden, in Parks, in Bahnen, in Krankenhäusern, Universitäten und Schulen, ja sogar bei ausgesuchten Kulturveranstaltungen oder auf der Straße. Ein Anlass zum Misstrauen und damit zur Kontrolle fand sich immer.

Zum Glück teilte Franklin nicht nur meine Auffassung, was Hiddensee und Hauptmann betraf, sondern der heiße Sommer nährte auch alle Hoffnung, die Tage in den kühlenden Fluten oder an den lauen Abenden am Meer auf die angenehmste Weise zu verbringen.

Man muss nur aus der Not eine Tugend machen, klärte mich der dürre schlaksige Kerl mit dem halblangen strohblonden Haar und dem schmalen Gesicht tröstend auf. Wie weit er dies selbst verinnerlichte, konnten Claudia und ich am Ende des Urlauberzuges nun gleich wieder hören: Da hat sich der Herrgott aber eine schöne Wiedergutmachung einfallen lassen, uns dieses Hiddensee vor die Füße zu legen, stellte er trocken fest und zündete sich eine Zigarette an.

Wieso Wiedergutmachung, wollte Claudia wissen, die ihre Taschen nach der Ballettvorführung längst wieder aufgenommen hatte und uns nachtrottete.

Wiedergutmachung für den entgangenen Urlaub in Prag, was sonst, erklärte Franklin und ließ große Qualmwolken in den hellblauen Inselhimmel steigen.

Eine schöne Wiedergutmachung, sagte sie und zeigte vorwurfsvoll auf mich. Musst dich doch alle fünf Tage bei der Polizei in Berlin melden!

Schulterzuckend bestätigte ich. Das ist nun mal die Auflage, schließlich hatte mein neuer Ausweisersatz, auch wenn er nur aus einer Seite bestand, einen Extraabschnitt, in dem sich die

Stempelabdrucke meiner Meldungen bei der Polizeibehörde finden sollten.

Zugegebenermaßen war diese Anordnung die schmerzlichste, schließlich bedeutete diese alle »Fünf-Tage-Vorstellung« im heimischen Volkspolizeikreisamt erheblichen Aufwand und schränkte auch längere Urlaubsfreuden empfindlich ein. Dennoch wollte ich nicht auf einige schöne Stunden am Ostseestrand auf Hiddensee verzichten, auch wenn mir nicht einmal vier ganze Tage blieben.

Ordnung muss eben sein, kommentierte Franklin den Vorgang trocken, obgleich er wusste, welche täglichen Einschränkungen der Besitz eines solchen Ausweises nach sich ziehen konnte.

Du hast gut reden, wandte sich Claudia wütend an Franklin, du musst dich nicht alle fünf Tage melden.

Besser so, als wenn sie ihn gleich dabehalten hätten, gab Franklin zur Antwort und fügte in seiner ihm eigenen Art hinzu: Ist doch schon eine Schande genug, wenn sich unsere Ordnungshüter alle paar Tage seiner annehmen müssen. Und das in gewohnter Verantwortungsbereitschaft und so seltener menschlicher Hingabe. Die Genossen tun mir jetzt schon Leid, haben schließlich noch mehr zu tun, als sich dieser merkwürdigen Elemente zu erwehren, die den reibungslosen Ablauf in unseren Verwaltungsorganen gefährden. Dabei zeigte er auf mich, wie einen auf einen Aussätzigen. Früher, ja früher ... ich sag nur Sibirien! Da war die Welt noch in Ordnung. Aber nein, man lässt sie heute auch noch frei in Hiddensee herumlaufen. Das ist doch so, als bekäme der Beelzebub eine Fahrkarte ins Paradies.

Ich schmunzelte, erwartete ich doch nichts anderes von Franklin, und es käme einem Wunder gleich, wenn er seine Lust an der Provokation im Umgang mit den Gegebenheiten im Zaum gehalten hätte. Nicht umsonst wurde er als der Villon vom Prenzlauer Berg bezeichnet, was er seinem großen, stets zu ironischen, zuweilen auch zynischen Provokationen bereiten Mund, aber wohl auch seinem Aussehen zu verdanken hatte. Irgendwie wirkte es immer, als sei er stets unterwegs, gehetzt von der Zeit und den äußeren Umständen, einem fahrenden mittelalterlichen Vaganten gleich, mit seinen zu kurzen Hosen, die über den Knöcheln schlackerten und dem abgeschabten Jackett. Und wirklich, Franklin war eines jener durch Unbefangenheit und unerschöpflichen Lebensmut ausgezeichneten Wesen. Während andere sich selbst zur Verzweiflung trieben, wartete er immer mit einem Lächeln auf oder hatte einen passenden Witz parat, um so tapfer und unerschrocken die Realitäten zu ignorieren. Möglicherweise waren aber auch Ironie und Zynismus Formen, sich mit seiner nicht so komfortablen Situation als PM-12-Träger anzufreunden.

Wovon er wirklich lebte, wusste keiner. Vielleicht schämte er sich auch dafür. Wenn man ihn fragte, nannte er sich einen Verkäufer, Verkäufer des Vergessens. Und ging sofort zur Gegenfrage über: Wie viel möchten Sie vergessen, groß, klein, viel, wenig?

Aber vom Vergessen kann man doch nicht leben!

Oh doch, gab er zur Antwort. Wenn so viele Menschen, ja ganze Staaten von der Lüge leben können, dann will er wenigstens vom Vergessen leben. Das ist doch nur gerecht, schließlich brauchen die, die mit der Lüge leben ja auch kein Vergessen. Viele Menschen aber brauchen das Vergessen, weil sie vor sich selbst bestehen müssen und nicht immer an das Gestern erinnert werden wollen. Das gute Gewissen, so Franklin brauche das Vergessen, genauso wie der Mensch die Luft zum Atmen, denn mit dem Vergessen käme auch das Glück zurück.

Meinen Einwand, dass es kein Glück, bestenfalls Zufriedenheit gäbe, wehrte er mit der Bemerkung ab, dass ich zu viel Schopenhauer gelesen hätte, sonst würde ich wissen, dass im Vergessen das ganze Glück der Menschheit ruhen würde.

Da ich nie wusste, wie ernst er seine Aussagen meinte und ich die Erklärung zwar nicht besonders einleuchtend, aber schön und originell fand, ließ ich es dabei bewenden.

Manchmal nannte sich Franklin auch einen Meister des Vergessens, der die Aufgabe hatte, mit schönen Worten den Alltag vergessen zu machen, jenen Alltag, der durch zu viel Realität und noch mehr Realismus getrübt wurde. Zum Vergessen gehören auch Worte. Folgerichtig nannte er sich auch Dichter des Vergessens und dafür wurde er, unabhängig davon, dass allen klar war, dass er vom Dichten nicht leben konnte, auch gehalten.

Auf den Einwand, er müsse sich einmal entscheiden, ob er nun Dichter oder Verkäufer sei, antwortete er nur ausweichend, dass das eine das andere nicht ausschließe.

In der Tat, bei einiger Überlegung konnte man die Seelenverwandtschaft zwischen dem Vergessen und dem Dichten nicht ausschließen. Auch Dichter sind Meister der Entrückung und helfen so zu vergessen. Sie verschönern damit auf ihre Art die Welt, die im tristen Alltag, wie er meinte, dringend eines Neuanstriches bedurfte.

Folgerichtig eröffnete er mir eines Tages, dass er nun ein Buch schreiben werde. Der Name war schnell gefunden: Das große Buch des Vergessens.

Ob es je dazu kommen würde, wusste er wahrscheinlich selbst nicht, denn als stadtbekannter Boheme traf man ihn in der Regel in den einschlägigen Etablissements der sogenannten intellektuellen Szene zwischen Schönhauser Allee und Greifswalder Straße, wo er mit fremden und seinen eigenen Gedichten glänzte. Arbeiten vermochte er demnach nur nachts, was auch wieder an Villon erinnerte, jenem Pariser Galgenvogel und Vagabunden, der vor über fünfhundert Jahren das Leben der feinen Gesellschaft mit wortgewaltigem Spott karikierte.

Manchmal wusste man noch nicht einmal, wessen Gedicht Franklin gerade vortrug und zuweilen ließ er sich auch mal mit einem Plagiat feiern. Hauptsache er provozierte.

Letzteres ärgerte nun auch wieder Claudia, die den Vergleich, dass der Beelzebub in meiner Gestalt eine Fahrkarte ins Hiddenseer Paradies erhalten hätte, nicht stehen lassen mochte. Dass ihr euch auch immer lustig machen müsst, beschwerte sie sich lautstark. Von frei herumlaufen kann bei diesen Auflagen ja nicht die Rede sein!

Aber doch, er ist frei wie ein Aquarienfisch, erwiderte Franklin und stieß mich lachend an. Auch ein Aquarium hat eben seine guten Seiten, man ist immer sicher vor den Haien. Da ist es nur ein Akt der Gerechtigkeit, wenn er sich alle fünf Tage bei der Polizei melden muss, auch wenn er nicht weiß, womit er diese besondere Ehre verdient hat.

Claudia winkte ab. Eigentlich ist es zum Heulen und ihr amüsiert euch noch darüber.

Das kann man so nicht sagen, widersprach ich, wir sind gesund und munter und unser Urlaub auf der sonnigen Insel wird mit Sicherheit viel schöner, als der Aufenthalt in dem verregneten Prag.

Woher willst du denn wissen, dass es dort regnet?

Das haben wir im Wetterbericht gehört, log ich. Stimmts, Franklin?

Nickend bestätigte Franklin mit einem breiten Grinsen. Und das war ein Sender der Deutschen Demokratischen Republik und der lügt ja bekanntlich nicht.

Außerdem ist unsere Situation mit den eingezogenen Ausweispapieren und den verweigerten Erklärungen schon tragisch genug, da muss man nicht noch nach Prag.

Wieder bestätigte Franklin.

Claudia schüttelte den Kopf, schon weil sie es mal wieder aufgab, mit uns zu diskutieren. Natürlich verstand auch sie, worauf wir anspielten. Es war jener »Prozeß«, in dem der literarische Hauptheld Josef K., der Prokurist einer Bank, ohne nachvollziehbare Gründe an seinem 30. Geburtstag verhaftet wird. Wie selbstverständlich identifizierten wir uns mit jenem Ausgestoßenen, der, ohne zu wissen warum, Opfer eines unbekannten geheimnisvollen Sondergerichts werden sollte, dem er sich nach quälender Selbstbefragung hilflos ergeben wird.

Nein, ich hatte Josef K. zurückgelassen und es gab keinen Grund anzunehmen, dass er uns folgen könnte. Auf Hiddensee hatte Kafka keinen Platz, schon weil Hiddensee nicht Prag war, das Prag mit seinen dunklen mittelalterlichen Gassen, durch die der Golem schlich. Hiddensee war Licht und Luft und Sonne und Meer. Hiddensee war wie ein Rausch, den nichts einzugrenzen schien, weil die Insel trotz aller geografischen Beschränktheit etwas von

Weite und Ferne atmete. Hier gingen die Uhren anders und schlugen einen eigenen Takt.

Die Insel war zudem mit dem Namen des Nobelpreisträgers Hauptmann verbunden, der wohl wie kein anderer die Insel prägte und das noch weit nach seinem Tod. So lag es nahe, mich mit einem der Werke zu beschäftigen, die hier oben auf Hiddensee durch den greisen Gerhart Hauptmann entstanden sind. Obgleich schon seit 1885 ständiger Sommergast, hatte der Dichter erst 1930 den Sommersitz in Kloster erworben und ihn ausbauen lassen. Im Haus »Seedorn«, das seit Jahrzehnten eine Gedenkstätte war, erblickten eine Reihe seiner Werke, wie das Stück »Vor Sonnenuntergang«, nicht zu verwechseln mit seinem naturalistischen Klassiker »Vor Sonnenaufgang«, das Licht der Welt.

Ich wusste, dass ich mich bei der Beschäftigung mit diesen Texten nicht auf der Höhe der Zeit befand, für die der schlesische Dichter zum Außenseiter geworden war. Hauptmann gehörte einer untergegangenen Welt an und doch war es gerade dies, was mich an ihm faszinierte, die Zeitlosigkeit seiner Aussagen, obgleich er selbst Zeuge mehrerer Epochenwechsel war. Mit Hauptmann hielt man ebenso viel literarischen Abstand von der Welt, wie mit Hiddensee geografischen.

Aber die Mühe, nach einem entsprechenden Text des Nobelpreisträgers von 1912 zu suchen, wollte ich mir spätestens nach den Ereignissen der letzten Tage und der staatsbürgerlichen Deklassierung nicht mehr machen. So griff ich auf einen Gedichtband zurück, der einige der auf Hiddensee entstandenen Gedichte enthielt und der viel eher meiner momentanen Stimmungslage entsprach.

Claudia seufzte. Einen Grund konnte ich nicht erkennen, aber ich vermutete, dass ihr Nervenkostüm auch durch die Vorkommnisse mit mir und die Ungewissheit, wie es weitergehen sollte, gelitten hatte. Dabei mochten Franklins tiefschwarze humoristische Anspielungen ihren Beitrag geleistet haben. Trotzig verweigerte sie das Laufen und blieb mitten auf dem staubigen Weg stehen.

So nahm ich sie in den Arm. Wir werden schöne Tage haben, flüsterte ich vertraulich. Und dann dieses Wetter, die Insel, das Meer, der Sand und all die Farben. Es ist doch paradiesisch.

Ja, antwortete sie fast schluchzend mit ihrer warmen und doch so traurigen Stimme.

Und wir werden das alles vergessen, sagte Franklin, jetzt einlenkend. Wie ein großes Buch schlagen wir das Vergangene hinter uns zu.

Ja, großer Meister!, rief ich. Wir werden alles vergessen!

So zogen wir weiter über die erste große, zum Vitter Bodden hin angelegte Düne hinab durch den staubigen Sand der Dorfstraße, den uns ein leichter Wind um die nackten Beine trieb. Über uns das Kreischen der Möwen, die wie große Schmetterlinge vor der Sonne kreisten und nervöse Schatten auf die Straße warfen. Doch weit kamen wir nicht.

11

Es waren keine dreihundert Meter, die wir auf unserer Insel zurücklegten. Und was sind schon dreihundert Meter. Da trat ein schlanker blonder Mann mittleren Alters, mit einem karierten Hemd und einer schwarzen Lederjacke bekleidet, aus einem der weißen Häuser mit den blühenden Vorgärten und stellte sich bedrohlich in unseren Weg. Fragend schauten wir uns an.

Die Dokumente bitte, sagte der Mann und zog dabei die Worte wie einen Kaugummi auseinander. Nicht Ausweise, nicht Papiere, nein Dokumente, sagte er, was jeder Art von amtlichem Papier immer eine besondere Würde verleiht. Und er sagte es in diesem weichen sächsischen Tonfall, den man eigentlich an der Küste nicht vermutet und der wie ein rauschender Bach dahinsäuselt, sodass an der Ernsthaftigkeit der Anweisungen und Fragen gezweifelt werden könnte, würde der Mann die fehlende Ernsthaftigkeit nicht mit einem durchbohrenden, geradezu tschekistischen Blick und großer Lautstärke ausgeglichen haben. Gleichzeitig fingerte er aus seiner schwarzen Lederjacke eine kleine, mit Stempeln versehene Karte.

Noch bevor jemand die amtlich wirkende Karte lesen konnte, steckte der Mann sie wieder ein. Dann strich er sich mit der Rechten das glatte blonde Haar aus der linken Gesichtshälfte und schob beide Hände in die Gesäßtaschen seiner hellen Hose. So stand er da, wippte ein wenig in den Kniekehlen, dass sich ein kleines Bäuchlein im Rhythmus aus der geöffneten Lederjacke schob, und machte ein ernstes Gesicht. Nur der Hut fehlte dem Mann, dachte ich im ersten Moment, dann würde er aussehen wie ein Cowboy.

Ein Cowboy aus Sachsen im Einsatz auf Hiddensee. Seine Lippen waren breit und von der Sonne aufgerissen. Nur die Colts an einem breiten Patronengürtel fehlten.

Vielleicht tat ich dem Mann in diesem Moment unrecht, denn seine schwarze Lederjacke könnte auch an einen Geheimdienstmann erinnern, wie ich ihn aus einem schlecht gemachten Hollywood-Film kannte.

Warum den Ausweis?, fragte Claudia erstaunt. Schon diese Frage war typisch für sie, denn sie fand das Leben, wider besseres Wissen und meiner vielfachen, leider vergeblichen Einwände, schön und heil. Sie lebte in dieser Schönheit, die sie auch selbst einzubringen hatte. Alle Unbilden des Daseins, versuchte sie zu negieren oder bestenfalls mit gesellschaftlichen Zwängen zu erklären.

Lächerlich, wie ich angesichts der jüngsten Ereignisse fand, aber mit der Überzeugung, mit der sie eine vermeintliche Unschuld der Welt zu kultivieren trachtete, war gegen diese Art weiblicher Blauäugigkeit kein Kraut gewachsen.

Fragen Sie nicht, zeigen Sie die Dokumente, antwortete der sächsische Cowboy in einem Ton, der keinen Widerspruch duldete.

Franklin zog als Erster seinen Ausweis, der bekanntlich nur ein Hilfsausweis war, aus der Tasche und übergab ihn dem Mann. Das

Gesicht des Mannes mit dem tschekistischen Blick erhellte sich. PM 12, sagte er leise, als hätte er das schon geahnt und blätterte in dem zweiseitigen Dokument mit der bekannten Aufschrift: *Für eingezogenen Personalausweis.*

Ja, PM 12, gab Franklin auch ohne besondere Aufforderung kleinlaut zu und konnte das Zittern in seiner Stimme nicht ganz verbergen. Dabei hatte er, anders als sein großer vagabundierender Pariser Vorgänger, weder einen mittelalterlichen Priester noch einen zeitgenössischen Volkspolizisten auf dem Gewissen.

Dennoch verriet dieses Zittern eine gewisse Anspannung, die er sich sonst niemals eingestehen würde, denn im Gegensatz zu mir empfand er den Einzug seines Personalausweises und die damit einhergehende Deklassierung eher als Kinderei, denn als einen unerklärlichen oder gar merkwürdigen Willkürakt eines staatlichen Verwaltungsorgans. Während ich fürchtete, auf diese Art irgendwie brutal aus dem Leben geworfen zu werden, sah Franklin, ganz Boheme, darin eine Chance, die letzten gesellschaftlichen Bindungen wie eine Last abzustreifen.

Entsprechend neidisch schaute ich auf den Ausweis, auch wenn er nur zwei Seiten hatte, gleichsam nicht zum Grenzübertritt Richtung Osten, gen Westen war eh illusorisch, berechtigte und den Beginn des staatsbürgerlichen Abstiegs im »real existierenden sozialistischen Alltag« einläutete oder gar fortsetzte. Aber der Besitzer war damit wenigstens noch zweitklassig, denn in diesen Seiten gab es sogar ein Passfoto, das keinen Zweifel an der Identität des Trägers ließ, und eine ordentlich eingetragene Adresse. Und das Ganze auf hellblauem Spezialpapier, nicht auf dem grauen Klopapier, das ich als meinen Ausweis auszugeben hatte, und das nicht einmal ein Passbild kannte. Vor allem aber war es kein abgegriffener, sich selbst degradierender DIN A5 Zettel, der geradezu alle Polizisten, Ordnungshüter, Sicherheitskräfte und Verwaltungsorgane dieser Welt in Zivil oder Uniform auf den Plan rufen musste.

Noch aber war ich nicht an der Reihe, denn als Nächste überreichte Claudia ihren Personalausweis. Es war ein reguläres Dokument des ordentlichen Staatsbürgers mit dem blauen Einband, dem Wappen und den Insignien des Arbeiter- und Bauernstaats. Aber den schaute sich der zivile Ordnungshüter erst gar nicht an.

Und, sagte er und beobachtete mich von der Seite. Ihren Ausweis, mein Herr!

Ich suchte lange, verdächtig lange. Vielleicht, weil ich schon ahnte, was kommen würde. Zögernd reichte ich das graue Blatt Papier mit der Aufschrift »Gültig als Ausweis«, das meinen staatsbürgerlichen Absturz in die dritte Klasse dokumentierte. Die Miene des Mannes verfinsterte sich zusehends. Das Wippen nahm ein jähes Ende. Was ist denn das?, fragte er laut und hielt den Schein zwischen Daumen und Zeigefinger gegen die Sonne, als prüfte er einen Geldschein auf sein Wasserzeichen.

Mein Ausweis, gestand ich, als würde ich mich selbst für das Papier, das meine Drittklassigkeit aufzeigte, schämen. Dabei hätte ich mich doch nur erinnern müssen, dass ausgerechnet jene deutsche Republik, auf deren Territorium ich mich befand, das hehre Ziel einer klassenlosen Gesellschaft propagierte. Dazu musste ich nicht einmal im Schulunterricht mit seinen Staatsbürgerstunden aufgepasst haben.

Das sehe ich, antwortete der Mann unfreundlich und schaute sich trotzdem hilfesuchend um. Aber nur ein paar neugierige Kinder hatten sich zu uns gesellt und betrachteten jetzt auch diesen merkwürdigen grauen Schein, der in zwei Meter Höhe in der Hiddenseer Ostseeluft flatterte und den Mann zum Schweigen brachte.

Was ist denn los?, fragte ein kleines blondes Mädchen mit Strohhut, dem die offensichtliche Unsicherheit des Mannes nicht entgangen war.

Eine Antwort musste der blonde Cowboy nicht geben, denn die herbeigeeilte Mutter schob das Mädchen unter Protest weiter.

Haben Sie keinen anderen Ausweis?, fragte der Mann, schon um von seiner eigenen Hilflosigkeit abzulenken.

Nein, versicherte ich, der Schein gilt als Ausweis, und zeigte mit dem Finger auf den entsprechenden Aufdruck.

Das seh ich selbst, entgegnete der Cowboy und begann nervös in dem Papier zu lesen. Doch viel Text fand sich in meinem Ausweis nicht, denn außer meinem Namen, Vornamen, dem Geburtsort und dem Geburtstag, sowie meiner Wohnadresse und einer vierstelligen Nummer bot er nicht viel, sieht man einmal von dem amtlichen Hinweis auf den Meldezyklus ab: Alle fünf Tage!

Auch ich wurde nervös, denn die unfreundliche Art des in Zivil gekleideten Mannes, der entweder selbst bei der Polizei war oder wohl eher bei einem landesweit bekannten Organ der inneren Ordnung unter Vertrag stand, beunruhigte mich.

Der Mann las inzwischen, der Vorschrift entsprechend, unsere Namen laut vor. Dabei schaute er abwechselnd zu uns auf, als bedurfte es unserer Bestätigung seiner Leseleistung. Auch wir schauten uns wechselseitig an und hoben hilflos die Schultern.

Körner, Claudia, sagte der Mann und beobachtete dabei die Genannte.

Claudia nickte, was dem Zivilbeamten nicht reichte.

Körner, Claudia, wiederholte er deshalb lauter.

Ja, antwortete Claudia, nachdem sie einen leichten Stoß von Franklin empfangen hatte.

Schreiner, Frank!

Ja, bestätigte auch dieser seinen aus dem zweiseitigen Dokument mit der amtlichen Bezeichnung PM 12 vorgelesenen Namen, auch wenn ihn diese klare Antwort alles andere als leichtfiel. Viel lieber hätte er jetzt Francois Villon zur Antwort gegeben oder gar Gerhart Hauptmann. Wie war noch mal Ihr Name? Gerhart Hauptmann! Das Gesicht des blonden Cowboys, so stellte ich mir amüsiert vor, würde sich zerknautschen, als hätte er in eine Zitrone gebissen. Aber auch das nur unter der Voraussetzung, dass der Cowboy etwas mit dem Namen anfangen konnte, was bei Lage der Dinge nicht gesichert war.

Doch den Spaß gönnte sich Franklin nicht mal selbst. Und so war ich an der Reihe und bestätigte meine Existenz und die Übereinstimmung mit jenem Herrn Markus Marten auf dem grauen Stück Papier, ein Name, der auch wirklich meiner war.

Na bitte, sagte der Mann und atmete tief durch, so als habe er soeben das mehrseitige Plädoyer einer Anklage verlesen. Alles klar.

Was ist klar?, fragte Claudia, der dieser Tonfall Angst machte.

Alles, wiederholte der Mann und zog die Augenbrauen in die Höhe.

Dann können wir ja gehen, hoffte Franklin die Lage zu entspannen und lächelte freundlich.

Doch der Mann überhörte die Bemerkung. Aus Berlin sind Sie also, sagte er und musterte uns noch einmal.

Ja, antworteten wir fast im Chor.

Ich auch, rief eines der umstehenden Kinder dazwischen, was dazu führte, dass auch ein zweites und drittes Kind ihre Herkunft verrieten. Und das so lautstark, als fürchteten sie, mit dem Nichtaufruf etwas verpasst zu haben.

Der Mann überhörte die Mitteilungen der Kinder, schließlich war er bei der Arbeit. Berlin also.

Prenzlauer Berg, ergänzte Franklin, in der Hoffnung für seine Auskunftsbereitschaft strafmildernde Umstände geltend zu machen.

So genau wollte ich es nicht wissen, gab der Cowboy schroff zurück. Mich würde vielmehr interessieren, was Sie hier wollen. Dabei wandte er sich Franklin zu.

Wir möchten Urlaub machen, beeilte sich Claudia mit einer Antwort und glaubte mit dieser Geste vorauseilenden Gehorsams den Mann freundlicher zu stimmen.

Sie habe ich nicht gefragt, fauchte sie der Cowboy an.

Wir möchten Urlaub machen, wiederholte deshalb Franklin.

Und wo? Wo werden Sie wohnen?

Franklin hob die Schultern und schaute sich hilfesuchend nach Claudia um.

Wir haben einen Bekannten, versuchte Claudia eilig zu erläutern, der hat ...

Fräulein Körner!, unterbrach der Mann. Sind Sie Herr Schreiner?

Claudia könnte mit ihren großen braunen Augen alles behaupten, aber das nun wirklich nicht. So blieb ihr nichts anderes übrig, als wahrheitsgemäß den Kopf zu schütteln.

Also, Sie habe ich gar nicht gefragt, klärte der Mann noch einmal auf.

Wir haben einen Berliner Bekannten, wiederholte Franklin. Der arbeitet hier oben in der Saison. Dort bekommen wir eine Adresse.

Aha, sagte der Cowboy, und wo bitte soll die Adresse sein?

Das erfahren wir doch erst, wenn wir den Bekannten getroffen haben, erwiderte Franklin und spielte damit auf Franziskus, einen alten Berliner Freund und Stammgast einschlägiger Prenzelberger Szenekneipen an, der seit einigen Jahren seine Sommer auf Hiddensee verbrachte. Hier wollte er allen weltlichen Gelüsten entsagen und sich ganz und gar der Kontemplation, bestenfalls der Poesie hingeben. Im Gegensatz zum gleichnamigen Heiligen hatte unser Franziskus dabei innerhalb weniger Jahre eine steile, ganz unchristliche Karriere gemacht, die er seinem Redetalent und offensichtlichen Geschäftssinn verdankte. So fing er, der sich eigentlich auf der Insel verkriechen wollte, um eins mit Gottes Natur zu werden, als Heizer im Hotel Dornbusch in Kloster an, wurde nach der ersten halben Saison Hausmeister und schon im nächsten Jahr Kellner. Im dritten Jahr schließlich legte er seine Barschaft, die er dank üppiger Trinkgelder erfolgreich vermehrte, gewinnbringend an, kaufte den Fischern in Vitte einen alten Geräteschuppen ab und vermietete dieses notdürftig hergerichtete Domizil zu Höchstpreisen. Dass dies bei einer Fülle von Unterkunft suchenden Urlaubern nicht schwerfiel, lag auf der Hand.

Inzwischen hatte Franziskus noch weitere »Etablissements«, wie er die spartanisch ausgerüsteten Bretterbuden nannte, in Verwaltung genommen und machte sich so manch Einheimischen durch die Vermittlung der letzten abrissreifen Kate an zahlende Urlauber zum Freund.

Interessanterweise war Franziskus nach Hiddensee gegangen, weil er wegen eines Ausreiseantrages vielfache Probleme mit verschiedenen Staatsorganen hatte und in Berlin keinen Job fand. So verdingte er sich lieber auf der Insel als Saisonkraft, womit er hoffte, wenigstens so viel Geld zu verdienen, um bei seiner kontemplativen Selbsterfahrung nicht zu verhungern.

Das Ergebnis dieses Abtauchens war ungewohnter Wohlstand. Aus dem Aussteiger war mitten im Heimatland des werktätigen Volkes, das im antikapitalistischen Kampf um die tägliche Planerfüllung rang, ein echter Kapitalist geworden, dessen körperliches Aussehen und Physiognomie den Wandel auf anschauliche Weise begleiteten. Der quirlige schlanke Bursche bekam innerhalb weniger Jahre einen mächtigen Bauch und eine Glatze, wurde feist und behäbig und trug zu allem Überfluss als Zeichen seiner neuen gesellschaftlichen Stellung eine dicke Bernsteinkette um den Hals. Damit ähnelte er irgendwie mehr der vergoldeten Buddhastatue in Gerhart Hauptmanns Insel-Arbeitszimmer, als dem christlichen Heiligen, dessen Namen er trug. Aber Franziskus war auch das egal.

Der heilige Franziskus als Immobilienhai, brachte Franklin den Zustand auf eine Kurzformel und fügte kommentarlos hinzu: Der Sozialismus siegt!

Franziskus rechtfertigte seinen Wohlstand mit der Erklärung, dass er sich selbst das Schicksal nicht ausgesucht habe und er auch nichts dafür könne, wenn es auf Hiddensee nun mal so viel Geld wie Sand und Sanddorn gäbe. Letzteres mochte übertrieben sein, doch korrumpierte ihn der Gewinn so gründlich, dass er darüber seinen Ausreiseantrag vergaß und drauf und dran war, in die Fischerfamilie einer Neuendorferin einzuheiraten.

Merkwürdigerweise schien den blonden Mann in der schwarzen Lederjacke aber der Name des Bekannten nicht zu interessieren, dabei hätten wir die allergrößte Mühe gehabt, ihn preiszugeben. Denn natürlich wollten wir ihn nicht kompromittieren und damit seine glanzvolle und ganz unheilige Karriere beenden.

Zu unserer Beruhigung blätterte der Cowboy lieber in den Papieren und hob dann zu seiner nächsten Frage an: Finden Sie nicht auch, dass es ungewöhnlich ist, ohne Adresse, also wenn Sie so wollen, ohne jegliche Planung, nach Hiddensee zu reisen?

Franklin machte ein unschuldiges Gesicht, doch eine Antwort musste er nicht mehr geben, denn inzwischen war die Staatsmacht eingetroffen. Unterleutnant Schmidt, um genau zu sein,

Abschnittsbevollmächtigter, so stellte er sich vor. Der Titel eines ABV, so auch die offizielle Abkürzung, verdeutlichte eine gewisse Machtfülle, die auf einer Insel von den Ausmaßen Hiddensees umso nachhaltiger wirkte.

Schmidt hatte wenigstens eine Uniform, was die umstehenden Kinder zu einem ehrfürchtigen Rückwärtsschritt zwang. Dazu passend hatte er ein grünes Moped. Die »Schwalbe«, ein eigentümliches Gefährt mit langen vor den Knien nach oben gezogenen Schutzblechen aus der Suhler Simson Produktion war eine Art Markenzeichen aller motorisierten ABVs der Republik. Sie entfaltete auf Hiddensee, auf dem jeder private motorisierte Verkehr untersagt war, eine besondere Wirkung und das nicht nur, weil der Zweitaktmotor einen zwar kurzen, aber dennoch unnachahmlichen Gestank hinterließ. Zumindest unterstrich sie, mit und ohne blaue Zweitaktfahne, auf der autolosen Insel das Privileg der Staatsmacht.

Schmidt zog seine Dienstschwalbe mit beiden Händen auf den Mopedständer, den er vorher mit einem Fußtritt ausgeklappt hatte. Die zwei kurzen Eisenfüße drückten sich knirschend in den hellen Sand der Hauptstraße. Dann nahm er mit beiden Händen den weißen Schutzhelm ab, der auf seinem breiten Kopf wie eine umgestülpte Schale wirkte. Damit waren auch die wenigen, bereits grauen Haare zu sehen, die auf seinem schweißnassen Kopf klebten. Mit einem Taschentuch wischte sich Unterleutnant Schmidt Stirn und Kopfhaar trocken.

Mit getrocknetem Haar sah der ABV freundlicher aus, aber vielleicht lag das auch an seinem mecklenburgischen Schädel, der so gedrungen wirkte, dass die Mundwinkel manchmal schon von selbst nach oben gingen.

Schauen Sie mal, sagte der blonde Mann mit der Lederjacke und reichte, als hätte er etwas Außergewöhnliches, Schmidt die verschiedenen Dokumente. Mit einer Kopfbewegung ergänzte er nicht ganz ohne Stolz: Ich habe sie hier aufgegriffen. Dann schob er seine Hände wieder in die Gesäßtaschen und begann erneut in den Knien zu wippen.

Claudia wollte etwas sagen, vermutlich weil ihr das Wort aufgegriffen nicht behagte, doch Franklin hielt sie mit einer Armbewegung zurück.

Schmidt betrachtete die Papiere und schüttelte den Kopf. In Berlin, sagte er ungläubig, hat wohl jeder einen anderen Ausweis. Einen PM 12 habe ich schon mal gesehen, auch bei Leuten, denen der Ausweis eingezogen wurde, aber so einen Schein als Ausweis, der hat ja nicht mal ein Passbild. Und eine Berufsbezeichnung gibt es auch nicht.

Hilflos zuckte ich mit den Schultern, wohl auch, weil ich konstatierte, dass der allmächtige Apparat sich mittlerweile durch das Anlegen unzähliger Vorgänge, Verwaltungsanordnungen und Ausführungsvorschriften selbst infrage stellte. Und zwar durch eine Verkomplizierung und Überorganisation des Systems, sodass am Ende der Abschnittsbevollmächtigte auf Hiddensee nicht mehr wusste, was die hauptstädtischen Dienststellen zum Schutz der inneren Sicherheit verordneten. Der Weg zwischen oben und unten ist eben nicht nur geografisch weit und weiter noch, wenn ein großes Wasser zwischen den Beteiligten liegt.

Wie gern hätte jetzt der sächsische Cowboy vor ABV Schmidt mit der neuen Dienstanweisung aus Berlin geprahlt, aber so blieb auch ihm nur, seine Unwissenheit zu überspielen. Wer weiß, ob der überhaupt arbeitet, gab er also zu bedenken.

Natürlich arbeite ich, bestätigte ich. Beim Theater, wenn Sie es genau wissen wollen, Deutsches Theater in Berlin.

Aha, sagte Schmidt und machte ein nachdenkliches Gesicht. Doch ich war froh, dass er nicht nochmals nachhakte, um herauszufinden, dass er nur einen kleinen Kulissenschieber vor sich hatte, der eigentlich seit Jahren darauf wartete, irgendwann einmal Literatur studieren zu können. Vielleicht würde er dann erst recht hellhörig werden und seiner Vermutung neue Nahrung geben, dass etwas mit mir nicht stimmte. Denn genauso wenig wie ich eine Erklärung für den Einzug meines Ausweises bereithalten konnte, hätte ich eine Erklärung für meine dauerhaften Ablehnungen zum Studium finden können. Irgendwie ging auch ich davon aus, dass es eine, mir nicht bekannte staatliche Verordnung gibt, die diese Frage regelte. Vielleicht, so tröstete ich mich, fehlte mir eben doch jene klassenbewusste Einstellung, die nicht nur an den Sieg des Sozialismus über den kranken dahinsiechenden Kapitalismus glaubte, sondern auch diesen Glauben durch eine Mitgliedschaft in einer der staatstragenden Organisationen unter Beweis stellte. Kein Wunder, wenn die führende Partei ihren Untergliederungen aufgab, bei der Auswahl zukünftiger Eliten den Spreu vom Weizen oder besser den potentiellen Querulanten vom gestählten Klassenkämpfer zu trennen.

Aber natürlich gab es noch mehr, viel mehr Unerklärliches, das immer mit unserer verräterischen Sprache zu tun haben musste. Die Sprache war es, die einen Vorgang begründete und einen Verwaltungsapparat in Gang setzte, soviel war sicher.

Doch was sagt das schon? Vielleicht, dass meine Studienbewerbungen schon deshalb erfolglos bleiben mussten, weil ich nicht die richtigen Worte fand?

Möglicherweise reicht auch das als Erklärung nicht aus. Durch Zufall und Dank der Indiskretion einer frustrierten Mitarbeiterin erfuhr ich wenigstens aus dem renommierten Literaturinstitut, bei dem ich mich beworben hatte, dass eine einflussreiche Instanz dem Institut aufgab, mich, der ich unter einer Vorgangsnummer registriert war, mit einer von dieser Instanz gleichsam vorgegebenen Begründung vom Studium fernzuhalten.

Das System also funktionierte und es funktionierte noch besser, weil sich, wie mir die Frau empört wie mutig erläuterte, auch noch Professoren, die täglich die Freiheit des Wortes proklamierten, bereitfanden, jener Instanz Analysen meiner literarischen Bewerbungstexte abzuliefern. Und das völlig freiwillig, weil allein die Vorgangsnummer vermuten ließ, dass es sich um einen, der einzig wissenschaftlichen Weltanschauung gegenüber, kritisch wahrgenommenen oder mit Worten zu nachlässig umgehenden Zeitgenossen handeln könnte. Aber wohl auch, weil die professoralen Untertanen schnell Solidarität mit den Behörden übten,

Tag war er wieder bei der Polizeiinspektion und wollte wissen warum. Schließlich konnte es sich doch nur um eine Verwechselung handeln. Aber er hat wieder keine Antwort erhalten.

Ich wusste nicht, warum Claudia glaubte, ausgerechnet bei zwei Herren der Staatsmacht um Verständnis für meine Lage werben zu können, aber das sie es tat, entsprach ihrer Vorstellung von einer Welt, die keine Ungerechtigkeiten zuließ.

Und eine Vermutung haben Sie bestimmt auch nicht!, ergänzte der Cowboy in einem Ton, der deutlich zeigte, wie wenig er Claudias Ausführungen glaubte.

Nein, beteuerte ich, da müssten Sie schon in Berlin fragen.

Worauf Sie sich verlassen können, drohte der Mann.

Damit war mein Auftritt erst einmal beendet.

Und bei Ihnen ist es bestimmt genauso, wandte sich der Zivilbeamte Franklin zu.

Franklin schüttelte den Kopf. Ich kann es wenigstens vermuten, aber auch das muss ein Missverständnis sein. Und zwar ein ganz großes!

Na prächtig, rief der Mann. Dann mal raus!

Es waren aber auch nur Gedichte, mehr nicht. Warum Franklin dies sagte, blieb mir schleierhaft, hatte er wirklich geglaubt, wegen seiner Gedichte hier Milde zu empfangen? Die Zeiten, in denen man auf der Insel mit Lyrik überzeugte, waren doch längst vorbei. Selbst Ringelnatz wäre nicht in diese Falle getapst! Oder war es wieder seine Lust an der Provokation, die mit ihm durchging? Eine Antwort fand ich nicht.

Gedichte?, schrie der blonde Mann. Wird ja immer schöner.

Aber die waren wohl nicht so richtig, gestand Franklin und machte hinter der Haarsträhne ein unschuldiges Gesicht. Ich kann Ihnen gern eines vortragen!

Den letzten Satz hätte Franklin besser nicht sagen sollen, denn während mir das Herz in die Hose rutschte, lief der Zivilbeamte unter dem blonden Haarschopf rot an.

Ihnen wird das Lachen schon vergehen!, tobte er in seinem breiten Sächsisch und einem Ernst, den man dieser Mundart gar nicht zugetraut hatte. Zu Schmidt gewandt fuhr er fort: Da ist wohl klar, was zu tun ist. Sie verstehen!

Schmidts Stirn legte sich in Falten.

Wir haben nichts Unrechtes getan, versicherte Claudia. Wollen doch hier nur unseren Urlaub machen.

Das behauptet hier jeder, entgegnete der Cowboy und stemmte die Arme in die Hüften. Dann begann er, uns musternd zu umrunden. Nicht wahr, Genosse Schmidt!

Genosse Schmidt wirkte unsicher.

Und das im Grenzgebiet, ergänzte der blonde Mann. Das erklärt einiges von selbst.

Grenzgebiet?, fragte Claudia erstaunt.

Ja, Grenzgebiet, junge Frau. Tun Sie doch nicht so, als wüssten Sie das nicht.

Die ganze Ostseeküste ist Grenzgebiet, erklärte Schmidt.

Genosse Cowboy nickte.

Schon das Wort Grenzgebiet war wie eine höhere Weihe, die man jeder Untersuchung und Kontrolle, und damit jeder Verordnung und jedem Gesetz, das sich in seiner Wirkung um ein Vielfaches potenzierte, geben konnte. Sollte es Schmidt und dem blonden Cowboy wirklich gelingen, einen solchen Zusammenhang zu konstruieren, verschlechterte sich unsere Situation schlagartig.

Schon die Verbindung des Wortes Vorgang mit dem Wort Grenzgebiet musste alle Alarmglocken schrillen lassen, denn damit war jeder Vorwand gegeben, uns einer ausführlichen Überprüfung zuzuführen. Meine Erfahrungen mit dieser Art Zuführung waren nicht die besten, aber ein Land, das guten Grund hatte, seinen Bürgern zu misstrauen, aus Angst, sie könnten es nicht nur mit allzu kritischen Worten strafen, sondern ihm im schwereren Fall, sogar auch den Rücken kehren, bediente sich nun mal zwangsläufig eigener, manchmal höchst unangenehmer Methoden.

Auch das war nichts Neues, wie ich mir in Erinnerung rief. Denn nicht nur der erwähnte langobardische König, sondern auch die französische Nationalversammlung verbot einst das Verlassen des Landes und drohte bei Zuwiderhandlung mit Verhaftung und

Strafe. Allerdings gingen dieser Verordnung die versuchte Flucht des Königs und die Angst voraus, die Fliehenden könnten das monarchistisch geprägte Ausland zum Kampf gegen die neue Ordnung mobilisieren.

Dennoch schien die Partei- und Staatsführung der Republik aus der Geschichte gelernt zu haben, auch wenn der Begriff Grenzgebiet nun einer gewissen geografischen Beliebigkeit anheimfiel.

Das Überschreiten einer Grenze, so leuchtete mir ein, stellte auch die innere Ordnung des Arbeiter- und Bauernstaates infrage, da das System nur dann funktionierte, wenn es einen direkten Zugriff auf seine Bürger sicherte, die in den allgemeinen Prozess der Verwaltung, wie der ökonomischen und politischen Entwicklung eingebunden bleiben müssen.

Also, sagte Schmidt entschlossen und steckte die so unterschiedlichen Dokumente wie die Beweise unserer Schuld in seine lederne Umhängetasche. Dann muss ich Sie bitten, mir zu folgen!

Warum?, fragte Claudia.

Fragen Sie nicht, das ist ein Befehl!, entgegnete der Cowboy.

Wir sind nicht bei der Armee, wehrte sich Claudia.

Aber im Grenzgebiet und das braucht einen besonderen Schutz! Also machen Sie keinen Ärger.

III

Geschlossen trotteten wir los. Der blonde Cowboy mit der schwarzen Lederjacke, die gar nicht in den Sommer passen wollte, vorn, dahinter wir, die Berliner Sommergäste, und am Ende ABV Schmidt mit der Schwalbe, gefolgt von einer Schar braungebrannter neugieriger Kinder. Ein Kreuzzug ins geheiligte Land, daran erinnerte zumindest die inzwischen erbarmungslos brennende Sonne. Doch statt durch die kleinasiatischen Weiten gen Jerusalem zogen wir vorbei an den Kiosken von Hiddensee, in denen mancherlei Kram, wie bunte Fähnchen, Sonnenbrillen, Luftballons und Ansichtskarten, angeboten wurde, vorbei an der ersten HO-Gaststätte, vor der eine unendlich lange Menschenschlange hoffte gegen Mittag einen Platz zu ergattern und dem ehemaligen »Hotel zur Ostsee«, dessen Nebengebäude einst »Freeses Gasthof« war. Hier logierte Gerhart Hauptmann, der aus der schlesischen Heimat meiner Vorfahren stammte, bereits vor der Jahrhundertwende. Eine schäbige Tafel erinnerte an den bekanntesten Dichter der Insel, der im Gasthof Teile der »Versunkenen Glocke« verfasst hatte. Sein Leben und seine Lebensansichten, die ihn zwischen ausgelassenen bacchantischen Gelagen, Frauenabenteuern, Weltschmerz und Verzweiflung pendeln ließen, fanden in jedem der Orte Hiddensees eine Heimstatt. Hauptmann hatte sie alle gezeichnet, auf seine literarische, künstlerische, ja menschliche Weise.

Vieles an diesem Gerhart Hauptmann war mir nicht fremd, vielleicht war es sogar dies, was einen besonderen Reiz auf mich ausübte. Auch die Erinnerungen der Zeitgenossen hinterließen der Nachwelt ein faszinierendes Bild. Kein Wunder, dass die Insel seinen Leichnam bekam, obgleich er ihr nicht zustand.

Die Situation ließ mir leider keine Zeit, darüber nachzusinnen, denn unsere Gesetzeshüter drängten zur Eile, was mir und meinen Begleitern einige Sorgen bereitete. Und selbst das Meer, das wir in der Ferne an der Westküste der Insel rauschen hörten, vermochte uns jetzt nicht von einer bösen Vorahnung zu befreien.

Das hat uns noch gefehlt, bemerkte ich stöhnend. Besser hätte der Urlaub nicht beginnen können. Und das alles in fünf Tagen!

Abenteuerurlaub, erwiderte Franklin. Betrachte es als Abenteuerurlaub im Grenzgebiet. Und das in netter Begleitung.

Claudia rollte mit den Augen.

Sind Sie still, fuhr uns der blonde Mann lautstark an, wohl auch um zu zeigen, dass er das Kontroll- und Untersuchungshandwerk beherrschte. Sie reden nur noch, wenn Sie gefragt sind, sonst müssen wir Sie gleich isolieren. Sein Gesicht wirkte ernst.

Der Weg führte zu einem der Einfamilienhäuser in der Dorfmitte. »Abschnittsbevollmächtigter« stand mit schwarzer Schrift auf einem Aluminiumschild am Gartentor. Im gepflegten Vorgarten empfingen uns blühend rote und gelbe Rosen, blauer Rittersporn und dunkelrote große Bauernmalven. Ein schmaler, mit Steinplatten ausgelegter Weg führte zur verglasten Veranda, die gleichsam als Eingangsbereich des Hauses diente. Von dort aus öffnete sich der Flur mit den seitwärts gelegenen Zimmern.

Nehmen Sie hier Platz, befahl Unterleutnant Schmidt und wies vier Holzstühle in der Veranda an, während der Cowboy an der Haustür Posten bezog. Dann verschwand der ABV durch den Flur ins Dienstzimmer. Durch die offen gebliebene Tür waren ein aufgeräumter Schreibtisch, das schwarze Telefon, die Lehne des Schreibtischstuhles, ein weiterer Holzstuhl und ein alter Aktenschrank zu sehen. Das Zimmer wirkte trotz der militärisch preußischen Ordnung der Dinge nicht ungemütlich.

Mehr dürfte auch kaum in das Zimmer passen, stellte ich fest und schob meinen Kopf neugierig um die Ecke, als vermisste ich noch etwas. Doch mein Blick blieb schnell auf dem Bild über dem Schreibtisch haften, denn dort thronte er wieder mit dem ewigen Lächeln: der Genosse Generalsekretär und Vorsitzende des Staatsrates und oberste Hüter im sozialistischen Heimatland der Werktätigen. Er lächelte, als wäre er Teil dieser vertrauten Welt zwischen einem gepflegten Vorgarten und Schmidts Dienstzimmer in einem kleinen Einfamilienhaus auf Hiddensee.

Unterleutnant Schmidt trat an seinen Schreibtisch und begann in dicken Unterlagen zu blättern, die er vorher aus dem Aktenschrank geholt hatte. Bis in unsere Glasveranda drang das Rascheln von Papier, das beim Blättern, Sortieren, Auf- und Zuschlagen von Büchern entstand und eine Geschäftigkeit vortäuschte, die ich Schmidt, der zunächst irgendwie unbeholfen wirkte, gar nicht zugetraut hatte. Dann ratterte auch noch die Telefondrehscheibe, ein untrügliches Zeichen für die Suche nach Hilfe oder Verstärkung. Unruhig rutschten wir auf den knarrenden Holzstühlen umher.

Doch kein Wort folgte dem Rattern der Drehscheibe, niemand wollte an diesem frühen Freitagnachmittag mit Unterleutnant Schmidt reden.

Claudias Blick ging inzwischen nervös in den Vorgarten, von dort hinauf in den strahlend blauen Himmel und wieder zurück zur Tür, wo unser Cowboy Wache hielt.

Der Generalsekretär schien die Unruhe in der Veranda nicht bemerkt zu haben. Sein Lächeln lag still und vertrauensselig über der Szene. Zeit genug, um mir zu überlegen, wann mir dieses Lächeln das erste Mal begegnet war. Aber ich konnte mich nicht mehr erinnern. War es im Kindergarten, in der Schule?

Irgendwann war es da und es blieb, wie ein vertrautes Zeichen, ein Muttermal einer eingegrenzten Welt. Zeitlos lag es über dem Land und gab jedem öffentlichen und halböffentlichen Gebäude eine besondere staatstragende Würde. Es war immer dasselbe Lächeln, sodass man schon fürchtete, dass es erstarren würde. Oder erfrieren im Gold- oder Holzrahmen.

Millionenfach lächelte es von da oben, als wäre es ein höheres göttliches Lächeln, aber nicht das heilige eines feisten dick gewordenen Franziskus, das dem Inselparadies den schönen Schein rauben konnte. Nein, dieses Lächeln auf Litfaßsäulen oder Wandzeitungen, in Postämtern und Bahnhöfen, in Krankenhäusern und Gaststätten, in Schulen und Universitäten, in Kindergärten und Ferienlagern, in den Kasernen der Nationalen Volksarmee und in den volkseigenen Betrieben war ein anderes, bedeutungsschwereres und allgegenwärtiges. Und dieses Lächeln ließ niemals nach.

Wer das Licht der Welt erblickte, musste es eigentlich schon sehen, irgendwo an einer Wand im Kreißsaal und er sollte es das letzte Mal sehen, bevor er die Augen in einem der staatlichen Altersheime schloss. Doch das Altern selbst war diesem Lächeln fremd geworden, das da jahrzehntelang aus allen Amts-, Schul- und Betriebsstuben starrte. Dem Genossen Generalsekretär war, von wem auch immer, nicht nur die ewige Jugend versprochen, er hatte sie geradezu gepachtet und in seinen Fotos und Bildern verewigt. So ist das mit Überirdischen. Und der Generalsekretär war ein Überirdischer, auch wenn er jetzt freundlich lächelnd von der gelben Tapetenwand aus Schmidts Dienstzimmer auf den aufgeräumten Schreibtisch, das schwarze Telefon und durch die halb geöffnete Tür hinaus in den Flur und die verglaste Veranda blickte.

Fast hätte ich erwartet, dass er mich grüßen würde, so wie man alte Bekannte begrüßt, die man an unvorhergesehenen Orten wiedertrifft. Aber der Genosse Generalsekretär grüßte nicht.

Warum auch sollte er drei Berliner Sommergäste grüßen, die bewacht auf einer kleinen Veranda in Vitte auf Hiddensee saßen, mit sich und ihren Gedanken allein und die, im Gegensatz zu ihm, keine Zeit hatten? Denn abwechselnd schauten sie auf ihre Uhren und dann auf den Cowboy, der an der Tür Wache hielt.

Claudia stöhnte leise. Ihre Augen hatten trotz des hellen Tages an Glanz eingebüßt.

Die Sonne war bereits weit nach Süden gewandert und neigte sich dem offenen Meer zu.

Im Dienstzimmer versuchte Schmidt noch immer zu telefonieren. Hallo, hallo!, rief er immer lauter werdend in den Apparat, ist dort Stralsund?

Stralsund meldete sich nicht.

Wütend warf er den Hörer auf die Gabel. Wir schauten uns achselzuckend an.

Schmidt trat jetzt aus der Tür. Freitagnachmittag, sagte er zu dem blonden Mann, das ist nicht leicht. Dann kratzte er sich am fast kahlen Kopf und verschwand wieder im Dienstzimmer. Diesmal schloss er die Tür hinter sich.

In der Veranda blieb es still. Nur das Schlurfen unserer Füße, die wir von Zeit zu Zeit über den dunklen Dielenboden zogen oder anders übereinanderlegten, weil wir bald nicht mehr so oder so sitzen konnten, unterbrach die Stille.

Das kann jetzt dauern, stöhnte Franklin und atmete tief aus.

Sind Sie still, fuhr der blonde Wachposten, der jetzt am Eingangstor lehnte, dazwischen. Hier wird nicht geredet!

Nicht mal reden? Wir sind doch keine Verbrecher!, erboste sich Claudia, der offenbar die Wartezeit in Schmidts Veranda und das Nichtstun zugesetzt hatten.

Sei ruhig, beschwichtigte ich sie und legte meine Hand auf ihren Unterarm.

Aber Claudia stieß die Hand zur Seite und sprang auf. Was werfen Sie uns denn vor?, wandte sie sich anklagend an unseren Bewacher und konnte dabei das Beben in ihrer Stimme nicht unterdrücken.

Das müssen Sie mal unsere Sache sein lassen, junge Frau!, schrie der blonde Cowboy zurück, dessen Autorität unter den Anwürfen Claudias zu leiden drohte und der den Autoritätsverlust nun durch größere Lautstärke auszugleichen versuchte.

Schmidt war der Lärm in seinem Dienstzimmer nicht entgangen. Was ist denn los?, rief er, als er aus der Tür geeilt kam.

Ach, diese Leute führen sich hier auf, beschwerte sich der Cowboy. Denken wohl, sie sind was Besonderes. Nur weil sie aus Berlin sind.

Das ist doch gar nicht wahr, versuchte sich Claudia zu verteidigen und hätte ihre Frage nach dem Vorwurf auch gleich noch an Schmidt gerichtet.

Aber der ließ erst gar keinen Widerspruch zu. Setzen Sie sich, forderte Schmidt Claudia auf und wies mit der Hand auf den leeren Platz. Was denken Sie, wo Sie sind?

Claudia setzte sich ohne Widerrede. Ihre Lippen zitterten.

Schmidt schüttelte den Kopf und zog den blonden Mann am Ärmel in den Flur, um ihm dort etwas ins Ohr zu flüstern. Genosse Cowboy nickte.

Das wird jetzt eine Weile dauern, sagte Schmidt, als er wieder in der Glasveranda stand. Die Genossen in Stralsund werden sich in Berlin erkundigen. Dann sehen wir weiter.

Könnten wir denn nicht so lange im Ort spazieren gehen oder ans Meer, schlug Claudia leise vor. Es ist doch unser Urlaub und dann das Wetter! Sie haben doch unsere Ausweise, sozusagen als Pfand und in einer Stunde sind wir wieder da.

Das ist eine gute Idee, ergänzte Franklin. Verschwinden können wir doch von der Insel sowieso nicht, der nächste Dampfer geht erst morgen früh.

Ich wusste nicht, ob das Vortragen dieser Idee geschickt war. Zwar wurde einerseits klar, dass wir wie die Verbannten auf einer sibirischen Insel ohnehin nicht fliehen konnten, andererseits fürchtete ich, dass insbesondere der junge Wächter, sich in seiner Autorität verletzt fühlen müsse, sollten die durch sein Engagement Festgesetzten noch Privilegien genießen dürfen.

Schmidt kratzte sich am Kopf, was ich als deutliches Zeichen seines Nachdenkens interpretierte.

Nur unser Cowboy aus der sächsischen Prärie dachte erst gar nicht nach. Wie befürchtet, prustete er ungehalten los: Das könnte Ihnen so passen! Für wen halten Sie uns?

Die Frage hätte ich gern ehrlich beantwortet oder auch Franklin die Antwort überlassen, aber jetzt schien es angebrachter zu schweigen. Allein die ernste Miene, mit der der Mann wieder seinen Postendienst an der Verandatür aufnahm, verriet nichts Gutes und die Art, wie er es tat, ließ mich glauben, dass er in jedem Moment einen Sturmangriff auf seine Bastion, die einem Wehrturm glich, erwartete. Von dort oben trompetete er über die Zinnen: Hier bestimmen wir, wo es langgeht!

Irgendwie schien der Mann damit die Losung vom Hafen verinnerlicht zu haben: *Wissen, Wachsamkeit und Tat – für den sozialistischen Friedensstaat.* Und in der Tat drängte sich mir der Eindruck auf, als müsste genau dieser Cowboy mit seiner Verbissenheit den Weltfrieden retten, der durch niemand anders als durch uns gefährdet war.

Schmidt nickte. Wir müssen erst genaue Anweisungen von Stralsund und Berlin haben, sagte er. Vorher passiert hier nichts. Dann ging er zurück in sein Dienstzimmer.

Eine weitere Stunde verging. Inzwischen hatte sich der Himmel bedeckt. Ein dunkelblaues Band zog sich langsam über die Nachmittagssonne. Der Wind wurde stärker.

Es wird bald regnen, stellte ich leise fest und versuchte in dem Hauptmann-Gedichtbändchen zu lesen. Doch weit kam ich mit dem Gedicht »Die Insel« nicht. Bereits hinter den so passenden schönen Zeilen war Schluss:

Wir waren zu drein
Vor Jahrtausenden mag es gewesen sein.
Es war einsam hier,
tief, tief!
So waren auch wir.

Mit dem Hinweis, dies sei keine Lesestube, sondern ein amtlicher Verwaltungs- und Untersuchungsort, verbot unser Weltfriedensretter, die Lektüre. Sich dagegen aufzulehnen bedeutete Gefahr zu laufen, dass das Gedichtbändchen als mögliches Beweisstück eines wie auch immer gearteten Vergehens konfisziert würde.

Widerstandslos steckte ich das Bändchen wieder ein.

Wir sitzen wenigstens trocken, ergänzte also Franklin und lehnte sich nach hinten, um seinen Hinterkopf an eine der vielen kleinen Verandascheiben zu legen.

Ruhe, hab ich gesagt, mahnte der blonde Bewacher.

Auch ich hatte nun den Hinterkopf an eine Scheibe gelegt. In dieser Haltung beobachtete ich Claudia, die eingeschlafen war. Dabei musste ich an unsere erste Begegnung während eines Open-Air-Konzertes denken. Wer, was spielte, konnte ich nicht mehr sagen, möglicherweise war es eine der bekannten Berliner Bluesbands mit Namen wie Engerling oder Monokel. Was ich sicher weiß, ist, dass es eine laue Sommernacht mit unzählig vielen Menschen war, die sich bei ausgelassener Stimmung prächtig amüsierten. Es war Zufall, dass sich unsere großen Freundeskreise, genau an diesem Tag und an diesem Ort, zu einem bestimmten Zeitpunkt überschnitten. Und es war wiederum kein Zufall, denn Berlin war eben doch manchmal auch nur ein großes Dorf. Und erst recht dörflich mit einer eingeschworenen Gemeinschaft Gleichgesinnter ging es im Prenzlauer Berg zu, wo in der sogenannten Szene jeder über Dritte und gegebenenfalls Vierte erschließbar war. Das mochte an den einschlägig bekannten Cafés und Kneipen mit den klangvollen Namen »Wiener Café«, »Fengler«, »Hackepeter« oder »Dorle« gelegen haben, in denen die Szene und damit auch jene Bohemiens wie Franklin verkehrten, oder an den kiezbekannten Partys, heimlichen Lesungen, alternativen Ausstellungen und nicht ganz legalen Konzerten auf Dachböden, in Kellern und in Hinterhöfen, in denen früher oder später jeder jedem einmal über den Weg lief. Die Gemeinde traf sich eben auch, wenn das Dorf gute Hunderttausend Seelen zählte.

Claudia fiel mir sofort auf, was auch bei ihrer Erscheinung nicht verwunderte. Sie trug eine knallenge hellblaue Jeans und eine weiße Bluse mit aufgestelltem Kragen. Und wie immer hatte sie ein Lächeln auf den Lippen, das nicht nur ihre weißen Zähne zeigte, sondern auch eine ganze Umgebung in Verzückung versetzte. Da sie in einer großen Gruppe stand, hatte ich alle Mühe, mich ihr irgendwie unauffällig zu nähern, um sie dann selbst anzusprechen. Dafür war der Abstand zu groß, ganz zu schweigen von der Tatsache, dass mich die große Zahl der Zuhörer abgeschreckt hätte. So begnügte ich mich mit meinen Beobachtungen, die mein Interesse an der jungen Frau nur verstärkten.

Sie trank Bier und aus der geradezu graziösen Geste, wie sie das Glas hielt, erkannte man, dass sie niemals Bier, sondern offensichtlich nur Wein zu trinken gewohnt war. Aber in der Unbeholfenheit im Umgang ihrer schmalen Hände mit dem Bierglas, das wie ein Weinkelch behandelt wurde, lag etwas Faszinierendes. Vielleicht sogar etwas Zerbrechliches, das in mir kurzzeitig die Hoffnung weckte, auf jenen Moment zu warten, in dem ihr das Glas aus den Fingern gleiten würde. Als fürsorglicher Helfer wollte ich dann mit wohlgeformten Worten, die ich mir schon zurechtgelegt hatte, genau in jenem Moment des Schrecks in Erscheinung treten. Doch den Gefallen tat sie mir nicht und so vergingen weitere drei Wochen, bis ich sie im »Wiener Café« wieder traf und in Anspielung auf das besagte Konzert das Gespräch eröffnen konnte.

Sie erinnerte sich natürlich nicht an mich, wie ich erst später erfuhr, aber ließ mich trotzdem gewähren. Es folgte ein unendlich langes Gespräch, an deren Ende ich sie auch noch im Vorgefühl eines neuen Glückes nach Hause bringen konnte. Fortan trafen wir uns häufiger und es begann eine Freundschaft, die ich nicht mehr missen wollte.

IV

Der Himmel hatte sich dunkel über die Insel gewölbt. Während der Wind die Blumen in Schmidts Vorgarten zu Boden drückte, begann er im Reet zu pfeifen. Die ersten Regentropfen trommelten auf das Verandadach.

Ich wusste nicht, wie viel Zeit vergangen war. Mit geschlossenen Augen hörte ich, den Hinterkopf noch immer an eine Scheibe der Veranda gelehnt, dem Trommeln zu. Es war, als würde jemand unaufhörlich an eine Tür klopfen. Das Klopfen kam mir bekannt vor, so schloss ich die Augen, um besser zu hören. Und da wusste ich es: Es war meine Wohnungstür, Kopenhagener Straße 73, Zweiter Hinterhof, drei Treppen. Claudia, schoss es mir durch den Kopf. Genauso war es: Ich drehte mich im Bett und rieb mir die Augen. Das Klopfen an der Tür nahm kein Ende. Leicht benommen wanderte mein Blick im Zimmer umher, vom alten Eisenbett zum Schreibtisch, dann weiter zum Bücherregal, das bis zur Decke reichte, hinauf zur Messinglampe mit den sechs Schalen und wieder hinunter zum ausgetretenen Teppich, auf dem mehrere Bücher- und Zettelstapel lagen. Über dem Klavier hingen verschiedene Kleidungsstücke, die in einiger Eile dort abgelegt wurden. Langsam erhob ich mich und torkelte, nur mit einer kurzen Unterhose bekleidet, schlaftrunken zur Tür, um diese gähnend zu öffnen.

Da stand sie, schlank, schön und mit langem, dunklem Haar. Ihr Gesicht und die Arme, die sie vor der Brust verschränkte, hatten einen verführerischen braunen Glanz, als müsste sie persönlich den Sommer in den zweiten Hinterhof der alten dunklen Mietskaserne tragen. Warum öffnest du nicht?, fragte sie vorwurfsvoll. Hast wohl noch geschlafen?

Warum nicht, sagte ich und schaute erschrocken auf meine Armbanduhr. Dann fasste ich mich an den Kopf, so als müsse ich prüfen, ob er noch dran sei.

Du musst doch bald ins Theater, sagte sie. Oder stellen sich die Kulissen heute selbst.

Besser wär es, antwortete ich und ging zurück in die Wohnung. Aber den Gefallen werden sie mir nicht tun.

Claudia schüttelte den Kopf.

Wo bleibst du, rief ich aus der Küche.

Sie trat in den Flur, schloss die Haustür und lehnte sich an die hölzerne Einfassung der Küchentür. Das Türblatt fehlte. Ich hatte inzwischen den Wasserhahn aufgedreht und hielt den Kopf unter das fließende Wasser. Das kalte Wasser tat mir gut.

Schöne Begrüßung, sagte sie.

Was sagst du?, rief ich aus dem Abwaschbecken.

Claudia winkte ab.

Ich drehte den Wasserhahn zu und trocknete mir mit einem Handtuch, das über einem Stuhl hing, die Haare, die nun zerzaust nach allen Seiten standen. Dann trat ich ganz dicht an sie heran.

Entschuldigung, murmelte ich und gab ihr einen kurzen Begrüßungskuss, der immerhin lang genug war, um den Duft eines blumigen Parfüms in der Nase zu haben. Den zog ich genüsslich ein und bedauerte, die Nacht allein verbracht zu haben. Manchmal möchte ich in diesem Duft aufwachen, provozierte ich, wohl wissend, dass die Grenze zwischen einer platonischen und einer wirklichen Liebe auch fließend sein konnte. Vielleicht war das Spiel an dieser Grenze der besondere Reiz und ließ eine besondere Offenheit untereinander zu. Sie wandte sich kopfschüttelnd ab.

So muss es wohl im Elysium riechen, bemerkte ich lächelnd. So verdammt verführerisch, da müsste man eigentlich ...

Sich schnell anziehen, antwortete sie schroff und drehte sich mir wieder zu.

Wenn du meinst, wandte ich mich ab und verschwand im Wohnzimmer. Als ich wieder in der Küche stand, noch immer barfuss, trug ich eine ausgewaschene Jeans und ein schwarzes T-Shirt. Jetzt erst sah ich ihr neues Kleid. Es war aus einem hellen, fast durchsichtigen Leinenstoff und hätte mir wegen der Farbe und Transparenz längst auffallen müssen. Glücklicherweise wurde ich nicht gleich belehrt, dass ich mal wieder nichts mitbekommen würde und sie sich schon nackt in die Tür stellen müsse, um meine Aufmerksamkeit zu erregen. So aber hatte ich, obgleich ein schlechter Charmeur, noch genügend Zeit, selbst mit einem Kompliment aufzuwarten, bevor mich der Vorwurf der Ignoranz ereilte.

Meine Güte, sagte ich und drehte einen ehrfürchtigen Halbkreis um die Freundin. Vom Onkel, was?

Sie nickte. Rom, sagte sie stolz und ließ mich ganz neidisch darüber nachdenken, wie es jetzt in Rom sein müsste, wo der Bruder ihres Vaters an der Botschaft irgendein drittklassiger Angestellter war. Immerhin reichte es für den kleinen Beamten der Konsularabteilung aus, um aus Feindesland Paketsendungen in das Heimatland der Werktätigen zu versenden, wo eine Schar von Verwandten sehnsüchtig auf jedes neue West-, in diesem Fall Südpaket wartete.

Tja, an so einer Botschaft müsste man sein, bemerkte ich vielleicht zu trocken. Da kann man sogar auf den letzten Schrei mit dem klangvollen Namen Präsent 20 aus den hiesigen Schaufensterauslagen verzichten. Jetzt ist mir auch klar, warum dein Onkel das so lange an der vordersten Klassenkampffront aushält. Zugegeben war die Anspielung auf die, vom volkseigenen Modeinstitut kreierte und alles andere als beliebte Modelinie, die eher an die Trends vergangener Jahrzehnte, als an tragbare zeitgemäße Kleidungsstücke erinnerte, starker Tobak. Aber irgendwie war es für mich schon unverständlich, dass ausgerechnet die Verteidiger der sozialistischen Planwirtschaft, auf teure Importe setzten, statt aus Solidarität mit ihren Landsleuten auch jenem angepriesenen Präsent 20-Fummel zu huldigen, der so manchen Zeitgenossen zur wandelnden Vogelscheuche machte.

Mach dich nicht lustig, sagte sie.

Mach mich gar nicht lustig, verteidigte ich mich, dachte nur darüber nach, wie schwer das sein muss, in Rom mit revolutionärer Wachsamkeit den Klassenkampf gegen das Böse der Welt zu führen und das allein mit dem Glauben an die historische Mission der Arbeiterklasse und ihre wissenschaftliche Weltanschauung. Ja, zwischen Trajansforum, Kolosseum und Peterskirche bekommt die Parole »Dein Arbeitsplatz – Kampfplatz für den Frieden« eine besondere Bedeutung. Das ist eine aufopferungsvolle Aufgabe, ach was eine revolutionäre Heldentat!

Hör auf!, unterbrach sie. Du willst doch auch, dass ich gut aussehe. Oder wär dir eine graue Maus lieber?

Nein, die braungebrannten mit ihren schönen Kleidern sind mir schon am liebsten, erwiderte ich, legte den Kopf zur Seite und drückte mich an Claudia, die eine unglaubliche Wärme verströmte. Vor allem, wenn sie so schick sind, legte ich also nach, denn da kann man sich eigentlich überhaupt nicht beherrschen.

Du wirst es verkraften, sagte sie lächelnd und schob mich zur Seite. Außerdem stinkst du immer noch nach Bier. Fürchterlich sogar!

Hm, wenn du meinst, erwiderte ich und schaute in den Spiegel, wo ich jemand sah, der mir immerhin ähnlich war.

Wo hast du dich denn rumgetrieben? Ich hab doch einen Zettel an der Tür hinterlassen!

Ich konnte mich an keinen Zettel erinnern, obgleich ich ihn hätte sehen müssen. Denn er war von außen auf einen Nagel gespießt, der in der Wohnungstür steckte. Üblicherweise schaute ich immer auf die Zettel, die sich in großer Zahl auf dem Nagel befanden und der simplen Nachrichtenübermittlung von Menschen dienten, die wie ich kein Telefon besaßen, dafür aber handgeschriebene Nachrichten für die abwesenden Empfänger an den Wohnungstüren hinterließen. Aber in der letzten Nacht hatte ich wohl von dieser gewohnten Art von Informationsverkehr oder besser fliegendem Zettelverkehr keine Notiz genommen. Zettel, ja, stotterte ich und wusste nicht weiter.

Lass mich raten, sagte sie und hob die Stimme: »Wiener Café«. Wo sonst! War wohl wieder Franklin da und hat neue Gedichte vorgestellt. *Doch alle Macht will zeitlos prangen, will lüstern noch die Ewigkeit* ... ich kenne das schon. Unseren Verszauberer, der uns die Zukunft lehrt und das Vergessen.

Leider nicht, sagte ich. Bin gar nicht mehr ins »Wiener« gekommen. Im »Weißen Elefanten« war Schluss.

Da gehst du noch hin? In diese ... na ja, du weißt schon ...

Immerhin sind meine Kollegen vom Theater da, verteidigte ich die kleine Kneipe unweit des Luxemburgplatzes, die in der Tat etwas Anrüchiges hatte. Aber das mag wohl mehr an den Gästen, als an dem runtergekommenen Ambiente einer »Altberliner Bierstube« liegen. Doch gerade dies machte das Flair dieser typischen Kiezkneipe, wie sie es nicht mehr so oft gab, aus. Nicht umsonst hatte Franklin ihr den grausamen Beinamen Genickschussdiele gegeben, obgleich sie mit ihrem eigenen Namen schon genug gestraft war. Mit Kugeln oder anderer Munition wurde allerdings auch nicht geschossen, doch der reichlich ausgeschenkte Alkohol erzielte bei den Besuchern oft die gleiche, in der Regel verheerende Wirkung.

Im »Weißen Elefanten« war, wie Franklin immer betonte, das Volk in allen seinen Schattierungen zu Hause. Hier trafen sich die Zimmerleute, Maurer und Kohlenträger der Nachbarschaft, Kulissenschieber verschiedener Berliner Theater und tätowierte Ex-Häftlinge, gescheiterte Existenzen jeder Couleur und andere zwielichtige Gestalten. Aber auch Studenten, denen das Bier für 45 Pfennige noch immer zu teuer war, und so manche bereits früh verblühte alte Dame, die, während sie über Stunden an einem Kaffee nippte, von längst vergangenen Zeiten träumte. Dazwischen war Marlene, die schöne rassige Kellnerin mit schwarzem wallenden Haar und großen grünen Augen, die neben dem reichlich fließenden Bier, das hauseigene Standardgetränk zum Ausschank brachte. Es war eine Art Pfefferminzlikör, der wegen seiner grünen Farbe und dem zuckerhaltigen Geschmack selbst bei den hart gesottenen Gästen den Namen »Grüner Würger« trug. Zwar setzte ein Würge- und Brechreiz bei den geübten Elefanten-Trinkern nur selten ein, aber sicher war, dass der stark alkoholhaltige Zuckersaft die Kehlen geradezu verklebte. Marlene hatte dann alle Hände voll zu tun, für die ausreichende Spülung zu sorgen, was wiederum den Bierkonsum ankurbelte. Dennoch war sie es, die eigentlich gar nicht in den Elefanten passte und von einer Karriere in einem schicken Restaurant träumte, wo man zuweilen auch

Westmark als Trinkgeld erwarten konnte. Trotzdem vollendete ausgerechnet Marlene den morbiden Charme der Eckkneipe auf ihre unnachahmliche Weise. Aber das ist eine andere Geschichte.

Das ist ja ein feiner Umgang für dich, sagte Claudia. Findet man dich da jetzt öfter?

Warum nicht, antwortete ich. Auch die Kohlenträger von nebenan waren da, revolutionäre Arbeiterklasse, wenn du so willst. Dein Onkel hätte seine Freude daran, wie ich ganz und gar in der einst unterdrückten Klasse aufging.

Mach dich nicht immer lustig und lass vor allem meinen Onkel aus dem Spiel. Also was war denn nun mit dem Elefanten!

Ach so, mit dem Elefanten, sagte ich. Nichts eben, es ging wohl nicht anders.

Was ging nicht anders?

Mit dem Elefanten.

Das kann ja ein schöner Urlaub werden. Ich hoffe du trinkst dann nicht auch so viel!

Was heißt hier trinken? Im Übrigen besteht die Gefahr erst gar nicht.

Was soll das heißen?

Ich nahm den Kamm aus der Schublade, stellte mich vor das Fenster, damit ich Claudia nicht anschauen musste, und kämmte mir das zerzauste Haar. Erst dann sagte ich leise: Dass ich nicht mitfahre.

Was?

Du hast richtig gehört! Ich fahre nicht mit nach Prag. Ich weiß selbst nicht, ob ich diesen Satz in diesem Moment nicht anders hätte sagen sollen, schon um die erwartete Wirkung abzumildern, aber irgendwie war ich nicht dazu in der Lage. Vielleicht wollte ich auch ihre Reaktion abwarten, selbst wenn ich wusste, dass es bessere Möglichkeiten gab, unangenehme Wahrheiten zu verkünden.

Claudia ging langsam zum Fenster, von wo aus sie, zwischen zwei Bücherstapeln hindurch, in den Hof sehen konnte. Aber der lag wie immer leer und verlassen, nur die Sonne war hereingetreten und malte hinter den Wäschestangen lange Schatten auf den Beton. Das sagst du mir erst jetzt, sagte sie leise und in einem Ton tiefer Enttäuschung.

Es ist nicht, was du denkst, sagte ich nun, schon um sie nicht länger im Ungewissen zu lassen.

Was sonst?

Ich zog den grauen, noch ganz jungfräulichen Schein aus der Tasche und reichte ihn ihr.

Was ist das?

Siehst du doch!

Claudia las. Was soll das?

Das würde ich auch gern wissen, antwortete ich und beteuerte meine Unschuld. Jedenfalls kann man damit nicht das Land verlassen und muss sich alle fünf Tage melden. VP-Inspektion, Schönhauser Allee. So ist die Anordnung.

Du bist doch kein Verbrecher!

Vielleicht doch?

Claudias Hände krallten sich in meine Oberarme. Dann schüttelte sie mich mit beiden Armen. Lass den Quatsch!

Ich riss mich los, was schmerzhaft genug war, und ging wortlos in der Küche auf und ab. Vielleicht hätte ich in diesem Moment wütend sein sollen, aber ich war es nicht, schon gar nicht auf Claudia, deren Unmut ich gut verstehen konnte. Ich habe die Gesetze nicht gemacht, sagte ich.

Was für Gesetze?

Ich hob die Schultern. Die Gesetze eben.

Das kannst du unmöglich auf dir sitzen lassen, rief Claudia so laut, dass es in der Küche wie im Chor einer Kirche hallte. Du musst dahin gehen! Wir wollen doch nach Prag! Ihr Gesicht bekam eine rote Farbe, was sie in ihrem Aufzug noch schöner machte.

Prag, das habe ich auch gesagt.

Und?, wollte sie wissen.

Das hätt ich mir eher überlegen müssen.

Aber was hättest du dir eher überlegen müssen?

Auch diese Frage habe ich mir gestellt!

Claudia wandte sich ab. Den Kopf gesenkt, drückte sie ihre flachen Hände gegen das Gesicht. Als sie wieder aufschaute, sagte sie: Du musst dorthin gehen! Sofort! Sie müssen dir doch deinen Ausweis wiedergeben. Sie können doch nicht einfach sagen, Urlaub ade und dafür melden Sie sich alle fünf Tage bei der Polizeiinspektion! Wo leben wir denn?

Ich hob erneut die Schultern, schon um meine eigene Hilflosigkeit zu unterstreichen und schaute in ihre wütend traurigen Augen.

Nein, sagte Claudia jetzt um so lauter, du gehst dahin!

Und was, wenn ich ohne Erfolg wieder drei oder vier Stunden da sitze? Ich habe einen ganzen Nachmittag gewartet, nur um diesen Schein zu bekommen. Um wie viel länger sollte da die Zeit sein, um einen richtigen Ausweis zu erhalten, ganz zu schweigen von der Tatsache, dass die Gefahr bestünde, mit meinem Ansinnen den mächtigen Amtsapparat zu provozieren, schließlich stellte ich das Handeln einer staatlichen Institution infrage. Insofern schien mir die Aussicht auf eine Revidierung des Verwaltungsaktes nicht nur gering, sondern auch nicht ungefährlich zu sein. Damit umschrieb ich sehr genau meine Situation und ein Gefühl, das mich fortan begleitete. Der Vorgang, um im Amtsdeutsch von Verwaltungsorganen zu bleiben, hatte seinen Anfang genommen. Ein Ende war ungewiss.

Dann müssen sie dir wenigstens eine Erklärung geben, forderte Claudia.

Erklärung!, wiederholte ich abschätzig und dachte an jene Freunde und Bekannten, die das gleiche Schicksal vor mir ereilte, wenn man es überhaupt Schicksal nennen konnte. Erklärungen gab es nie, weder bei Franklin noch bei Eisenhower oder McKoy. Nur den Hinweis auf eine Verordnung, aber die kannte auch keiner. Das System brauchte keine Erklärung. Es hatte auch keine. Erklärungen sind etwas für Lehrbücher. Aber hier gab es kein Lehrbuch, höchstens die Realität und die Tatsachen. Und bestenfalls Mutmaßungen, die ja immer darauf hinausliefen, selbstkritisch sein eigenes Handeln zu beleuchten, in der Hoffnung irgendein kleineres oder größeres Fehlverhalten zu entdecken. Das wäre dann eine Erklärung, mit der sich zu begnügen jedenfalls auch einmal gelernt sein wollte.

Wir sollten versuchen, die Tatsache zu akzeptieren, sagte ich noch ganz nachdenklich.

Akzeptieren? Claudia, die jetzt wohl eher eine meiner längeren historischen Abhandlungen erwartet hatte, die auch den Ausblick auf Lösungen geben konnten, schaute mich staunend an.

Ja, akzeptieren, es ist nun mal Tatsache, dass ein kleiner Verwaltungsakt einen ganzen Vorgang begründet hat. Der Staat und seine Organe müssen ihr Handeln nicht rechtfertigen. Am wenigsten vor uns. Dabei zeigte ich mit der Hand auf meine Brust, so wie einer, der sich schon selbst bezichtigt.

Trotzdem bitte, sagte sie fast flehentlich, du musst dorthin!

Ich schaute in den kleinen Rasierspiegel, der über dem Waschbecken hing. Meine Augen waren rot, das Gesicht blass. War dies das Gesicht eines Schuldigen?

Die Frage mit Ja zu beantworten bedeutete, sich der inneren Ordnung und Logik des Systems, das ich nicht verstehen wollte, zu ergeben. Was also blieb mir übrig, wollte ich auch vor Claudia bestehen, die sich um ihren Urlaub und die gemeinsame Reise nach Prag betrogen fühlte.

Kaffee?, fragte ich nach einer Weile, auch in der Annahme, dass sie sich beruhigt hätte.

Von mir aus, aber versprich mir, dorthin zu gehen. Ich hab mich so auf Prag gefreut und die Fahrkarten hab ich auch schon.

Ich ließ Wasser in einen Teekessel, setzte ihn auf den Herd, drehte den Gashahn auf und entzündete die Flamme mit einem Feuerzeug, dass ich aus einer angerosteten und verbeulten Blechschachtel nahm, die auf dem alten Küchenschrank stand. Versprochen, sagte ich leise, schon ganz im Bewusstsein, keine kluge Entscheidung getroffen zu haben und füllte zwei Tassen mit Kaffeepulver. Dann starrte ich wortlos auf den Kessel.

Dann treffen wir uns heute Abend im »Wiener Café«, sagte sie. Sieben Uhr, o.k.?

Wenn die mich wieder freilassen, antwortete ich schmunzelnd. Vielleicht bekomme ich statt eines Ausweises so eine Eisenkugel ans Bein geschmiedet. Das ist dann ja auch ein Stück Legitimation, nur etwas gewichtiger. Und statt nach dem Süden geht die Reise nach Osten, Sibirien, Arbeitslager! Auf jeden Fall gibt es viel frische Luft!

Du kannst es nicht lassen, empörte sich Claudia.

Doch kann ich, aber die nicht, sagte ich trotzig, wie ein kleines Kind, das die Schuld bei anderen sucht. Dabei nahm ich den kochenden Kessel vom Feuer und füllte das Wasser in die Tassen.

V

Die Dienstzimmertür schlug laut ins Schloss. Als ich erwachte, stand Schmidt, wie ein Phantom mitten in der Veranda und hob die Schultern. Wir haben noch keine Nachricht aus Stralsund und Stralsund wohl auch noch nicht aus Berlin, sagte er und schaute hilflos zum blonden Mann hinüber. Stralsund bemüht sich.

Auch Genosse Cowboy wusste nicht weiter und hob die Schultern. Es war ein Zeichen seiner Ratlosigkeit, ein Makel, den er sich selbst nicht eingestehen würde.

Ich lehnte den Kopf wieder gegen die Scheibe und lauschte. Aber der Regen hatte aufgehört. Da klopfte es zaghaft an die verglaste Verandatür. Der Cowboy erschrak als Erster. Sein Blick floh zu Unterleutnant Schmidt und dessen brauner Revolvertasche, die dieser seitlich am Gürtel trug.

Schmidts zustimmendes Nicken schien den Mann die notwendige Sicherheit zu geben, denn langsam schob er, den Körper an die Verandawand gepresst, mit der linken Hand die Gardine zur Seite. So starrte er gespannt in Schmidts gepflegten Vorgarten, den die Abendsonne in ein strahlendes Goldgelb getaucht hatte.

Keiner da, sagte der Mann fast flüsternd. Die Unsicherheit war noch nicht aus seiner Stimme gewichen.

Doch da klopfte es ein zweites Mal. Wieder ging sein Blick zuerst zu Schmidt, dann zur Revolvertasche und dann zur Tür, die er nun, als hätte er es oft genug geübt, ruckartig aufriss und sich selbst dabei schützend an die Verandawand warf. Die Vorstellung wirkte so professionell, dass er uns Zuschauern doch einige Achtung abnötigte, schließlich kannten wir diese Art Gefahrenabwehr nur aus einschlägigen Gangsterfilmen.

He Papa!, rief ein kleiner sommersprossiger Junge, dessen blonder Schopf gerade bis zur Türklinke reichte und deshalb nach dem ersten Klopfen erst gar nicht entdeckt werden konnte.

Ach du bist es, Stefan, stotterte der Cowboy wohl noch vor Aufregung. Jagst uns ja richtig einen Schreck ein. Was gibt es denn?

Die Mama hat mich geschickt, du kannst zum Abendessen kommen.

Dem Weltfriedensretter schien der unerwartete Auftritt seines Sohnes, alles andere als recht zu sein. Auch seine Gesichtsfarbe verriet nichts anderes. Ich bin im Dienst, sag das der Mama, erwiderte er barsch.

Im Dienst?, fragte der Junge verdutzt. Papa, du hast doch aber Urlaub.

Du siehst doch, dass hier was dazwischengekommen ist, erklärte der Cowboy missmutig.

Der Junge betrachtete uns neugierig und nickte. Und nun wird das Abendessen kalt, sagte er leise und wollte gehen. Die Mama hat doch extra gekocht.

Gekocht?, flüsterte der Vater mit gerötetem Kopf dem Jungen zu und hielt ihn an der Schulter fest.

Ja, die Schnitzel, sagte der Junge laut, hast du doch selbst bestellt. Und du weißt doch, wie sauer die Mama werden kann, wenn du nicht kommst.

Ja ja, stotterte Genosse Weltfriedensretter, dem der Vorfall noch unangenehmer wurde, als er ohnehin schon war und der nun mit einer Hand das Gesicht bedeckte, als müsse er überlegen.

Nun geh schon Genosse, warf Schmidt erlösend ein. Hier werde ich schon allein fertig.

Mit Dreien von dieser Sorte? Dabei zog er das Wort Sorte in die für den sächsischen Slang eigene Breite. Doch das machte das Wort nicht besser, denn im Unterton hörte ich schon das Wort Verbrecher! Ohne Frage, da wäre mir das im Sächsischen ebenfalls häufig benutzte Wort Früchtchen lieber gewesen. Früchtchen! Das musste man dann wenigstens nicht ernst nehmen.

Doch doch, mach dir man keine Sorgen, erwiderte freundlich lächelnd Schmidt.

Bist du sicher, Genosse?

Ja ja, bevor du noch Ärger kriegst. Da geh man lieber.

Ich komm wieder, beeilte sich der blonde Mann hastig zu sagen. Hiermit kann ich dich doch nicht allein lassen. Dann nahm er den Jungen an die Hand und eilte durch den blühenden Vorgarten.

Unterleutnant Schmidt verschloss nun selbst die Verandatür. Den Schlüssel steckte er in die Hosentasche und verschwand in seinem Dienstzimmer, dessen Tür er einen Spaltbreit offen ließ.

Warum dauert das so lange, stöhnte Claudia, die die Abwesenheit des blonden Bewachers nutzte, um ein Gespräch zu beginnen.

Ich hob die Schultern.

Was meinst du, was man uns vorwirft?

Ich weiß nicht, antwortete ich, es ist am Ende immer egal.

Immer egal? Wir müssen doch wissen warum?

Ja, warum, das ist eine gute Frage. Aber es gibt keine Antwort, weil die Antwort einem System die Legitimation rauben würde. Also sind nur Fragen zugelassen, Fragen ohne Antwort. Und irgendwann kommen wir nicht einmal auf die Idee nach einer Antwort zu fragen, weil sich die Umstände und die Vorgänge in einer Art Eigendynamik von selbst erklären. Da geht es nicht mehr um Ursachen, sondern nur noch um den Vorgang an sich. Der Vorgang wird das Ziel. Und wir sind Teil dieses Vorgangs, unfähig zum Widerstand.

Der Vorgang ist das Ziel, wiederholte Franklin meine Feststellung, das gefällt mir. Ein Vorgang, der sich selbst erklärt und abläuft wie ein Uhrwerk, von fremder Hand aufgezogen.

Wenn du so willst. Man muss nur aufpassen durch das ständige Fragen, das quälende Suchen nach Ursachen, das Zweifeln und Infragestellen, nicht verrückt zu werden. Mehr nicht.

Aber das heißt doch, sich der Sache zu ergeben, stutzte Claudia.

Nicht ganz, man muss lernen.

Was lernen?

Lernen durch Hoffnung zu leben, sagte ich. So lautete die Widmung in einem Buch, das ich Franklin zum Geburtstag geschenkt hatte. Es war kurz nachdem ihm sein Ausweis eingezogen wurde und er damit unfreiwillig den staatsbürgerlichen Abstieg begann. Das Buch war eine alte Ausgabe von Schopenhauers »Die Welt als Wille und Vorstellung«, die ich dank guter Beziehungen zu einem alten Antiquar auch ohne die sonst übliche Genehmigung unterhalb des Ladentisches erworben hatte. Damals wehrte Franklin strikt ab. Nicht der Hoffnung gehöre die Zukunft, sondern dem Vergessen, also müsse es wohl besser heißen »Das Vergessen als Wille und Vorstellung«.

Was anderes hatte ich von unserem Verkäufer des Vergessens nicht erwartet. Nicht mal den alten Schopenhauer verschonte er mit seinen Anwürfen und Wortspielereien und so blieb mir nur die Bemerkung, dass er als degradierter Staatsbürger zweiter Klasse nicht auch noch den großen Philosophen infrage stellen dürfe. Das käme nur den Staatsbürgern erster Klasse zu. Damals ahnte ich freilich noch nicht, dass mir Monate später der Absturz in die dritte Klasse bevorstand, was schon eine besondere Wertschätzung der Arbeiter- und Bauernmacht voraussetzte. So blieb mir wenigstens partiell eine gewisse Schadensfreude erhalten.

Lernen durch Hoffnung zu leben, wiederholte Claudia jetzt nachdenklich. Ohne Warum?

Ohne Warum.

Trotzdem!

Was trotzdem?

Franklin hätte den Mann nicht so reizen sollen. Vielleicht wären wir dann nicht hier.

Ich hab doch gar nichts gemacht, verteidigte sich Franklin.

Nein überhaupt nicht!, entgegnete Claudia. Ich erinnere dich nur an das Gedicht. Villon sag ich nur!

Und willst du mich auch noch wegen seines grauen Scheins verantwortlich machen?, entrüstete sich Franklin und wies wütend auf mich.

Hört auf, unterbrach ich den Streit, dadurch wird es jetzt auch nicht besser.

Aber es musste doch mal gesagt werden!, verteidigte sich Claudia trotzig.

Es ist doch jetzt gesagt, antwortete ich und machte mir selbst Vorwürfe. Es wäre besser, ich wäre erst gar nicht nach Hiddensee gefahren. Wie konnte ich nur annehmen, dass es gut gehen würde, das heißt tagelang ohne Kontrollen durch ein Land zu kommen, dessen unzählige Staatsdiener, ob uniformiert oder in Zivil von der Kontrolle lebten. Nein, so redete ich mir ein, das war keine gute Idee. Aber nicht nur das. Das Schicksal haderte mit uns in besonderer Weise, denn es ließ uns, bei aller allgemeinen Kontrollsucht, ausgerechnet den Genossen Oberkontrolleur und Weltfriedensretter genau an diesem Ort, zu genau dieser Uhrzeit über den Weg laufen. Kein Wunder, dass wir neidisch auf jene Abertausende blickten, denen im Gegensatz zu uns, der tschekistische Blick und seine Folgen, zumindest aber der stundenlange Aufenthalt in Schmidts Veranda erspart blieb.

Hör auf, du kannst doch nichts dafür, nahm mich Claudia in Schutz. Hast es doch mit Prag versucht und bist extra zur Polizei gegangen. Und das nur, weil ich dich gebeten habe. Du weißt doch, wie das endete, also mach dir keine Vorwürfe!

Natürlich wusste ich es, keine sechsunddreißig Stunden waren seitdem vergangen, auch wenn es mir wie eine Ewigkeit vorkam. Nein, ich wollte nicht. Heißt es nicht, »Gehe nicht zu deinem Fürst, wenn du nicht gerufen würst«? Ich wurde nicht gerufen, nicht bestellt, nicht vorgeladen, wie es im Amtsdeutsch heißt. Ich war da und hatte Angst. Was, wenn sie mich dabehielten? Ich musste all meinen Mut zusammennehmen, was aber auch nicht half. Da hatte Claudia schon eine größere Wirkung auf mich, denn ihr hatte ich versprochen, ich geh dahin, sicher.

Ich stand auf und trat, die Hände in den Hosentaschen vergraben, ans Verandafenster. Schmidts Garten lag still und verlassen. Aber ich konnte mich nicht auf das Bild einer heilen Vorgartenwelt konzentrieren. Denn da sah ich es schon, das gelbe Backsteingebäude, das die für mich zuständige Volkspolizeiinspektion beherbergte, Schönhauser Allee 34. Ein ziemlich schmutziger und unansehnlicher vierstöckiger Kasten aus der Jahrhundertwende. Vor allem aber war er unheimlich. Nicht umsonst war ich immer froh, konnte ich einen großen Bogen um das Gebäude machen oder wenigstens in einem gewissen Tempo an ihm vorbeifahren. Aber jetzt, einen Tag nach meiner staatsbürgerlichen Deklassierung, ging ich dorthin und das auch noch freiwillig, denn ich hatte eigens Urlaub an meinem Theater genommen. Dies war nicht leicht, denn das Deutsche Theater, bei dem ich seit nunmehr vier Jahren arbeitete, stand kurz vor einer neuen Premiere und wollte mir partout keine freien Stunden einräumen. Noch dazu, weil ich nicht einmal einen vernünftigen Grund für mein unerwartetes und so kurzfristiges Fernbleiben angeben konnte. Schließlich mochte ich auch der Kaderleiterin nicht erklären, dass ich die Rechtmäßigkeit volkspolizeilicher Maßnahmen infrage stellte, weil ich sie selbst nicht verstand.

In jedem Fall musste man unter normalen Umständen schon eine gewisse Lust zur Selbstkasteiung entwickeln, um ausgerechnet dort vorstellig zu werden. Hatte ich die wirklich?

Der diensthabende Polizist in der Pförtnerloge trat gähnend an die dicke Glasscheibe und öffnete eine kleine ovale Luke. Sie wünschen, fragte er teilnahmslos und wischte sich mit dem Handrücken die Augen. Gleichzeitig musterte er mich aus seinen Augenwinkeln.

Ich bitte um ein Gespräch mit dem Leiter der Inspektion, brachte ich meinen ungewöhnlichen und wohl auch mutigen Wunsch vor. Dabei spürte ich einen merkwürdigen Druck in der Magengegend.

Sind Sie angemeldet?, fragte der Polizist nun freundlich und machte ein interessiertes Gesicht.

Nein, sagte ich, aber ich wollte ihn trotzdem sprechen. Es wäre für mich schon sehr wichtig, weil ...

Zeigen Sie erst mal Ihren Ausweis!, unterbrach mich der Mann, der nicht sehr viel älter als ich war, nun forsch und in einem Tonfall, der schon die Diktion verriet. Da könnte ja jeder kommen und beim Genossen Leiter vorsprechen.

Zaghaft zog ich den Schein aus der Tasche und schob ihn vorsichtig durch die lange schmale Öffnung, die sich unterhalb der Glasscheibe befand. Spätestens jetzt hätte mir klar sein müssen, wie aussichtslos mein Begehren war. Und ich sollte von Glück reden, dass sich der Beamte beim Anblick des grauen Zettels nicht vor Lachen krümmte! Vorsprechen beim Dienstellenleiter!

Der Mann schloss die ovale Luke, nahm den Schein und verschwand in einem anderen Raum. Nach kurzer Zeit kam er wieder, öffnete die Luke und sagte: Sie haben in vier Tagen ohnehin hier zu sein! Das jedenfalls kann ich dem Schein entnehmen. Alle fünf Tage.

Ich weiß, bestätigte ich.

Also, was wollen Sie?

Das habe ich doch gesagt. Ich will mich nicht bei irgendjemand melden, sondern ich möchte mit dem Leiter des Hauses oder von mir aus auch dessen Stellvertreter sprechen! Genau wegen dieses Scheines!

Den Leiter unserer Volkspolizeiinspektion? Die Frage brachte der Mann in jenem Tonfall vor, der die Ungeheuerlichkeit meines Ansinnens noch einmal deutlich machte.

Jawohl, antwortete ich gereizt und staunte jetzt selbst über mein Auftreten, das mir einigen Mut und dem Mann immerhin einigen Respekt abverlangte.

Ohne Anmeldung, sagte der Mann und kratzte sich am Hinterkopf. Wo denken Sie hin!

Es ist dringend, sehr dringend!, beschwor ich ihn.

Der Polizist gähnte, dann wischte er sich wieder mit dem Handrücken die Augen. Moment mal, sagte er, schloss die Luke und ging erneut nach hinten.

Nach wenigen Minuten war er wieder da, öffnete die Luke und sagte: Das geht nicht. Und ohne nähere Erklärung faltete er den grauen Schein wieder zusammen und schob ihn durch die schmale Öffnung zurück.

Warum geht das nicht?, wollte ich wissen.

Das geht nicht, wiederholte der Mann nun lauter.

Dann will ich wenigstens einen Termin mit dem Leiter oder einem anderen Beamten vereinbaren, der mir sagen kann, warum ich diesen Schein bekommen habe! Das muss doch möglich sein.

Ich habe Ihnen doch gesagt, das geht nicht!

Auch nicht, dass ich einen Termin vereinbaren kann?

Ich muss mich nicht wiederholen, sagte der Polizist wütend. Auf Wiedersehen! Dann schlug er die kleine Luke zu und ging nach hinten.

Wie angegossen stand ich vor der dicken Glasscheibe, wütend gegen den Mann und seine Ignoranz, aber auch wütend auf Claudia, die mir mit ihrem Gut-Menschen-Instinkt weismachen wollte, dass ich das Handeln einer staatlichen Verwaltungsbehörde infrage stellen konnte. Am liebsten hätte ich meinen Unmut mit den Fäusten gegen die Scheibe getrommelt und dabei laut geschrien. Aber die Vernunft siegte, schließlich wollte ich das Gebäude noch einmal verlassen.

Wieso, dachte ich, nachdem die erste Wut nachließ, ist es nicht einmal möglich, Fragen zu stellen, einfache Fragen in Erwartung plausibler einfacher Antworten. Und das nicht, weil ich mich irgendwie schuldig fühlte, sondern weil mir eine Erklärung vorenthalten wurde, die meine Situation erläutern konnte? Eine Erklärung, die auch für mich ansatzweise nachvollziehbar war. Ich wünschte, Claudia wäre bei mir, die nie daran gezweifelt hatte, dass es für alles eine Erklärung geben würde und die jetzt erlebt hätte, wie es ist, nicht einmal angehört, zu werden.

Hilfesuchend schaute ich mich um, aber keiner nahm von mir Notiz, nur der Genosse Generalsekretär, dessen Existenz ich bis dahin nicht wahrgenommen hatte, lächelte mich von der gegenüberliegenden Wand freundlich an. Es war dieses künstliche Lächeln und ich wurde den Gedanken nicht los, dass er wusste, was in mir vorging. Zugleich hörte ich ihn entrückt von aller Wirklichkeit sagen, dass es die Jugend der Deutschen Demokratischen Republik sei, die als Gestalter und Erbauer der Zukunft eine qualitativ neue Etappe im revolutionären Weltprozess zu gestalten habe. Mein revolutionärer Prozess endete vor einer Luke und hatte einen bitteren Beigeschmack. Widerspruchslos nahm ich den grauen Schein und verließ mit gesenktem Kopf das Haus.

Obgleich ich nicht wie am Vortag Stunden in dem Gebäude gewartet hatte, fühlte ich mich schon nach diesem kurzen Auftritt leer und ausgelaugt. Erstmals wurde mir, nun auf der Straße hilflos stehend, klar, welch weitreichenden Auswirkungen der Entzug des staatsbürgerlichen Vertrauens haben konnte. Dabei hatte ich nicht einmal den Hauch einer Chance, den in Gang gesetzten Vorgang zu stoppen. Mir war, als hätte man alle Lebenskraft aus meinen Gliedern gezogen und mich dann auf die Straße gestoßen, wie ein Stück verbrauchtes menschliches Wesen, das man seines Lebenswillens beraubte, ein Aussätziger ohne Ziel und ohne Hoffnung.

Ich wusste nicht weiter. Wohin, dachte ich und sah den Menschen auf der Schönhauser Allee nach, die alle ein vermeintliches Ziel hatten und die ich um ihre Ziele beneidete. Sie wussten, warum sie nach links oder rechts oder geradeaus laufen sollten. Ich wusste nicht mal das, alles war durch diesen einen Akt sinnlos geworden, denn ich wurde das Gefühl nicht los, jetzt gänzlich aus dem Leben zu gleiten. Ein Vogelfreier, ausgesetzt in das 20. Jahrhundert.

Was dann passierte, war wie ein Film, denn ich betrachtete mich von außen, wie durch das Objektiv einer Kamera. Und in dieser Orientierungslosigkeit lief ich oder gar ein Fremder, der meinen Namen trug, los. Wie durch Filmszenen eilte ich die Schönhauser

Allee hinauf, vorbei an unzähligen Häusern, Bäumen, Schaufenstern, Türen, Hofeinfahrten, Autos und Menschen. Immer wieder Menschen, die geschäftig ihrer Wege gingen, denn sie hatten ein Ziel und gehorchten einer Ordnung.

Und genau dieser Ordnung fühlte ich mich verwiesen, denn mir fehlte die Legitimation, Teil dieses Ganzen zu sein. Alle Menschen hatten einen Ausweis, mit Bild und Adresse, so wie sie einen Namen trugen. Ich aber besaß keinen Ausweis, der mein Bild und meinen Namen trug, denn ich war ja nur ein unbedeutender Statist in einem Film, ein Ausgestoßener, der nur Platz in einem amtlichen Vorgang hatte und jederzeit zu ersetzen war, wenn die Filmhandlung es verlangte.

Noch bevor ich dem Gedanken im entrückten Halbschlummer weiter nachhängen konnte und mich mit der Frage beschäftigte, warum ein einziger, irgendwo vollzogener, für den Lauf der Geschichte unbedeutender Verwaltungsakt mich so aus der Bahn zu werfen imstande war, öffnete sich in dem Schmidt'schen Häuschen eine Tür. Eine junge Frau trat aus einem der Seitenzimmer in den Flur. Ihre schlanke Figur und die elegante Drehung, mit der sie die Tür hinter sich schloss, erregte nicht nur unsere sofortige Aufmerksamkeit, sondern riss mich aus allem Nachdenken und stieß mich zurück in die Hiddenseer Realität.

Als sie näherkam, schaute ich in ein freundlich aufgewecktes, von der Sonne gebräuntes und südländisch anmutendes Gesicht, in das dunkelblonde halblange Haarsträhnen fielen. Sie trug neben einem dünnen Hemdchen einen bunten langen Wickelrock. Das Leben war zurück, das wahre oder das falsche. Das war mir egal.

Bestimmt Studentin, dachte ich und konnte mich der Anziehung, die von ihrer Erscheinung ausging, nicht entziehen. Möglicherweise machten die Umstände das Magische dieser Anziehung aus, denn weder passte die junge hübsche Frau in das Schmidt'sche ABV-Häuschen, noch erwarteten wir ausgerechnet jetzt nach stundenlanger, uns alle zermürbender Wartezeit das Leben in einer faszinierenden Ausführung zurück.

Auch Franklin hatte eine gewisse Nervosität ergriffen, denn der große Villon, der sonst so selbstsicher wirkte, rutschte auf seinem Stuhl hin und her.

Schon bedauerte ich die widrigen Umstände unseres Kennenlernens, als ich gleichzeitig Claudias prüfende Blicke wahrnahm, die eher mir als der Fremden galten. Sie beobachtete mich mit dem Instinkt einer Frau, die nicht nur meine Schwächen kannte, sondern auch eine vermeintliche Nebenbuhlerin taxierte. Merkwürdigerweise, so dachte ich in diesem Moment, verfiel Claudia damit jenen Denkmustern, die eigentlich nur Menschen eigen sind, die Besitzansprüche jenseits freundschaftlicher Beziehungen geltend machen. Letzteres aber war eigentlich ausgeschlossen, unsere Freundschaft, so tief sie auch immer war, entbehrte dieser letzten sexuellen Konsequenz und gerade dies machte, so glaubte ich, den besonderen Reiz unserer Beziehung aus.

Ich weiß nicht, was mich in diesem Moment mehr bewegte, der Umstand, dass Claudia, die von uns gezogene Grenze auf unsichtbare Weise zu überschreiten schien oder die Erwartung, die durch nichts gerechtfertigt war, aber mich im Angesicht dieses ansehnlichen Wesens erfüllte. Eine zunehmende Unruhe ergriff mich, und es wäre mir schwergefallen, sie zu leugnen.

Hallo, grüßte die Frau, als käme sie in ein Lokal oder einen Clubraum, in dem man einige alte Bekannte trifft. Freundlich erwiderten wir den Gruß. Doch die Freundlichkeit endete jäh, als ausgerechnet das fremde faszinierende Wesen nach seinem Vater fragte. Vater?

Als könnte dieses strahlende Lächeln niemals in einem ABV-Revier zu Hause sein, zuckte ich mit den Schultern.

Nur Franklin war der Realität näher. Enttäuscht, dass es sich bei der jungen Frau wirklich um die Tochter von Unterleutnant Schmidt handelte, zeigte er mit einer Kopfbewegung auf das Dienstzimmer. Doch noch bevor die Frau dieses betrat, drehte sie sich neugierig nach uns um und fragte in einem vertrauten Ton: Und ihr?

Franklin hob die Schultern. Wir warten!

Auch auf meinen Vater?

Bevor ich, noch ganz unter dem Eindruck ihrer Erscheinung, etwas Sinnvolles sagen konnte, um das Gespräch mit der attraktiven jungen Frau aufzunehmen und gleichzeitig vor Claudias prüfenden Blicken zu bestehen, antwortete Franklin gereizt. Nicht auf den Weihnachtsmann!

Das reicht!, mischte ich mich tapfer ein, unterstützt von Claudia, die ebenso schnell erkannte, dass wir Franklin jetzt nicht allein das Feld überlassen sollten. Wir hoffen, dass es nicht mehr so lange dauert, ergänzte ich beschwichtigend. Auch wenn der Blick in den Vorgarten nicht der schlechteste ist, wollen wir unseren Urlaub nicht in eurem Haus verbringen.

Die junge Frau lächelte. Dabei sah man ihre großen weißen Zähne, die dem markanten Gesicht eine besondere Ausstrahlung gaben.

Warum eigentlich nicht, sagte Franklin, trocken ist es jedenfalls hier. Und dein Vater würde einen guten Chefkoch für das tägliche Drei-Gänge-Menü abgeben.

Lieber nicht, antwortete die Frau und lächelte. Nicht mal ich würde ihm da vertrauen.

Wir schon, erwiderte Franklin, habt doch schon so einen großen blonden Oberkellner eingestellt! Nur die schwarze Lederjacke passt nicht so richtig ins Lokal, aber das wird schon.

Typisch unser Villon, fuhr Claudia dazwischen. Nur gut, dass er es nicht so meint.

Doch!, widersprach Franklin trotzig. Aber das hörte keiner mehr, denn seine Bemerkung ging schon in unserem Gelächter unter.

Ihr kommt aus Berlin, wandte sich die Frau an Claudia. Das hört man.

Claudia nickte.

Ich wollte auch schon immer mal nach Berlin. Hier oben auf der Insel ist es auf Dauer auch nicht zu ertragen. Vor allem im Winter, die sind hier ewig. Man glaubt gar nicht mehr, dass es noch einmal Sommer wird.

Das kann ich mir lebhaft vorstellen, nickte ich zustimmend.

Im Sommer gibt es Gäste, Veranstaltungen, Kino, Abwechslung, führte die junge Frau weiter aus, sogar mal Tanz im Dornbusch oder im Dünenhaus und man sieht mal mehr als die Fischer. Ansonsten kann man fast alles vergessen, das Leben ist eben wie auf einer Insel und da wohnt die Einsamkeit.

Gerhart Hauptmann hat das nicht gestört, bemerkte Franklin und spielte auf Hauptmanns Sommersitz an, der hinter hohen Buchen versteckt, dem Dichter absolute Ruhe beschied. Ein Vergleich, der mehr als hinkte, denn auch Hauptmann war dem Leben zugetan, was nicht nur der große Weinkeller im Haus Seedorn verriet, sondern auch der tägliche Genuss von zwei Flaschen eines edlen roten Tropfens. Und die möchten erst einmal getrunken sein.

Hauptmann, so versuchte ich eine Richtigstellung, stand mit beiden Beinen im Leben. Ein Asket war er mit Sicherheit nie. Zwar hat er, anders als die Künstlerkollegen, wie die Zuckmayers und Tollers, auf Hiddensee auch viel gearbeitet, aber eben mit seinen Spaziergängen über die Insel immer auch Kontakte zu den Menschen und damit zum Leben gesucht. Und seine Feste waren, wenn auch selten im Haus Seedorn, berühmt berüchtigt. Dennoch, so endete ich, hielt sich Hauptmanns Bedürfnis nach Abwechslung auf Hiddensee in Grenzen. Denn er war eben auch nicht mehr zwanzig und auch nicht dreißig, als er sich hier auf dem Eiland einrichtete. Wenn ich richtig rechne, war er bereits siebzig!

Da habt ihr es, fühlte sich Schmidts Tochter bestätigt.

Zum Sterben ist es jedenfalls ein schöner Ort, bemerkte Franklin.

Aber er ist doch gar nicht hier gestorben, verbesserte ich ihn und erinnerte an die Fotos eines Buches, das wir vor Jahren gemeinsam gekauft hatten und das uns sehr überraschte. Da war die Überführung von Hauptmanns Leichnam nach Hiddensee zu sehen. Ein Foto zeigte den mit einem roten Stern, Hammer und Sichel geschmückten Sarg des Nobelpreisträgers auf dem Deck eines Dampfers. Davor saßen ein früherer Morphinist und expressionistischer Dichter, der es immerhin später zu einem Kulturminister im Land der Werktätigen brachte, und die Witwe Hauptmanns.

Damals dachte ich daran, wie selbst die Toten einer Ideologie geopfert wurden und wie mit diesem Totenkult die Legitimation eines Herrschaftsanspruches erbracht werden sollte. Es bedurfte schon einer gewissen Fantasie, ausgerechnet Hauptmann, der zwar »Die Weber« schrieb, aber auch schon mit glühenden Versen einen Krieg begrüßte, als Vorkämpfer für Frieden und Sozialismus zu sehen!

Nein, klärte ich nun auf, das Sterben hat man dem greisen Hauptmann noch in Schlesien erlaubt. Aber was heißt erlaubt. Kurz vor seinem Tod kam die Anordnung der polnischen Verwaltung, Haus Wiesenstein zu verlassen. Da ist er krank geworden und starb, wo er immer sterben wollte, im Haus Wiesenstein, im Riesengebirge.

Haus Wiesenstein, wiederholte Franklin leise, als überlegte er noch.

Agnetendorf, weißt du doch, wandte ich mich mit der Aufforderung zur Zustimmung an Franklin.

Ist lange her, seufzte Franklin. Agnetendorf und Schreiberhau, das schlesische Worpswede. Ich hab das nicht vergessen, unsere Fahrt mit dem Bus von Hirschberg aus hoch ins Riesengebirge. Damals hatte ich noch einen richtigen Ausweis und mit dem kam man wenigstens noch nach Polen. Aber jetzt ist auch das vorbei. Da kann man zufrieden sein, wenn man die Küste noch sieht und die Schmidt'sche Veranda.

Was auch ganz schön sein könnte, erwiderte ich. Nur sollten dann auch die Umstände andere sein.

Aber der alte Hauptmann hat uns wenigstens einen Gefallen getan mit seinem Grab hier, ergänzte Franklin. Der muss geahnt haben, dass das nichts mehr wird mit Agnetendorf und Deutschland. Und wahrscheinlich hatte er auch schon geahnt, dass seine Enkel wie wir, nicht mal ins sozialistische Bruderland dürfen, wo wir doch den proletarischen Internationalismus so verinnerlicht haben.

Proletarier aller Länder vereinigt euch!

Auch noch das! Claudia war empört. Der arme Hauptmann.

Zumindest hatte seine Witwe geahnt, was kommt, ergänzte ich, denn die hatte einen Beutel mit schlesischer Erde über den Sarg geschüttet und eine Tanne aus dem Riesengebirge an sein Grab gepflanzt. Und das nur, damit wir ein Stück geschichtsträchtigen schlesischen Boden auf Hiddensee haben.

Genau, so muss es gewesen sein, freute sich Franklin. Geradezu revanchistisch. Dabei hat unsere gute Margarete, die sich ja bald nach dem Westen absetzte, wohl an einen besonderen Epigonen gedacht? An einen, dessen graues Scheinchen ihn vierzig Jahre später auch nach Hiddensee führt?

Schmidts Tochter hinterließ ein verdutztes Gesicht.

Doch der kommt mit diesem Scheinchen nicht mal nach Kloster zum Wallfahrtsort, denn in Vitte, unweit des Hafens, ist schon Schluss. Schöne Bescherung nennt man das!

Aber immerhin bis zur Glasveranda vom ABV Schmidt und seiner hübschen Tochter, fuhr ich dazwischen, um eine Diskussion zu beenden, die nur Schmidts Tochter, die nun überhaupt nichts mehr verstand, vertreiben würde.

Wolltet ihr denn nach Kloster, fragte die junge Frau verlegen, der das etwas unbeholfene Kompliment das Gesicht rötete.

Eigentlich schon, sagte Franklin, aber da gibt es ja manchmal noch ein kleines Problem und das fängt mit A wie ABV an.

Die junge Frau verstand nicht. Wie sollte sie auch, wo hier oben in dem behüteten Zuhause des Abschnittbevollmächtigten die Uhren anders gingen. Es war eine der typischen Anspielungen Franklins, ihr etwas zuzumuten, was wir selbst noch immer nicht wahrhaben wollten.

Habt ihr keine Unterkunft?, fragte sie also, als müsste sie das Thema umschiffen.

Doch, sagte Franklin, und was für eine komfortable. Dabei schaute er sich im Wintergarten um. Geradezu eine exzellente Unterkunft, wenn man so will, mit besonders freundlichen Gastgebern. Da fehlen wirklich nur noch das besagte Drei-Gänge-Menü und der Tanz in die Sommernacht.

Schmidts Tochter nickte lächelnd. Könnt ja heute Abend hingehen, ins Dünenhaus, da werdet ihr es sehen, den großen Tanz.

Tanz?, fragte ich ungläubig.

Ja, Tanz und nicht mal schlecht. Man hat nur einige Mühe hereinzukommen.

Den Verweis auf die, wie es Franklin immer nannte, »sozialistische Wartegemeinschaft«, überhörte ich. Da müssen wir hin, rief ich und schlug Franklin geradezu vor Begeisterung, die ich selbst nicht ganz verstand auf die Schulter. Unters Volk!

Meine Euphorie, die unsere gegenwärtige höchst missliche Situation gänzlich ignorierte, löste bei Franklin und mehr noch bei Claudia nur ein ungläubiges Staunen aus.

Unters Volk?! Du meinst unter die Arbeiterklasse und die mit ihr verbündeten Schichten! Franklin rümpfte die Nase, schien ihn doch die Blauäugigkeit, mit der ich die Realitäten schönredete, mehr als verdächtig. Halluzinationen, wäre jetzt sein Lieblingswort, aber er hütete sich davor, schon um mir nicht alle Illusionen zu rauben. So hob er lieber zu einer theatralischen Inszenierung an, indem er, die Faust zum Thälmann-Gruß geballt, mit seinen kurzen um die Beine schlackernden Hosen wie ein Harlekin durch die Schmidt'sche Veranda marschierte und laut sang: *Dem Morgenrot entgegen ihr Kampfgenossen all, bald siegt ihr allerwegen, bald weicht der Feinde Wall!*

Hör auf!, unterbrach ich ihn. Tanzen nicht marschieren!

Für die revolutionäre Arbeiterklasse ist das manchmal das Gleiche. Gleichschritt ist Gleichschritt, erwiderte Franklin und marschierte unbeirrt im Kreis umher, jetzt den Refrain zum Besten gebend: *Wir sind die junge Garde des Proletariats!*

Unseren Freund sollte man nicht immer ernst nehmen, entschuldigte ich Franklins Auftreten vor Schmidts Tochter, als wollte ich die junge Frau vor ihm schützen. Das aber kam offensichtlich so missverständlich an, dass mich Claudia geradezu entsetzt anstarrte. Nicht einmal bei ihr, die ansonsten die verteidigende Rolle übernahm, stieß mein Einwand auf Sympathie. Verdutzt ging ihr Blick zwischen der jungen Frau und mir hin und her.

Ein richtiger Volkstanz! Wir werden uns prächtig amüsieren, versuchte ich meine Begeisterung halbherzig zu begründen. Das verspreche ich euch.

Du musst es ja wissen, pflichtete Franklin bei, der noch immer im Kreis marschierte, jetzt aber mit der rechten Hand staatsmännisch winkte, als sei er auf der Maidemonstration. Dabei sparte er jetzt natürlich auch nicht mit passenden Parolen, die das »Neue Deutschland« vor jedem Maiaufmarsch herausgab und die Franklin offenbar verinnerlichte: *Unter Führung der Partei, machen wir die Bauern frei* oder *Vereint mit Gramm und Millimeter, schlagen wir die imperialistischen Vertreter!* Nun gut, bemerkte er keuchend und unterbrach die Demonstration, gegen ein paar kühle Pils habe auch ich nichts einzuwenden.

Eben.

Na, dann sehen wir uns bestimmt später, freute sich auch Claudia, die erstaunlich schnell alle Bedenken und Vorbehalte aufgegeben hatte, sich von ihrem Stuhl erhob und der jungen Frau die Hand gab: Claudia. Dabei schien auch sie ganz zu vergessen, dass es wirklich noch ein kleines Problem mit drei Großbuchstaben in Uniform gab.

Kathrin!, antwortete die junge Frau.

Schöner Name, bemerkte ich. Mehr konnte ich nicht sagen, denn da stürzte Unterleutnant Schmidt in den Flur. Staatsmann Franklin unterbrach abrupt seine Maidemonstration.

Was ist denn hier los?, rief ABV Schmidt empört.

Nichts Papa, entgegnete die Tochter, wir haben uns nur unterhalten. Ich wollte sowieso zu dir.

Das darf nicht sein, schimpfte Schmidt, als müsste er nicht nur seine ordnungspolitische Pflicht, sondern auch seinen Dienstgrad verteidigen. Die jungen Leute sind zur Klärung eines Sachverhaltes hier und nicht zur Unterhaltung.

Kathrin hob die Schultern. Dann eben nicht, sagte sie trotzig und machte dabei ein so reizend aufrührerisches Gesicht, dass ich den Augenblick gern festgehalten hätte. Die Haare warf sie nun mit einer eleganten Kopfbewegung nach hinten und entfernte sich eilig durch eine andere Tür.

Bis später, konnte Claudia trotzdem noch hinterher rufen und setzte sich ganz im Gefühl, die Szene beherrscht zu haben, wieder auf ihren Platz.

Schmidt war zunächst sprachlos. Die Hände auf den Rücken gelegt, drehte er in der Veranda eine Runde, schaute hin und wieder hilflos in den Garten, dann auf seine Armbanduhr.

Und nun?, fragte ich vorsichtig, obgleich ich schon ahnte, dass er keine Antwort geben konnte.

Ich versteh das selbst nicht, sagte Schmidt, dass die in Stralsund so viel Zeit brauchen.

Schon fünf Stunden!, beschwerte sich Claudia.

Ich kann nichts dafür, verteidigte sich Schmidt. Es gibt Vorschriften!

Was für Vorschriften?, wollte sie wissen.

Dem Abschnittsbevollmächtigten blieb die Antwort erspart, denn in diesem Moment trat Frau Schmidt, eine etwas kräftigere Dame mit einem trotz Falten freundlichen Gesichtsausdruck in den Flur. Ihre Haare waren grau und zu einem altmodischen Dutt hochgesteckt. Sie trug eine bunte Blumenschürze aus glänzendem Dederon, jenem synthetischen Material, das nicht nur den Fortschritt der volkseigenen chemischen Industrie unter Beweis stellte, sondern sich auch in der weltweiten ökonomischen Auseinandersetzung mit dem Kapitalismus gegen das westliche Nylon bewährte. Jedenfalls war die Dederonschürze der Stolz des Arbeiter- und Bauernstaates und dessen PVC-haltigstes Kleidungsstück, das Millionen Hausfrauen zwischen Ostseeküste und Erzgebirge trugen und somit vom Sieg des Sozialismus kündeten. Schon als Kind lernte ich, dass dieses Dederon, das in seinem Namen die Initialen der jungen Republik trug, selbstverständlich dem minderwertigen amerikanischen Nylon haushoch überlegen war, das man nicht einmal richtig aussprechen konnte. Y wie i oder wie ü?

Der Siegeszug des Sozialismus war also dank der Blümchenschürzen nicht aufzuhalten, kündete ihr Besitz doch vom festen Glauben ihrer Trägerinnen. Auch meine Mutter konnte wie viele treusorgende Haus- und Ehefrauen eine Handvoll dieser Schürzen ihr Eigen nennen.

Du kannst die jungen Leute aber nicht so lange hier warten lassen, sagte Frau Schmidt in eben einem solchen unwiderstehlichen Kleidungsstück vorwurfsvoll. Und das mit ihrer, einen gewissen Nachdruck unterstreichenden hohen Stimme. Die haben bestimmt mal Durst oder gar Hunger!

Ich kann doch nichts dafür, verteidigte sich Schmidt noch einmal. Die in Stralsund haben entweder noch keine Verbindung nach Berlin oder die in Berlin brauchen so lange. Ist auch Freitagnachmittag! Ich kann doch nicht mehr tun, als es immer wieder zu versuchen!

Na ja, sagte die Frau mit ihrer hohen resoluten Stimme, und wischte sich die Hände an der Blumenschürze. Du, mach mal deine Arbeit weiter, ich kümmere mich schon darum.

Kümmern?, fragte Schmidt verdutzt.

Ich hab doch noch den Kuchen von gestern, stellte die Frau wie selbstverständlich fest und wandte sich zugleich an uns. Und eine Tasse Kaffee trinken Sie doch auch, nicht wahr?

Noch bevor Unterleutnant Schmidt einschreiten konnte, nickten wir freundlich. Sehr gern!

Na bitte, sagte die Frau und ging, ohne noch einmal auf ihren Mann zu schauen, zurück in die Küche.

Schmidt verschwand murrend in seinem Dienstzimmer. Dann wurde es still.

VI

Eine halbe Stunde später stand Frau Schmidt mit einem Kuchentablett in der Veranda.

Na, das nenn ich Service, begrüßte Franklin sie.

Ich hoffe, es wird Ihnen schmecken, antwortete die Frau in einem mütterlichen Ton. Müsst doch Hunger haben. Sie stellte das

Tablett mit dem Kuchen und den gefüllten Kaffeetassen auf den Tisch und zog sich in die Küche zurück.

Das könnte auch meine Mutter getan haben, bemerkte ich und musste zwangsläufig an meine Eltern denken, die bislang immer stolz auf ihren Sohn waren und wahrscheinlich wenig Verständnis für meine jetzige Lage hätten. Irgendetwas musst du doch getan haben, hörte ich schon ihren vorwurfsvollen Ton. Ohne Weiteres gerät man nicht in so eine Lage! Verschweigst du uns etwas, Junge?

Nein, Mutter, nichts verschweige ich, weiß doch selbst nicht, wie das alles kommt.

Aber das gibt es doch nicht. Man muss doch wissen, wieso und warum.

Nein, leider nicht.

Das fällt mir aber schwer zu glauben.

Mir auch, Mutter.

Mit ernstem Gesicht würde sie sich abgewandt haben und vermuten, dass ich ihr nicht die Wahrheit erzählt hätte. Und das nur, weil ich etwas nicht erklären konnte, was ich selbst nicht verstand.

Aber wie sollte ich auch erklären, was sie sich in ihrer täglichen Arbeit und in Kenntnis eines scheinbar wohlgeordneten Systems nicht vorstellen kann. Dass nämlich die innere Ordnung der Dinge durch einen banalen grauen Zettel durcheinandergebracht werden kann, weil er nicht in diese Ordnung passte. Jedenfalls nicht in eine von ihr erfahrene Ordnung.

Mit Claudias Frage, ob ich noch ein Stück Kuchen mag, wurde ich aus meinen Gedanken gerissen. Ich bejahte und bedankte mich, nicht ohne vorher wenigstens noch einmal festzuhalten, dass dies alles eine bewunderungswürdige Geste unserer Gastgeberin ist.

Auch Claudia stimmte begeistert zu und so genossen wir den Kuchen der Schmidts und wussten nicht mehr so recht, wem eigentlich unser Unmut gehören sollte. Dennoch ging unser Blick sehnsüchtig nach draußen, wo der Garten in der untergehenden glutroten Abendsonne lag. Der erste Tag näherte sich dem Ende, das Meer hatten wir außer vom Schiff noch nicht gesehen, dafür kannten wir uns in Schmidts Veranda gut aus.

Ob das noch lange dauert?, wollte Claudia nach einer Weile des Schweigens wissen. Ihre kurzweilige Begeisterung für Frau Schmidts Anteilnahme war erschöpft und so schaute sie in unsere, sich ganz dem Essen hingebende Runde. Das lange Warten hatte ihren Widerstandswillen, der sich in der Regel in Wutausbrüchen Luft verschaffte, gebrochen und selbst der Wunsch, eine plausible Erklärung für die Festnahme zu finden, gehörte der Vergangenheit an.

Napoleon ist auch auf einer Insel verreckt, antwortete Franklin trocken und schaute dabei nicht einmal auf. Der hat auch immer gedacht, er macht da nur Urlaub. Ein Todesurlaub ist daraus geworden!

Aber der wusste wenigstens wofür. Trotzig wandte sich Claudia ab und hinterließ dabei ein Gesicht, das ihre makellose Schönheit noch anziehender machte. Es war jenes Gesicht, was ich an ihr liebte, weil es eine unwiderstehliche Mischung aus eitler Betroffenheit und gespielter Hilflosigkeit verriet. In ihm vereinigten sich alle Attribute des Geschlechts, das nicht umsonst schwach genannt wird und dessen Schwäche gerade seine Stärke ausmacht.

Während ich noch dem Gedanken anhing, ergänzte inzwischen Franklin seine Ausführungen genüsslich. Aber was, sage ich, Todesurlaub. Es war ein schleichender Tod, langsam aber sicher.

Was meinst du damit?, wollte Claudia nun genau wissen.

Wie man heute weiß, hat man dem Kaiser immer etwas Arsen in das Essen gegeben, so viel dass er es selbst nicht merkte. Und nach ein paar Monaten war Schluss, aus, vorbei! Dabei macht der lange schlaksige Kerl eine unzweideutige Handbewegung, schloss die Augen unter der ins Gesicht fallenden Haarsträhne und ließ die Zunge weit aus dem Mund hängen.

Claudia blieb instinktiv der Mund offen stehen, in der Hand hielt sie zitternd Schmidts Kuchen.

Guten Appetit, sagte ich und prostete ihr mit der Kaffeetasse zu. Hiddensee oder St. Helena, am Ende ist doch alles egal.

Eben, lachte auch Franklin. Wenigstens – die bringen unsere Särge noch aufs Festland. Damit hatte er ein Stichwort geliefert und wir beide führten mit zunehmender Freude einen fantasievollen Dialog:

Was heißt aufs Festland, hier oben wird man doch in die See geworfen. Sieht man doch in jedem Matrosenfilm.

Und wenn man Glück hat, wird man nach dem Westen geschwemmt. Und das ganz ohne Papiere.

Um Gottes willen. Franklin war aufgesprungen und gestikulierte jetzt wild in der Luft. Dann muss der arme Schmidt auch noch hinterher, wegen der Ausweiskontrolle! Dabei hat man eine Blechmarke an einem Bändchen um den großen Zeh. Halt, Ihren Ausweis bitte!

Aber ich bin doch bloß eine Leiche und so mausetot.

Das kann ja jeder behaupten. Zeigen Sie Ihren Ausweis.

Sehen Sie nicht die Marke um meinen Zeh.

Ah, so etwas aus Berlin, da hat ja jeder einen anderen Ausweis.

Aber es ist doch gar kein Ausweis.

Sondern.

Eine Blechmarke, Herr Genosse.

Das seh ich selbst, also, wo ist Ihr Ausweis.

Aber ich bin doch tot.

Seit wann bestimmen denn die Leichen selbst, wann sie tot sind. Also Ihren Ausweis, Sie Leiche!

Aber ...

Hier haben immer noch die Staatsorgane das Sagen. Und damit die abschnittsbevollmächtigten revolutionären Ostseeleichenbeschauer. Also folgen Sie mir gefälligst!

Lassen Sie mich los, Sie Leichenfledderer.

Sie sind eine volkseigene Leiche und damit beschlagnahmt. Nun halten Sie endlich den Mund!

Franklin und ich bogen uns vor Lachen, während Claudia der Appetit vergangen war. Sie drückte das Gesicht an die Scheibe und starrte in den Garten.

He, rief Franklin, du kannst auch mitmachen, Mauerblümchen.

Aber ich will nicht. Bei so einem Thema.

Zugegeben es ist ein wenig schwarzer Humor.

Nein, das hat mit Humor nichts zu tun, das ist schon makaber.

Na, nun hab dich nicht so, tröstete ich sie. Ich kann dir aber wirklich was Makabres erzählen. Auch daran wird sich Franklin erinnern.

Ahlbeck weißt du noch, wandte ich mich auch sofort an ihn.

Gott, hör bloß auf, mit den Inseln habt ihr es.

Also Ahlbeck auf Usedom, ließ ich mich nicht abhalten. Es war Abend, vielleicht später Nachmittag. Wir wanderten am Strand entlang, der untergehenden Sonne entgegen. Eisenhower, mein Potsdamer Freund mit langem blonden Haar und rötlichem Vollbart, war auch dabei. Fast gleichzeitig sahen wir ein merkwürdiges, aufgeschwemmtes Paket im Wasser schwimmen, keine hundert Meter vom Strand entfernt. Wir rätselten kurz, was das zu bedeuten hätte. Dann war uns klar, es müsste sich um einen Menschen handeln, der kopfüber im Wasser lag und nur seinen Rücken zeigte. Eisenhower und ich stürzten ins Wasser, während Franklin nach Hilfe auf die Strandpromenade lief. Doch statt der Hilfe kam der Ahlbecker Abschnittsbevollmächtigte in Uniform, der sich zunächst ein Bild von der Lage machen wollte. Während Eisenhower und ich versuchten, den jungen, schon ganz blauen und vom Salzwasser aufgeschwemmten Mann zu reanimieren, was uns bei dem Schaum, den der Mann um den Mund hatte, nicht leicht fiel, zog der ABV erst einmal seinen Notizblock aus der Tasche und befragte uns, die wir keuchend über dem Sterbenden hingen, nach dem Tathergang. Aber es gab keine Tat und auch keine Erklärung für irgendetwas. Und schon gar nicht wollten wir unser Dasein rechtfertigen.

Inzwischen hatte sich eine Reihe von neugierigen Zuschauern um uns versammelt, doch ein Arzt war noch immer nicht zu sehen. Dafür hatte der ABV inzwischen eine zweite Seite seines Notizblockes beschrieben. Die Überlebenschancen des Mannes verringerten sich zusehend, auch wenn jetzt Franklin, Eisenhower und ich uns gegenseitig bei der Mund-zu-Mund-Beatmung oder der Herzmassage abwechselten. Irgendwann reichte es Franklin, der noch über dem Opfer kniend, sich keuchend an den ABV wandte und inständig und wohl auch mit einigem Nachdruck darum bat, doch endlich einen Rettungswagen oder einen Arzt zu holen. Und dann passierte das, was niemand in der angespannten und bis zum Zerreißen geladenen Situation, in der es um Leben und Tod ging, erwartet hatte. Der Abschnittsbevollmächtigte in seiner vermeintlichen Autorität verletzt, schob die Mütze gerade und nahm Haltung an. Dann sagte er diesen uns allen so wohlbekannten Satz, als hätte man eine Puppe aufgezogen: Zeigen Sie erst mal Ihren Ausweis.

Das ist nicht wahr!, unterbrach Claudia erregt.

Doch so war es, bestätigte Franklin. Genauso war es. Zeigen Sie erst mal Ihren Ausweis.

Und dann?, wollte Claudia wissen.

Ich konnte doch meinen Ausweis nicht zeigen, es war doch ein PM 12! Wer weiß, was der Mann sich dann ausgedacht hätte. Veranda, sag ich nur.

Ich nickte zustimmend. Zum Glück musste er es auch nicht, fuhr ich fort, denn genau in diesem Moment erhob sich ein Sturm der Entrüstung unter den Umstehenden, die nun alle den ABV bedrängten, von seiner unsinnigen Kontrolle abzulassen und stattdessen, dem jungen noch von Anstrengung keuchenden Helfer zur Seite zu stehen. Noch dazu, wo es jetzt um Leben und Tod ging.

Es war wie eine kleine Revolution, ergänzte Franklin. Die Ahlbecker Strandrevolution, wenn man so will. Kleiner Anlass, große Wirkung. So hat schon der Sturm auf die Bastille begonnen, nur dass es um sieben lebende Gefangene und nicht um einen de facto schon Toten ging.

Und was passierte dann?, wollte Claudia nun genau wissen.

Der Aufruhr war erfolgreich, denn der ABV verzog sich und kam nach fünfzehn Minuten mit einer Ärztin zurück.

Und der Mann wurde gerettet, schlussfolgerte Claudia.

Nein, die Ärztin teilte uns nach kurzer Begutachtung des Opfers mit, dass der Mann tot sei. Inzwischen hatte auch jemand seine Sachen am Strand gefunden, eine Hose, ein Hemd, ein paar Latschen und zwei Bierflaschen. Vielleicht war er auch angetrunken und ist dann ins Wasser gegangen. Näheres konnten wir nicht mehr erfahren, dabei hätten wir den Hinterbliebenen noch gern eine Adresse hinterlassen, schon um ihnen noch für Fragen zur Verfügung zu stehen. Aber aus Angst vor dem ABV und der Entdeckung von Franklins und Eisenhowers PM 12 haben wir uns lieber aus dem Staub gemacht. Wer weiß, was sonst noch passiert wäre. So nutzten wir die Situation bei der Aufregung am Strand und der immer größer werdenden Menschentraube.

Eine gruslige Geschichte, sagte Claudia und schüttelte den Kopf.

Und doch wahr, erwiderte Franklin und ergänzte, dass ihn jedes Mal, wenn er daran denke kotzübel sei. Und doch erinnere ihn die Geschichte merkwürdigerweise immer an einen Witz, den er schon deshalb erzählen muss, um nicht mehr an den Tag am Ahlbecker Strand zu denken.

Einen Witz zum Vergessen?, Claudia schüttelte den Kopf.

Zwei Angler, so Franklin, saßen im Sommer auf einem Deich, als ein Fahrradfahrer vorbeikommt und vor ihren Augen die Kontrolle über das Rad verliert, in den Kanal fällt und untergeht. Nach kurzer Beratung, was zu tun sei, einigen sich die Angler, dass einer den Verunglückten bergen, während der andere dafür die Mund-zu-Mund-Beatmung vornehmen müsse. Gesagt, getan. Während der eine, wie verabredet, die Bergung übernimmt und einen Mann aus dem Wasser zieht, beginnt der andere Angler sofort mit der Beatmung.

Doch nach einer Viertelstunde weist der nun zuschauende Angler seinen über dem Opfer knienden und mit Inbrunst beatmenden Kollegen darauf hin, dass er aufhören könne.

Warum denn?, fragt dieser erstaunt und noch immer keuchend.

Der Kollege zeigt auf die Füße des vermeintlichen Fahrradfahrers. Der hier, hat Schlittschuhe an!

Widerlich, kreischte Claudia, sodass jetzt sogar Schmidt, in der Annahme, es wäre etwas passiert, aus seinem Zimmer stürzte.

Nichts ist, entschuldigte sich Claudia, wirklich nichts.

VII

Das Licht um das Haus hatte deutlich abgenommen. Der Abend senkte sich langsam über die Insel. Es war Ruhe eingekehrt in die Schmidt'sche Glasveranda.

Als Schmidt endlich wieder aus dem Dienstzimmer kam, fand er uns zusammengesunken auf den Holzstühlen. Franklin waren bereits die Augen zugefallen. Im Schlaf atmete er schwer.

Claudia und ich starrten auf den dunklen Dielenboden.

Wie lange müssen wir denn noch warten?, fragte Claudia den hereintretenden Schmidt. Schon wie sie die Frage stellte, verriet, dass sie selbst nicht mit einer befriedigenden Antwort rechnete.

Auch Schmidt schien ratloser, denn je. Vielleicht, so hoffte ich, ärgerte er sich selbst darüber, in Stralsund bei der vorgesetzten Stelle angerufen zu haben. Denn damit war ein Verwaltungsakt ins Leben gerufen, dessen Ende noch nicht abzusehen war und der ein Zurück unmöglich machte. Mit der Eröffnung war das Verfahren aktenkundig und bedurfte der ausführlichen Beschäftigung, an deren Ende dann vielleicht eine ebenso ordnungsgemäße Beendigung und Archivierung des Vorganges stehen konnte. In diesem Räderwerk waren nicht nur wir, sondern auch Schmidt gefangen.

Was weiß ich, antwortete Schmidt gereizt, mehr als anrufen kann ich auch nicht.

Aber man kann uns doch nicht so lange festhalten, das geht doch nicht, versuchte Claudia in aller Unschuld Schmidt zu erweichen, auch wenn sie selbst nicht wusste, was der ABV nun antworten sollte.

Doch eine Antwort musste Schmidt, dem in seiner Haut alles andere als wohl war, nicht geben, denn in diesem Moment trat Genosse Cowboy durch die Verandatür.

Die Arme in die Seiten gestemmt, trat er vor Claudia. Was denken Sie wohl, was alles geht, junge Frau!

Keine Frage, das Schnitzel schien unseren Weltfriedensretter gestärkt und neues Selbstbewusstsein gegeben zu haben. Auch trug er die schwarze Lederjacke jetzt geschlossen. Zu Schmidt gewandt fuhr er fort: Wer weiß, was die alles auf dem Kerbholz haben, dass das so lange dauert.

Schmidt antwortete nicht und winkte den blonden Mann ins Dienstzimmer. Noch bevor sie die Tür hinter sich schließen konnten, schallte Schmidts erster Satz durch den Flur, der uns sofort aufhorchen ließ: Was soll ich denn machen, wenn sich Stralsund nicht meldet, wir haben doch keine Zelle hier!

Selbst Franklin, der sich über Mangel an gutem, wenn auch unbequemen Verandaschlaf nicht beschweren konnte und den sogar die Rückkehr des Zivilbeamten nicht aufgeweckt hatte, schreckte jetzt aus süßen Träumen auf. Wir starrten uns mit lähmendem Entsetzen an. Schon die Rückkehr des Mannes verhieß keine gute Botschaft und nun auch noch das.

Zelle?, fragte Claudia und hielt sich vor Schreck die Hand vor den Mund.

Nun reg dich nicht gleich auf, beruhigte ich sie. Hast doch gehört, dass sie uns nicht die Nacht festhalten können.

Also lassen sie uns laufen, schlussfolgerte Franklin im Halbschlaf.

Abwarten, sagte ich und zeigte in den Abendhimmel, als erwartete ich von dort eine Antwort.

Nicht schon wieder, stöhnte Claudia.

Ich fürchte ja. Im Warten sind wir ja geübt.

Aber es könnte eine Rettung geben, mischte sich Franklin ein, vielleicht sogar eine volkseigene. Dabei malte er ein großes B in die Luft. Ja, das berühmte Vitamin.

Hier hilft kein Vitamin, gab ich zu bedenken. Hier hilft nur ein Vitamincocktail, ach was eine ganze Vitaminbombe. Dabei schaute ich Claudia mit fragendem Blick an. Aber sie reagierte nicht.

Kann uns nicht ..., wandte sich Franklin Claudia zu und wollte gern den Satz zu Ende bringen.

Nein!, entgegnete Claudia forsch. Nein, was soll mein Onkel von mir denken.

Aber der ist doch so ein hohes Tier!

Nein, hab ich gesagt.

Aber willst du nicht wenigstens erst einmal darüber nachdenken?, versuchte auch ich meinen Einfluss geltend zu machen.

Claudia schaute uns mit großen Augen an. Ich weiß nicht, antwortete sie unsicher, wenn der wüsste, was seine Nichte hier macht!

Eben nichts!, antwortete ich und ergänzte: Jetzt lassen wir uns schon selbst ein schlechtes Gewissen einreden. Am Ende ergeben wir uns ganz unserem Schicksal und gehen freiwillig zum Schafott.

Und das ohne Gegenwehr.

Claudia hob die Schulter. Es ist doch gar nicht klar, dass er uns helfen kann. Und dann dürfte er auch nur Ärger bekommen, weil er irgendwie mit uns in Zusammenhang gebracht wird.

Franklin war aufgesprungen. Was soll das heißen?

Dass er um seine Karriere fürchten muss, wenn er Leuten wie uns hilft, beantwortete ich die Frage. Warum also sollte er helfen, wo er um seine eigene Existenz bangt?

Ich wusste, dass dieser Vorwurf eine Unterstellung war, aber bei dem Thema erwachte in mir eine alte Erinnerung. Nicht so böse, aber bedrückend genug. Denn da war die blonde Gudrun, eine ehemalige Freundin aus der Nachbarschaft und vielleicht meine erste große Liebe, die sich auf Wunsch ihres Vaters von mir losgesagt hatte. Dabei war unser Kennenlernen im Kino »Kosmos« so wunderbar, fast romantisch, denn zu Beginn der Vorstellung, die wir beide wegen unterschiedlicher Gründe verpassten, stolperten wir uns quasi im Dunkeln in die Arme. Irgendwie hatte der Vater nach kurzer Zeit geahnt, dass ich nicht nur im Dunkeln, sondern auch bei Tageslicht Probleme machen könnte. Jedenfalls, so seine Auffassung, würde ich mit dem Schrittmaß des Sozialismus Schwierigkeiten haben oder eben ein anderer eher die Gewähr für ein unproblematisches Fortkommen der ganzen Familie bieten. Diesen anderen stellte ich mir schon vor, im Ehrenkleid der Nationalen Volksarmee, verpflichtet für zehn Jahre und mit einem festen marxistisch-leninistischen Klassenstandpunkt, quasi die

Avantgarde des gesellschaftlichen Fortschritts. Schließlich, so ihre Begründung, müsste ich das einsehen, wo der Vater doch noch eine Karriere vor sich hätte, im Ministerium für Schwermaschinenbau. Ja, das System funktionierte auch im Stahl- und Walzwerk, und es galt die Errungenschaften des Sozialismus und seiner fleißigen Werktätigen gegen jede Form feindlich-negativer Beeinflussung zu verteidigen, auch wenn mir niemand sagen konnte, welche Form das sein sollte.

Das habe ich so nicht gesagt, wehrte sich Claudia gegen den Vorwurf, als müsste sie nicht ihren Onkel, sondern sich verteidigen.

Aber du weißt es!

Auszuschließen ist es nicht.

Na bitte! Es funktioniert doch, triumphierte Franklin. Das System funktioniert und alle sind kleine Teile des großen Räderwerks! Ein System mit großen und kleinen Beamten, Helfern und Helfershelfern, Polizisten in Uniform und Zivil. Warum soll die Organisation nicht auch Lehrer, Richter und Diplomaten beschäftigen?

Claudias Gesichtsfarbe nahm langsam, aber sicher eine rötliche Farbe an. Ihr könnt über euch urteilen, aber nicht über andere, erzürnte sie sich. Mein Onkel ist nicht so einer!

Nein?

Nein. Letzteres kam nicht ganz überzeugend, aber immer noch deutlich genug.

Natürlich nicht, Franklin hob die Stimme. Am Ende will es immer keiner gewesen sein. Haben alle nur ihre Pflicht erfüllt und immer brav auf Befehl gehandelt. Da stört nicht mal das Gewissen!

Noch bevor Claudia mit hochrotem Kopf explodieren konnte, was für alle Seiten kein schöner Anblick wäre, traten die Vertreter der Staatsmacht aus Schmidts Dienstzimmer. Der Cowboy hatte ein schweres Fernglas um den Hals. Hinter ihnen blieb die Tür offen stehen, sodass der Generalsekretär nun wieder freundlich auf die Sommergäste schaute. Doch außer dieser Freundlichkeit hatten seine Boten keine bessere Nachricht.

Das wird noch dauern, sagte Schmidt, der uns im Gegensatz zu seinem Generalsekretär keines Blickes würdigte und an der Tür stehen blieb.

Aber Sie können das alles abkürzen, ergänzte der Cowboy und lächelte. Es war ein unnatürliches falsches Lächeln, das Angst machte. Seine beiden Hände hielten dabei das Fernglas fest vor der Brust.

Und wie?, wollte Claudia sofort wissen, obgleich dieses Lächeln jegliche Kumpanei verbot.

Ganz einfach, Sie sagen uns, was Sie hier wirklich wollen. Mehr nicht!

Wir machen hier Urlaub und sonst nichts weiter, beteuerte Claudia mit weinerlicher Stimme und raufte sich dabei die Haare. Was wollen Sie denn noch hören?

Die Wahrheit, nichts als die Wahrheit!

Aber das ist die Wahrheit!, rief Claudia so laut und voller Verzweiflung, dass wir erschraken.

Also dann nicht, sagte der blonde Mann und machte eine ernste Miene. Wir hatten es Ihnen angeboten.

Claudia schüttelte den Kopf. Tränen standen in ihrem Gesicht.

Es gibt einen Bauwagen, mischte sich Schmidt jetzt beruhigend ein, da schlafen sonst Bauarbeiter aus Rügen. Aber am Wochenende sind die nicht da. Und da gibt es auch Doppelstockbetten, das wird schon irgendwie gehen. Natürlich behalten wir Ihre Papiere.

Damit Sie nicht denken, Sie könnten sich aus dem Staub machen, ergänzte der Cowboy mit diesem unnachahmlichen Lächeln, schließen wir den Wagen natürlich heute Abend ab. Und bereits vor dem ersten Dampfer morgen früh sind wir wieder da. Also abhauen geht schlecht. Von der Insel kommen Sie ohnehin nicht runter, es sei denn, Sie versuchen es als Wasserleiche.

Nein danke, lehnte Franklin ab. Mit den Wasserleichen haben wir schon unsere Erfahrung.

Ach so, sagte Schmidt, der sich jetzt nach seiner eintretenden Frau umsah, die der Lärm von Claudias Aufschrei auf den Plan gerufen hatte. Für neun Uhr hab ich heute Abend einen Tisch bestellt. Da bekommen Sie was zu essen.

Essen?, fragte der blonde Weltfriedensretter und schaute uns Delinquenten ungläubig an.

Schmidt überhörte die Frage. Aber beeilen Sie sich bitte. Wir werden vor dem Lokal warten.

Vor welchem Lokal?, fragte der Cowboy.

Vor dem »Dünenhaus«, antwortete Schmidt so kurz und knapp, dass es den Anschein hatte, als wollte er keine weiteren Fragen seines zivilen Kollegen zulassen.

Aber ist da nicht ...

Das ist mir egal, was da ist, entgegnete Schmidt fast unfreundlich und mit einem beachtlichen Ausdruck von Autorität. Woanders habe ich keinen Platz bekommen. Die anderen Gaststätten sind entweder schon geschlossen oder haben jetzt nichts mehr zu essen. Sie wissen doch, wie das ist in der Saison, oder soll ich die Leute vielleicht in meinem Haus bewirten?

Gern, hörte ich mich schon sagen, aber nur unter der Bedingung, dass uns Ihre Tochter bedient. Doch so zynisch vermochte ich dann doch nicht zu sein.

Genosse Cowboy vom ungewohnten Tonfall überrascht, hob zur Widerrede an. Jedoch war Frau Schmidt schneller: Na klar müssen die jungen Leute was essen. Können doch nicht hungrig ins Bett gehen.

Schmidt nickte zustimmend. Das kriegen wir schon hin.

Das »Dünenhaus«, so schoss es mir sofort durch den Kopf, war doch jenes Lokal, von dem Schmidts Tochter berichtete und wo es heute sogar Tanz geben sollte! Bei diesem Gedanken erfasste mich eine merkwürdige Erregung, die ich nicht mehr unterdrücken konnte, die aber wohl in der Annahme begründet war, ich könnte Kathrin noch einmal sehen. Ich hatte sogar das unerklärliche Gefühl, als wäre ausgerechnet sie, wie die Tochter des Teufels, unsere Rettung.

Vergessen war das stundenlange Warten in der Veranda, vergessen die Aussichten auf ein Doppelstockbett eines Bauwagens, vergessen die Gegenwart unserer Ordnungshüter und die Angst vor einer Stralsunder Antwort, die von Stunde zu Stunde länger auf sich warten ließ. Jetzt dachte ich nur an das Dünenhaus und konnte unseren Aufbruch kaum erwarten.

Trotzdem mischte sich in diese Hochstimmung, die allein durch die Aussicht, die hübsche Schmidttochter wiederzusehen, gerechtfertigt war, ein merkwürdiges Gefühl von Beklommenheit. Denn die Situation wurde immer absurder, vor allem weil ich mir vorstellte, wie wir als Festgenommene und Tatverdächtige zum Tanzabend geführt werden und dort zwischen den frohgelaunten Inselbewohnern und Gästen Komparsen eines unwirklichen Spiels würden, das mit der Realität wenig Gemeinsamkeit hatte. Dem Stück zu entfliehen war sinnlos, ohne Ausweis, ohne Papiere und vor allem ohne Schiff, denn der nächste Dampfer der volkseigenen Weißen Flotte verließ erst gegen 6 Uhr morgens das Eiland.

So hatte ich mir meinen Urlaub nicht vorgestellt, warf Claudia jetzt ein. Erst werden wir von der Straße geholt, dann stundenlang festgehalten und am Ende muss man noch unter Polizeiaufsicht essen. Wie soll man da einen Bissen herunterbekommen?

Ich weiß gar nicht, was du willst, antwortete Franklin, eine Henkersmahlzeit steht nun mal jedem Verurteilten zu. Auch unsere Hüter des Gesetzes müssen darauf Rücksicht nehmen, denn schließlich baumelt es sich mit einem fetten Schweinebraten im Bauch deutlich besser.

Halten Sie den Mund!, schrie der Cowboy jetzt mit bebender Stimme. Wir können Ihnen das Essen auch ganz streichen. Das wär ohnehin das Beste.

Frau Schmidt musste vor Schreck das Tablett abstellen. Ihre Hände zitterten.

War doch nicht so gemeint, versuchte Claudia den blonden Mann zu beschwichtigen.

Von wegen, nicht so gemeint, entgegnete der Cowboy aufgebracht. Mit solchen wie euch werden wir noch allemal fertig!

Claudia legte die Hände vor das Gesicht und begann lautstark zu heulen. Ich halt das nicht mehr aus, schluchzte sie, womit die Szene vollends zu entgleisen drohte.

Ich versuchte sie zu beruhigen und ärgerte mich, Franklin nicht rechtzeitig gebremst zu haben. Jede unbedachte Äußerung war jetzt Öl im Feuer und konnte die Situation nur eskalieren lassen. Schon sah ich das Dünenhaus in Gefahr.

Heulen Sie nur!, schrie der Weltfriedensretter erregt, auf diese Mitleidsnummer fallen wir nicht mehr rein.

Frau Schmidt hielt sich die Ohren zu und betrachtete ihren Mann mit einem vorwurfsvollen Blick.

So musste Unterleutnant Schmidt zwangsläufig handeln, auch wenn es schien, dass ihn weder die Einsicht noch der Wille zu diesem Handeln übermannte. Also dann, nickte er, lassen Sie uns aufbrechen. Er ging zur Verandatür und sperrte sie auf. Kommen Sie!

Langsam erhoben wir uns und folgten ihm in den lauen Sommerabend.

VIII

Im Dünenhaus herrschte Hochbetrieb. Gutgekleidete, meist junge Menschen drängten in die Gaststube und von dort durch eine große Flügeltür in den dahinter befindlichen Saal. Fröhliche Gesichter füllten die Räume und sammelten sich unter großen Qualmwolken am Tresen.

Die Musik einer Vier-Mann-Kapelle quoll lärmend aus den geöffneten Saalfenstern die Dorfstraße hinauf.

Einige junge Männer standen neben der gut dreißig Meter langen Schlange vor dem Eingang und rauchten. Sie hatten gefüllte Biergläser in den Händen, die sie von Zeit zu Zeit aneinanderschlugen, sodass es laut klirrte.

Die ganze Szene hatte etwas Vertrautes und erinnerte mich an die Zeit meiner Kindheit und frühen Jugend. Nicht anders funktionierte die heile Welt in unserem Dorf, und immer, wenn ich später alte Heimatfilme sah, fühlte ich mich an die Zeit erinnert, die mit zunehmendem Abstand zur Vergangenheit noch verklärter wurde, als sie ohnehin schon war. Vielleicht, so dachte ich später, war gerade der Wunsch nach dieser heilen, wenn auch verlogenen Welt die Ursache meines bis heute gebliebenen Verlangens nach diesen alten Filmen, die oft jeden Inhalts entbehrten.

Als wir uns in Begleitung von Unterleutnant Schmidt und des blonden Mannes, der einigen Abstand zu uns hielt, der Gruppe junger Männer näherten, verstummten die Gespräche. Die Männer nippten an den Gläsern und nahmen große Züge von ihren Zigaretten.

Der Einlasser, ein klobiger Fischerbursche mit dicken Wurstfingern und einem stiernackigen Hals wusste Bescheid. Dahinten, der Tisch, sagte er und zeigte mit einem der Wurstfinger auf einen einzelnen Ecktisch, der ohne Gäste geblieben war.

Gut gut, antwortete Schmidt und drängte zur Eile.

Wir schlüpften an der Schlange geduldig wartender Menschen vorbei in die Gaststube, gefolgt von den mürrischen Blicken der Umstehenden. Weder das Zustecken eines Scheins sogenannter freikonvertierbarer Währung, noch die In-Aussicht-Stellung einer anderen begehrten Zuwendung hatte den Türsteher überzeugt, sondern ein Privileg, das an Peinlichkeit kaum zu überbieten war. Dass wir einmal zu einem begehrten Sitzplatz in einem Tanzlokal dank der Beziehungen zur uniformierten Staatsmacht kommen sollten, hatten wir uns niemals träumen lassen. Und auch sonst war es üblicherweise nicht so, dass wir unsere Abende mit einem Abschnittsbevollmächtigten und seinem Helfershelfer verbrachten.

Auch Schmidt wirkte unsicher. Tanz noch dazu, brubbelte er dem blonden Cowboy zu, das konnte doch keiner wissen.

Ich hab doch vorhin ..., sagte der Cowboy. Aber Schmidt ließ ihn nicht ausreden. Ich werde draußen warten, sagte er und wandte sich an Franklin. Also beeilen Sie sich.

Wir versuchen es, antwortete Franklin und nickte so übertrieben, dass Schmidt eigentlich wissen musste, dass er sich auf ihn nicht verlassen konnte. Schon sein Gesicht, aus dem geradezu der Schalk fiel, war die Gewähr dafür, dass Schmidt sich täuschte.

Und Schmidt schien es zu ahnen. Unsicher hob er die Uniformmütze und kratzte sich am Kopf. Doch bis zum Cowboy, von dem er Unterstützung erwarten konnte, reichte sein Hilfe suchender Blick nicht. Zu sehr schien Schmidt zwischen die Stühle geraten zu sein.

Am Ecktisch empfing uns ein großes »Reserviert«-Schild, das sonst nur Einheimischen vorbehalten war und jetzt unsere Sonderstellung als eine Art von Edelgefangenen vervollständigte. Danke, rief Claudia dem davoneilenden Schmidt noch nach und nahm als Erste am Tisch Platz.

Unsicher, wie er mit dem Dank umgehen soll, antwortete Schmidt nicht und verließ das Lokal. Dafür blieb der Cowboy und Weltfriedensretter mit einem grimmigen Gesicht und seinem Feldstecher um den Hals zurück. Verdient haben Sie das nicht, sagte er und verschränkte die Arme wütend vor der schwarzen Lederjacke. Dann begab er sich zum Ausgang, von wo aus er stehend das Geschehen im Gastraum verfolgen konnte. Jedenfalls glaubte er dies bis zu diesem Zeitpunkt.

Am Tisch Platz genommen, beschlossen wir, uns ausgiebig Zeit zu nehmen. Was war das schon, eine Stunde oder zwei, wenn wir doch den halben Tag in Schmidts Veranda verbracht haben. Insofern sollte das Abendessen ein Ersatz für die entgangenen Strandfreuden werden. Franklin begann als Erster mit einer umfänglichen Bestellung, obgleich die Karte wenig Auswahl bot. Aber wie sonst konnten wir etwas Zeit und damit eine zweifelhafte und deutlich begrenzte Freiheit gewinnen.

Der Wirt, ein untersetzter dickbäuchiger Mann älteren Baujahrs, dessen aufgequollene rote Nase das markanteste Zeichen seines blutleeren Gesichtes war, kam selbst an den Tisch, sodass ich vermutete, Schmidt hätte mit ihm eine Absprache getroffen. Entsprechend unfreundlich war er dann auch und seine Freundlichkeit nahm nicht zu, als wir ein opulentes Mahl zusammenstellten. Aber was heißt schon opulent, auf Hiddensee war in der Saison alles jenseits einer Bockwurst mit Kartoffelsalat opulent.

Wir sind hier in der Hochsaison, blaffte uns der Wirt an, nachdem wir uns anmaßten, mindestens zwei Gänge zu bestellen. Dabei hörte sich das Wort Gänge in seinen Ohren schon dekadent an. Da können Sie zufrieden sein, wenn wir noch eine Soljanka als Vorsuppe anbieten. Salat, wo denken Sie hin, haben doch keinen Garten hinterm Haus und die Belieferung ... hören Sie auf ... na ja Berlin, typisch, da sind Sie ganz schön verwöhnt, am liebsten jeden Tag ein Schweinskotelett.

Was das Essen angeht sicherlich nicht, entgegnete Franklin. Schließlich bekommen auf Hiddensee selbst die Gefangenen ein warmes Abendessen und ein gutes Bier. Davon träumen die Menschen in Berlin nur.

Was für Gefangene?

Fragend schauten wir uns an. Was für Gefangene?

Na die, die sie auf der Insel festsetzen. Oder haben Sie noch nie was von Alcatraz gehört? Alcatraz von Hiddensee.

Der Wirt schüttelte den Kopf. Ich versteh nicht.

Müssen Sie auch nicht, sagte Franklin und ließ einen verwirrten Wirt zurück.

So bestellten wir, was zu bestellen möglich war. Reichlich floss das Bier, vielleicht auch, weil es die Aussicht auf einen Rausch, und damit das Vergessen versprach. Und das ohne Einfluss unseres Meisters des Vergessens. Im Übrigen gab es auch kaum eine Alternative, schon weil die Fassbrause dank der üblichen und doch jedes Jahr immer wieder überraschenden Sommersaison ausgegangen und die Selters warm war. Und gegen die sozialistische Planwirtschaft, die von allerlei kleinen und großen Lieferschwierigkeiten gequält wurde, konnte auch der beste Wirt nichts tun.

Nun seid doch zufrieden!, baute uns Franklin in seiner ihm eigenen Art auf. Wo sonst in der Welt werden die Inhaftierten so fürsorglich behandelt, mit Wahlessen und echtem Bier, das zwar auch warm ist, aber dafür in Strömen fließt. Als Ausgleich würden, so Franklin, dafür im Winter Eisschollen in den Getränken schwimmen. Und was die fehlenden Zwiebeln auf dem Hackepeter betrifft, so erinnerte er, wenn auch hier beim Essen unpassend, an jene von sächsischen Jungfunktionären ausgegebene Mai-Losung, mit der einst der landesweite Mangel an Zwiebeln zur kämpferischen Haltung gegenüber dem Klassenfeind herausfordern sollte: *Wir werdens dem Westen schon beweisen, wir könn' auch ohne Zwiebeln scheiß...* Noch bevor Franklin, der die Losung auch noch in einem sächsischen Dialekt zum Vortrag brachte, endete, prusteten wir los. Claudia verschluckte sich dabei so sehr, dass ihr die Tränen in die Augen schossen.

Nur Franklin blieb ruhig und tat unschuldig. Wie auch immer, sagte er, einen gewissen Reiz kann man dieser Gefangenschaft nicht absprechen, zum Schluss gibt es sogar Tanz und das ohne Ketten. Das ist das wahre Ideal einer beglückten Menschheit in einer befreiten Welt, wie es nicht mal die alten Vordenker erträumt hätten!

So ein Quatsch!, amüsierte sich Claudia.

Quatsch, von wegen, antwortete Franklin, dem der Schalk schon wieder im Gesicht stand. Der Sozialismus siegt!

Lieber nicht, mir reichten schon die Parolen, die in unseren Schulen von den Wandzeitungen in den Klassenräumen schrien, gab ich zu bedenken. Da blühte mir die Zukunft doch zu sehr.

Dabei muss man nur nach Hiddensee fahren, da merkt man schon, was einem blüht, ergänzte Franklin.

Wir lachten. Nur Claudia war nicht danach, was Franklin erst recht dazu veranlasste nachzulegen: Das sollte auch dein Onkel wahrnehmen, vielleicht wäre er sogar stolz, dich hier an vorderster Front im Kampf für eine blühende Zukunft in einer sinnerfüllten Welt zu finden.

Ha, ha! Claudia presste sich ein künstliches Lächeln über die Lippen, schließlich ging es wieder um ihren Onkel. Und der stand, wie so oft im Mittelpunkt unserer provozierenden Betrachtungen. Schließlich, so glaubten wir, hätten wir mit ihm einen Teil des weltumspannenden missionarischen Tuns der revolutionären Arbeiterklasse und ihrer Weltfriedensretter ausgemacht.

Macht euch nur lustig!, erregte sich Claudia. Wenn der das wüsste! Seine Nichte hier und dann diese Situation. Ich weiß nicht, was der sagen würde!

Herr Botschaftsrat würde mal sehen, was hier wirklich los ist in dem »Gelobten Land« der Werktätigen, antwortete Franklin. Abgesehen davon, dass die Verbannten am Abend unter Polizeischutz zum Essen mit anschließendem Tanz geführt werden und sich auf Staatskosten wunderbar amüsieren, müsste ihn doch manches zu denken geben.

Glaubst du nicht, dass der das alles schon weiß, fragte ich.

Wer weiß, antwortete Franklin. Umso höher die Position, um so dünner die Luft da oben, und dann fällt logischerweise das Nachdenken immer schwerer. Nur das Vergessen fällt leichter.

Das musst du gerade wissen, wo du uns ja so gern das Vergessen als Lebensheil predigst, erwiderte ich.

Ja, das ist es, ein wahres Lebensheil! Wie kommen sonst die großen und kleinen Ganoven, Verbrecher und Diktatoren durch das Leben. Wer noch ein Gewissen hat, der sollte besser gleich vergessen.

Ich wusste, was Franklin meinte, schließlich hielt er uns einmal einen Vortrag im »Wiener Café«. Dabei erläuterte er, dass sich genau jene Menschen, die in der Geschichte Verantwortung, für welche Untaten auch immer, trugen, schon deshalb nicht erinnern würden, weil sie mit Hilfe des Vergessens das Gewissen ausschalten, ja es geradezu betrügen.

Die Diskussion endete irgendwann weit nach Mitternacht bei mir zu Hause und der Frage nach der strafrechtlichen Relevanz von Erinnerungslücken.

Ja, das Vergessen, nickte nun Franklin, der wohl ahnte, was mir durch den Kopf ging. Da musste ich noch nicht einmal die Geschichte aus meiner Schulzeit wiederholen, die mich bei diesem Thema immer wieder einholte. Aber irgendwie hatte auch mich das Vergessen traumatisiert, denn ich sah mich immer wieder als 13-Jährigen bei einer mündlichen staatsbürgerlichen Prüfung vor meiner Schulklasse. Mit zitternder Stimme begann ich eine vom

Ah, Napoleon! Du meinst Arsen?

Man weiß ja nie!

Da hast du recht, scherzte Franklin, man weiß nie, weder wegen Schmidt noch wegen seiner Frau und schon gar nicht wegen der vielen Helfershelfer. Die revolutionäre Arbeiterklasse als Giftmischer, warum nicht! Giftmischer aller Länder vereinigt Euch!

Claudia schüttelte den Kopf. Ihr Lächeln machte sie schön.

Am Ende haben die alle einen Giftmischerkurs zum staatlich anerkannten Vergifter mitgemacht, fuhr Franklin fort. Wahrscheinlich in der hauptstädtischen Giftküche unter fachkundiger tschekistischer Anleitung. Ja, dann ist man perfekt, bei der Roulade genauso wie beim Spiegelei. Letzteres schmeckt dir hoffentlich gut?

Claudia nickte zufrieden und schob sich einen großen Bissen in den Mund.

Aber Napoleon ist gar nicht mit Arsen ermordet worden, mischte ich mich in das Gespräch ein, dem ich zunächst nur halbherzig gefolgt war, denn mein Blick ging durch die Gaststube hinüber zur Saaltür, immer in der Hoffnung, die dunkelblonde Kathrin zu erspähen. Und mit jedem Öffnen der Tür schob ich mich, möglichst ohne die Aufmerksamkeit Claudias zu erregen, auf meinem Stuhl nach vorn und reckte, so gut es ging, den Hals. Aber leider ohne Erfolg, auch wenn sich die Tür zuweilen für Minuten öffnete. Wie, er ist nicht mit Arsen ermordet worden?, wollte es Franklin jetzt genau wissen.

Nein, sein Diener war es nicht und auch nicht der Cowboy oder Schmidt, beteuerte ich. Und schon gar nicht seine Frau!

Bist du sicher, dass Schmidt nicht schon auf St. Helena war? Sozusagen als Insel-ABV?

Ganz sicher bin ich da nicht.

Aber wer soll es denn dann gewesen sein?, fragte Claudia neugierig.

Gar keiner, gab ich kauend zur Antwort, um die Spannung noch einmal zu erhöhen, und schaute wieder hinüber zur Saaltür, die sich in diesem Moment öffnete.

Am Ende war er es wohl selbst, fuhr ich nach einem kurzen Moment, der genügte, um die Hereinkommenden zu mustern, mit meinen Ausführungen fort. Oder besser, sein Geschmack ist ihm zum Verhängnis geworden.

Typisch großer Mann der Weltgeschichte, sagte Franklin, die Frauen haben ihn auf dem Gewissen. Josephine!

Nicht die Frauen, schmunzelte ich und kam damit Claudias Protest zuvor. Seine Liebe für das Grün! Genau genommen für das Schweinfurter Grün!

Nun spanne uns nicht so lange auf die Folter!

Ganz einfach. Der große Franzose ließ sein Haus auf St. Helena mit grünen Teppichen und Tapeten gestalten. Zum Grünfärben benutzte man früher das sogenannte und von Napoleon so sehr geliebte Schweinfurter Grün. Das enthält, wie ihr vielleicht wisst, Arsen und Grünspan.

Natürlich wissen wir das!, scherzte Franklin.

Allerdings wusste damals niemand, dass Arsen unter Feuchtigkeitseinfluss, und der war auf der Atlantikinsel besonders hoch, verdunstet.

Du meinst, er ist an der Verdunstung des Arsens gestorben?

Anzunehmen, denn bei seiner Exhumierung stellte man fest, dass es Arsen war und nicht, wie man damals zunächst annahm, die Schwindsucht.

Aha!, wusste ich doch, Arsen!, rief Franklin. Jetzt lassen sich auch die vielen grünen Teppiche in Schmidts Veranda erklären! Und der Lampenschirm! Und die ..., genau, die grünen Blumen!

Da haben wir es. Der Schmidt hat das genau gewusst und er hat das Ding eingefädelt! Und das von langer Hand! Und ihr glaubt, er ist unschuldig.

Wir lachten, was die Männer am Nachbartisch, die, in dicke Qualmwolken gehüllt, Skat spielten, zu mürrischen und unverständlichen Äußerungen verleitete. Aber dann schwiegen sie wieder und nur gelegentlich riefen sie Zahlenfolgen über den Tisch.

Ich musste bei diesem Bild an Schopenhauer denken. Wer sich keine Gedanken geben kann, gibt sich Karten, hatte der große, im Arbeiter- und Bauernsozialismus verpönte Philosoph, von dem ein Bild über meinem Schreibtisch hing, einmal gesagt. Und wahrscheinlich hätte er in diesem Moment auch wieder recht gehabt, obgleich mir die Männer immer noch lieber waren als die beiden Vertreter der Staatsmacht, die draußen und am Eingang Wache hielten und uns in die verzwickte Lage brachten. Musik drang aus dem Saal. *Schön ist es, auf der Welt zu sein*, sang ein Mann, dessen heisere Stimme zwischen den Instrumentalklängen fast unterging. Aber er sang tapfer gegen das Schlagzeug und die Gitarren an, während Schmidt in Uniform ebenso tapfer das Haus umkreiste. Denn oft genug sahen wir jetzt die grüne Mütze an den Fenstern vorbeihuschen. Nur seine Tochter sah ich noch immer nicht. Vielleicht, so dachte ich, hat er ihr auch den Besuch des Lokals untersagt, schon um sicherzugehen, dass sie keinen Kontakt zu uns herstellen konnte. Andererseits würde sich die junge Frau, so vermutete ich, das Spektakel im Dünenhaus wohl kaum entgehen lassen, denn hier feierten Alt und Jung, Gäste und Einheimische ohne Ansehen der Herkunft, des Standes oder der Bildung friedlich miteinander. Was Bunteres und auf seine Art Abwechslungsreicheres hatte die Insel mit Sicherheit an diesem Abend nicht zu bieten. Und da fiel es auch gar nicht auf, wenn die vielen auf die Insel geschwemmten Aussteiger und mit höchst unterschiedlichen Lebensläufen versehenen, gescheiterten und nicht gescheiterten Existenzen feierten. Egal, ob sie sich als Saisonkräfte verdingten, Künstler waren oder sich dafür hielten, als Fischer, Hafenarbeiter oder Bademeister ihren Lohn bezogen oder als Urlauber die Insel bevölkerten. Sie alle, einschließlich manch großem und kleinen Vertreter staatlicher Organe, die sich, wenn in Geheimmission, natürlich nicht zu erkennen gaben, schauten gemeinsam in ein und dasselbe Schnapsglas oder lachten über die gleichen zotigen Witze. Kein Wunder, wenn Franklin jetzt am Tische stand und laut mit Villon lamentierte:

Da hält ein Metzger einen Grand
Im Ringelreihen an der Hand
Dort tanzen Bischof und Scholar

Mit einer Dieb- und Gaunerschar.
So sind sie allesamt vereint
Zu einem tollen Kunterbunt
Kein Unterschied, ob Freund, ob Feind,
ob Herr, ob Diener, tut sich kund.

Selbst wenn es den steten Mangel an Gelegenheiten für die amüsierträchtigen Inselgäste nicht geben würde, müsste das Lokal nicht um seine Zukunft bangen. Denn hier tobte das Leben mit und ohne Mangel.

Noch näher am Leben aber waren wir, wenn die Saaltür aufgestoßen wurde. Dann ergoss sich ein lautes Gemisch aus Musik, Stimmengewirr, Gelächter, Klirren und Geschirrklappern in den Gastraum. Im Gegenzug, gleichsam als Gegenleistung gingen alle Blicke vom Gastraum in den Saal. Einige davon mit wachsender Neugier.

Suchst du jemand?, fragte mich Claudia, die in mir offensichtlich einen Vertreter dieser wachsenden Neugier sah.

Ich schüttelte unschuldig den Kopf und konnte doch die Unruhe nicht verbergen. Nein, ich suche nur die Toiletten, stotterte ich und wusste doch, dass Claudia so eine alberne Ausrede nicht verdient hatte.

Entsprechend schaute sie mich mit großen Augen an, die sich wie Laserstrahlen durch meinen Leib bohrten, und nickte. Dieses mit einem leichten Augenaufschlag vorgetragene Nicken war so vielsagend, dass es allein ausreichte, um unsere gesamte Gefühlswelt an der spannungsgeladenen Grenze zwischen platonischer und körperlicher Liebe zu umschreiben, in der wir uns eingerichtet hatten. Wie unsicher dennoch diese Grenze war, zeigte genau dieser von einem einzigen Reiz provozierte Moment.

Die Suche nach den Toiletten war dann auch eine ideale Ausrede, um nicht nur der Situation zu entkommen, sondern auch die Suche nach Kathrin von einem anderen Standort aus erfolgreicher fortsetzen zu können. So erhob ich mich, ohne daran zu denken, dass unser Bewacher am Eingang nervös werden könnte, und nahm einen großen Umweg zu den Toiletten. Diese waren nur vom Saal aus zugänglich, sodass die Nutzer immer den Weg über den großen Saal nehmen mussten. Zwangsläufig, aber nicht ganz ohne eigenes Zutun, stand ich irgendwann im Saal. Um mich drängelten sich tanzende und wild gestikulierende Menschen, deren Worte und Sätze vom Gelächter und der lauten Musik übertönt wurden. So schrien sich die Menschen trotz der erdrückenden Enge im Saal notgedrungen an. Und sie taten es so, als wären sie allesamt Schwerhörige.

Der Saal war prall mit schwitzenden Menschen gefüllt, deren unterschiedliche Ausdünstungen, angereichert mit süßlichen Parfümen und dem handelsüblichen Rasierwasser aus dem VEB Kosmetik, sich zu einer schwülstig-schwülen Duftnote vereinigten. Bei diesem Gestank würde jeder Parfümhersteller kapitulieren. Hier aber versetzte der lauwarme Dunst aus Schweiß, abgestandenem Bier, beißendem Zigarettenqualm und dem süßlich-erotischen Duftwasser, das die volkseigene Inseldrogerie aufzubieten hatte, die Menschen in einen Trancezustand, als würden sie, wie benommen, der irdischen Erlösung harren. Die laute Musik schien sogar die Entrückung der Probanden in das Reich der Transzendenz zu begleiten und zu fördern. Hemmungslos küsste sich in einer Ecke ein Pärchen. Ein fremder Mann prostete mir zu, während sich genau in diesem Moment auch eine nicht besonders hübsche, dafür aber rot glühende Frau mittleren Alters kreischend an meine Schulter warf. Ich ließ sie gewähren und versuchte mich nicht einmal aus ihrer Umarmung zu befreien. Eine Erklärung dafür hatte ich nicht, aber ein merkwürdiges Gefühl durchströmte meinen Körper. Mir wurde warm, so wohlig warm, als wäre ich nach langer Reise an einem vertrauten Ort angekommen. Vergessen waren Unterleutnant Schmidt, der noch immer um das Gasthaus schlich, und der blonde Wachmann und Weltfriedensretter, vergessen die Angst, vor dem, was kommen mochte. Es mag irreal klingen, aber ich fühlte mich angekommen und aufgenommen, ja geborgen, als wäre das alles ein riesiges, eigens für mich inszeniertes Schauspiel. Und dieses Schauspiel, so wünschte ich mir in diesem Moment, in dem ich auch noch die falsche Frau im Arm hielt, sollte nicht vergehen. Selbst der lächelnde Generalsekretär, der sich goldgerahmt über dem Tresen einen Platz gesichert hatte und den ich erst jetzt bemerkte, war Teil dieser merkwürdig heilen Welt. Und doch kam es mir vor, wie ein Tanz auf dem Vulkan.

Die Musik endete und ein neuer langsamer Titel begann. Die fremde Frau verschwand so schnell, wie sie gekommen war und ich stand allein im Saal. Allein mit diesem wohligen Gefühl in den Gliedern und den Kopf voll mit Gedanken. Verwundert und wohl auch hilflos schaute ich mich um. Doch bevor ich begriff, was passiert war, schoss eine dünne schmale Frauenhand aus der schwitzenden schon auseinanderlaufenden Menschenmenge, umfasste mein Handgelenk und zog mich in die Saalmitte.

Komm lass uns tanzen, rief die junge dunkelblonde Frau und legte ihre Arme um meine Schultern.

Erst jetzt erkannte ich Schmidts Tochter. Während meine Augen noch geistesgegenwärtig zu den Saalfenstern eilten, hinter denen jeden Moment ein Uniformschatten vorbeihuschen konnte, drückte Kathrin ihren warmen schmiegsamen Körper an mich. Ehe ich etwas sagen konnte, lag ihr Kopf auf meiner Schulter. Der Situation völlig ergeben, fühlte ich ihren warmen, feuchten Atem, der mir über den Nacken in den Rücken strömte. Und ich spürte, wie die Hitze ihres Leibes in meinen überging und wünschte mir, ganz darin zu verbrennen. Doch dieser Augenblick, so sehr ich ihn auch der Ewigkeit anzuvertrauen hoffte, fand ein baldiges Ende. Schon ihre Fragen holten mich zurück in die Realität, die zu ignorieren ich mir bis dahin größte Mühe gab.

Weshalb seid ihr auf Hiddensee?, begann sie neugierig und legte dabei ihre Lippen an mein Ohr.

Es war eine merkwürdige Frage. Was wollten wir mitten im Hochsommer wohl auf Hiddensee!

Nur zum Kurzurlaub, antwortete ich.

Und deshalb seid ihr bei meinem Vater?

Nein, deshalb sicherlich nicht.

Warum aber dann?

Warum? Ich hatte auf die Frage gewartet, aber ich wusste nicht, was ich antworten sollte, weil ich am liebsten gar nichts sagen wollte. Ich sehnte mich danach zu genießen und nicht zu antworten, auszukosten einen Augenblick, dessen Endlichkeit vorgegeben war. Ich wollte nicht zurück in die Realität eines Frage- und Antwortspieles, nicht zurück in das Sichrechtfertigen, jetzt wo ich im Paradies der Träume war. So zuckte ich mit den Schultern, aber nur so wenig, dass ihr Mund an meinem Ohr liegen bleiben musste. Und mit diesem Mund der Atem, der mir vom Hals in den Rücken lief. Doch die erhoffte Ruhe blieb aus.

Irgendetwas muss doch vorgefallen sein?, fragte sie wieder.

Nein, nichts ist vorgefallen.

Hat euch mein Vater einfach so mitgenommen?

Einfach so. Wir sind nicht als blinde Passagiere an Land gekommen, haben keine Flugblätter verteilt, weder eine Partei noch den Bürgermeister beleidigt, die Organe der Staatsmacht nicht an der Ausübung ihrer Pflicht gehindert und auch keine Millionen geschmuggelt. Wir haben nicht mal den Dorfkonsum überfallen und die letzten drei Flaschenbier gestohlen!

Aber es muss doch einen Grund gegeben haben. Wenigstens eine Vermutung.

Ich weiß es nicht, beteuerte ich.

Du willst es nicht wissen, unterstellte sie und lächelte. Vielleicht wolltet ihr auch nur abhauen. Abhauen? Ihr Tonfall war so gleichmäßig, geradezu seicht, als würde der Satz nur eine selbstverständliche, nicht weiter beunruhigende Feststellung sein, womit er seine Dimension verlor. Und damit seinen Schrecken, den man auch in Jahre fassen konnte: ein, zwei, drei Jahre in einem der Gefängnisse des Arbeiter- und Bauernstaates, die selbst für manchen Hartgesottenen zur Hölle wurden, in Brandenburg, Bautzen oder Cottbus. Das wäre das Strafmaß für die, wie es so schön hieß, »Republikflucht«.

Ich mochte nicht mehr antworten, nein, am liebsten wollte ich gar nichts sagen, auch wenn ich wusste, dass ich mich damit verdächtig machte. Aber wie sonst konnte ich ihr klarmachen, dass ich jetzt an alles dachte, nur nicht an irgendwelche strafrechtlichen Vorwürfe, denen wir uns früher oder später ohnehin erwehren mussten. Ich wollte auch keine Rechtfertigung für etwas finden, weder vor Schmidt noch vor seiner Tochter, für das es nichts zu rechtfertigen gab.

Meine Freiheit, so weit man es Freiheit nannte, eingezwängt in den fünftägigen Melderhythmus meiner heimischen Polizeimeldestelle, ließ nicht einmal das geordnete Nachdenken darüber zu. Verwirrt und unfähig das Gespräch fortzusetzen, versuchte ich meine Gedanken zu sortieren. Und dann war er auch schon da, der schwerwiegende Verdacht, dass mich Kathrin prüfen wollte, beauftragt von Vater Schmidt. In der Schönheit liegt eben doch Verhängnis. So hatte ich es einmal in mein Tagebuch geschrieben. Sollte ausgerechnet Kathrin, die sich so verführerisch eng an mich schmiegte, Teil des Apparats sein, der sich gegen mich verschwor?

Vielleicht, so malte ich mir jetzt in den düstersten Farben aus, spielte die junge Frau wirklich eine Rolle in jenem aktenkundigen Vorgang gegen mich. Nur ich selbst wollte es nicht wahrhaben! Schon der Gedanke machte mich zu einer Antwort unfähig.

Doch noch bevor ich irgendetwas sagen konnte, fuhr Kathrin ruhig fort: Von Rügen aus ist das besser, da kann man in einem der Bodden ein Boot heimlich zu Wasser lassen. Hier auf Hiddensee wird selbst nachts am Strand patrouilliert. Aber wir wollen doch gar nicht abhauen!, entgegnete ich jetzt empört und schob die junge Frau von mir. Gleichzeitig ahnte ich, welch gewaltiger Vorwurf nach wie vor wie ein Damoklesschwert über uns hing. Dies verbesserte zwar nicht unsere Situation, eröffnete allerdings, wenngleich als schwacher Trost, wenigstens die Aussicht auf eine Erklärung, des uns zur Last gelegten Vergehens. Irgendwann ist man schon froh, zu wissen, wessen man sich schuldig machen könnte. Kathrin zog mich wieder an sich. Ist doch klar, sagte sie leise. Mein Vater wird nichts davon erfahren. Ich selbst hätte es auch schon längst versucht, einmal nach dem Westen, das wäre was, und all das hinter mir lassen. Aber dann wird mein Alter seinen Job los. Und so verkehrt ist er wirklich nicht. Ist schließlich mein Vater! Jetzt war ich völlig ratlos, was ich von ihr halten sollte. Was das alles ein Trick? Eine Falle? Oder war es, so absurd es auch immer aus dem Mund der Tochter unseres Bewachers und Insel-ABVs klang, die Wahrheit?

Noch einmal, beteuerte ich, wir wollen wirklich nicht abhauen. Nur einige Tage Urlaub machen, weil wir nicht mehr nach Prag dürfen. Und das nur wegen meines Ausweises. Das kannst du mir glauben.

Ist ja schon in Ordnung, ich glaub es dir ja. Aber umgekehrt wäre mir das auch egal.

Bist du da sicher?

Natürlich! Das Wort kam so abrupt, als wäre meine zweifelnde Frage schon eine Beleidigung gewesen.

Ich war fassungslos! Wie gern würde ich ihr jetzt geglaubt haben, einer Frau, die so bedingungslos war und selbst einem Vergehen von diesem Ausmaß ihren indirekten Segen gab. Aber irgendetwas hielt mich davon ab. So wollte ich in meiner Hilflosigkeit am liebsten fliehen, hinaus aus dem Saal, hinunter ans rauschende Meer und allein sein mit der Nacht, die sich über Hiddensee und das Dünenhaus wölbte.

Sie lachte. Ob Schuld oder Unschuld, am Ende ist es immer nur ein simpler Verwaltungsakt.

Aber was für ein Verwaltungsakt?, rief ich erregt.

Sie schaute mich mit großen Augen an, so als wüsste sie mehr. Um einer nächsten Frage zu entgehen, legte sie ihren Kopf zur Seite, wie ein Boxer, der einem Schlag ausweicht. Dabei lächelte sie mit ihren großen weißen Zähnen so entwaffnend, dass ich darüber jedes Nachfragen vergaß. Und mehr noch, ich konnte ihrer verführerischen Anziehung nicht widerstehen.

Mein Herz raste und so umarmte ich sie, als müsste ich mich bei ihr festhalten. Sie ließ mich gewähren.

Du bist schon eine besondere Frau, stotterte ich in engster Umarmung. Und so was finde ich ausgerechnet auf Hiddensee.

Wo sonst, flüsterte sie mir ins Ohr, manchmal ist auch hier Leben und nicht nur der tote Hauptmann.

Aber Hauptmann ist auch Leben, verteidigte ich den großen Nobelpreisträger. Das ist der Vorteil von Dichtern, die sterben nie und ihre Auferstehung steckt in jedem Satz. Mir selbst war klar, wie kitschig ich das dahingesagt hatte, aber in dieser Situation musste auch dies erlaubt sein.

Wie schön du das sagst, antwortete Kathrin. Vielleicht kannst du mich mal einführen in deinen Gerhart Hauptmann.

Gern, aber vorher müsste ich die Gelegenheit dazu bekommen.

Das wird schon, warte nur ab.

Warten, weißt du, wie das ist, wenn man wartet, aber nicht weiß worauf. Ein Angeklagter ohne Klageschrift, ausgeliefert einem allmächtigen System kleiner und großer Beamter, Verwaltungsbediensteter, Sicherheitsleute, Amtsträger, Behördenangestellter und ihrer Helfershelfer. Und da ist es egal, ob sie ABVs sind oder Cowboys oder Weltfriedensretter. Vor wem soll ich da meine Verteidigungsrede halten?

Kathrin schaute mich nachdenklich an.

Und was, so fragte ich, wenn selbst die Menschen, die bei meiner Verteidigung zuhören, Richter, Schöffen, Geschworene, ja sogar der Verteidiger selbst und die Zuschauer, alle Bestandteile, ja Diener des Systems sind und schon lange entschieden haben? Schuldig!

Aber dann bleibt ja die Frage, für was oder weshalb schuldig? Kathrin machte ein interessiertes Gesicht.

Das ist es eben, man weiß nicht einmal warum. Wie aber soll ich überhaupt eine Verteidigungsrede halten, wenn ich keine Kenntnis von dem habe, wessen ich angeklagt bin.

Es gibt keine Erklärung?

Nein, es gibt keine Erklärung und es wird auch keine geben. Es gibt nur eine innere Ordnung der Dinge, die Erklärung genug ist. Und so gesehen, könnte auch Hiddensee zu einem Verhängnis werden.

Kathrin schaute mich mit weit aufgerissenen Augen an.

Keine Angst, noch sind wir ja frei, machte ich mir selbst Mut. Wenn sich das Ganze hier auflöst und ich vielleicht wieder einen richtigen Ausweis habe, jedenfalls einen, der mich nicht zum Bürger zweiter oder dritter Klasse stempelt, komme ich zurück. Aber dann nehme ich mir genügend Zeit, für Hauptmann und vor allem für dich. Schon als ich dies sagte, wusste ich, dass es sich wie ein leeres romantisches Versprechen anhörte. Und doch war es ehrlich gemeint, stellte ich mir doch vor, mit Kathrin über die Insel zu wandern und an den unterschiedlichen Originalorten ausführliche Geschichten über Gerhart Hauptmann zu erzählen.

Versprichst du das auch?

Ich drückte mich an sie. Begehrlich nahm ich dabei ihre ganze Wärme in mir auf, während durch meinen Kopf eine Achterbahn raste.

Sie wehrte sich auch diesmal nicht.

Ich weiß, wie schwierig alles ist, flüsterte sie mir ins Ohr. Und gerade deshalb wünschte ich, ich könnte mit einem Zauberstab alles in Ordnung bringen. Und vielleicht könnte ich dich dann eine Weile bei mir behalten, mit deinem Hauptmann und all den Geschichten in deinem Kopf, einfach so.

Einfach so?

Wie einen Frosch, den ich dann irgendwann in einer sternenbekränzten Nacht nur noch küssen muss. Kathrins Augen leuchteten.

Ich war hingezogen und doch sprachlos.

Als Prinz müsstest du uns dann allerdings ein Schloss bauen, mit einem Turm, der bis zum Mond reichen würde. Dann könnten wir uns dort treffen und auf die Welt mit ihren Gemeinheiten schauen. Wieder lachte sie.

Noch immer brachte ich kein Wort über die Lippen. Stattdessen drückte ich mich erneut wortlos an sie, dann endete die Musik. Schmidts Tochter gab mir einen langen Kuss auf die Wange. Für Sekunden schloss ich die Augen. Als ich sie wieder öffnete, sah ich zwei schwarze Lederjackenärmel in der Luft kreisen.

Unser Weltfriedensretter winkte vom Eingang. Auch Schmidt war da. Sein Gesicht hatte er von außen an einer Saalfensterscheibe platt gedrückt. Mein Gott, dachte ich und wollte in der Erde versinken. Ertappt wie ein Kind bei der ersten Zigarette, stand ich mit hochrotem Kopf und zitternden Knien mitten im Saal. Die Realität, gekleidet in ABV-Uniform und Lederjacke, hatte mich zurück.

Ist was?, fragte Schmidts Tochter, die von alledem nichts verstand.

Ich muss leider, stotterte ich und riss mich von der jungen Frau los.

Kommst du wirklich zurück?, rief sie noch hinterher, aber der Ruf ging im Lärm des Menschengewimmels unter.

Ich hätte auch nicht mehr antworten können, denn in großen Schritten eilte ich quer durch den Saal auf den Ausgang zu. Als sich die Ausgangstür hinter mir schloss, empfing mich die Stille einer klaren Nacht. Da standen fünf Schatten im blassen Licht einer Laterne und schwiegen. Dabei schaute der Cowboy immer wieder zu Schmidt, als erwartete er eine entsprechende Reaktion, aber auch der sagte kein Wort. Vielleicht müsste ich etwas sagen, dachte ich, aber was? Ich war froh, weder in Schmidts noch in Claudias Gesicht sehen zu müssen. Nur ihre Schatten waren da.

Das haben Sie ja schön hingekriegt, unterbrach der blonde Mann die Stille. Ich wusste gleich, was für einer Sie sind!

Was für einer denn?, wollte ich in einem unschuldigen Ton wissen und ärgerte mich schon, auf die Anspielung überhaupt reagiert zu haben. Denn eigentlich hatte der Mann recht und schon der Umstand, Claudia und Franklin in Unkenntnis meines eigensinnigen Saalaufenthalts so lange im Gastraum zurückzulassen, war kaum entschuldbar. Was, wenn ich wirklich in die Nacht entschwunden wäre? Was, wenn sich Franklin und Claudia für mein Fehlen verantworten mussten? Hatte ich nicht nur meine, sondern auch ihre Situation mit der Abwesenheit gefährdet? Fragen über Fragen jagten mir durch den Kopf und beschwerten mein Gewissen. Schmidt ließ keine Antwort zu. Also los, sagte er. Sonst ist die Nacht vorbei. So zogen wir durch das nächtliche Vitte, begleitet von einem leichten Nordwind, der das Rauschen des Meeres über die Insel trug. Über dem Bodden hing in Richtung Wittow ein goldgelber, fast orangefarbener Mond, der sich im Wasser spiegelte, während aus Schaprode drei einsame Straßenlaternen mit einem schwachen Schein wie aus einer anderen Welt grüßten. Zeilen eines Gedichts von Hauptmann, das er 1938 auf der Insel geschrieben hatte, gingen mir durch den Kopf:

Die Schatten wandeln hin und her im Licht
der Nacht. Ein irdisch Auge sieht sie nicht! –:
es sei denn meines. Denn vor meinem Blick –
ein Dämon dreht den Hals mir im Genick! –

Ich spürte den Dämon ganz deutlich, aber er kam nicht als Nebelwand oder hinkte gar mit einem Pferdefuß, sondern lief leichtfüßig hinter mir her. Seine schwarze Lederjacke glänzte im Mondenschein.

Unser Ziel war der bereits angekündigte Bauwagen, der auf einem kleinen Platz in der Nähe des Hafens stand und für die nächste Nacht in Ermangelung anderer Möglichkeiten unser Hiddenseer Gefängnis sein sollte. Doch vorher ging mein Blick noch einmal zurück zum hell erleuchteten Gasthaus. Das Saallicht warf schiefe gelbe Quadrate durch die Fenster auf die gepflasterte Dorfstraße. Dort lagen sie wie Abbilder einer fremden Welt. Schwarze Schatten tanzten in diesen Quadraten nach einer Melodie, die dumpf aus dem Inneren des großen Hauses quoll. Ich weiß nicht, warum ich ausgerechnet jetzt an Tonio Kröger, eine meiner literarischen Lieblingsfiguren und die blonde Ingeborg denken musste. Vielleicht, weil Tonio Kröger von außen an die Scheiben trat und dort im Inneren des Saales die blonde Inge entdeckte. Jene Inge, die sich lachend im Kreise drehte, als erklärte sich das Leben von selbst. Ein Bild erschien vor mir. Es war so stark, dass meine Augen immer wieder zum Saallicht und den tanzenden Menschen im Innern des Gasthauses zurück wollten. Sollte es diese von Thomas Mann beschworene *verstohlene Liebe zu den Glücklichen und Gewöhnlichen* sein? Eine Liebe, die umso größer wurde, je stärker der äußere Zwang der Umstände, die Sehnsucht nach Geborgenheit im Gewöhnlichen, Einfachen, unauffällig Angepassten wachsen ließ.

So gern wollte ich Claudia oder Franklin fragen, weil ich die magische Anziehung spürte, die mich fesselte, und ihr doch widerstehen musste. Aber ich wagte es nicht, aus Angst, dass sie mich entweder nicht verstünden oder mir aufgrund des Vorgefallenen Vorwürfe machten. Und so fiel mir nur der Satz ein, den der greise Hauptmann des Nachts an die Tapete seines Schlafzimmers in Kloster kritzelte: *Reden entfernt; es lohnt nicht mehr.* Trunken von Schmerz starrte ich in den sternenbedeckten Nachthimmel und schwieg.

Monoton schlugen Schmidts Stiefel auf das Pflaster.

IX

Der Bauwagen erinnerte in seiner äußeren Form weniger an ein Gefängnis auf Rädern, als vielmehr an einen Zirkuswagen mit einer breiten Eingangstreppe aus Metall. Nur war der Aufbau, der von einem Lkw-Anhänger getragen wurde, nicht aus Holz und schon gar nicht rot oder weiß, sondern aus dicker grauer Presspappe. Von einem kleinen Vorflur ging links und rechts ein Raum ab, in dem jeweils ein Doppelstockbett und ein Holzschrank stand. Am Fenster befand sich ein schmaler Tisch mit zwei Holzstühlen.

Die Aufteilung war mir nicht so fremd. Als Kind hatte ich einmal einen verregneten Urlaub mit meinen Eltern in so einem, vom Chemiekombinat meines Vaters gestellten Wohnwagen verbringen dürfen. Natürlich war dieser gemütlicher eingerichtet und hatte nicht die Funktion einer Bauarbeiterunterkunft und schon gar nicht die eines volkseigenen Gefängnisses spielen müssen.

Als ich mir jetzt die Räume im Schein von Schmidts Taschenlampe besah, wurde mir klar, dass sie auch für Letzteres geeignet waren, denn die Fenster ließen sich nur im oberen Drittel durch Anklappen öffnen. Der Spalt, der entstand, wäre zu gering, um einen Kopf hindurchzuschieben, geschweige denn einen ganzen Körper. Die Scheibe in ihrer Gesamtheit einzuschlagen, dürfte bei der Stärke des Glases nicht so ohne Weiteres möglich sein, verursachte außerdem großen Krach und würde erst recht nicht auf Hiddensee zum Erfolg führen. Der nächste Dampfer verließ, wie zu Recht vom Cowboy bemerkt, erst im Morgengrauen den Hafen von Vitte und es wäre geradezu ein Leichtes die wenigen Passagiere zu kontrollieren. Eine Chance, die Insel ohne fremde Hilfe zu verlassen, gab es nicht. Und das seit hundertsiebzig Jahren. Damals, so las ich einmal in den veröffentlichten Aufzeichnungen des Hiddenseer Pfarrers Gustavs, einem Zeitgenossen Hauptmanns, hätten es noch Fischer geschafft, in dem flachen Wasser von der Neubessiner Landzunge aus, im Nordosten von Hiddensee, hinüber nach Rügen zu waten. Doch das gehörte, spätestens nachdem die Strömung die Meerenge ausgespült hatte, der Vergangenheit an.

Was blieb, waren einige Fischerboote, aber auch diese dürften in dem vermeintlich strategisch so wichtigen Eiland besonders scharf bewacht werden, zumal die ferne Partei- und Staatsführung in permanenter Angst vor fluchtwilligen Untertanen lebte, die statt nach Rügen wohl eher den Kurs nach Norden wählen würden. Nicht umsonst waren nicht nur die Häfen, sondern auch die Anlegestellen der hiesigen Fischerei-Genossenschaft nachts so hell beleuchtet, als spielten dort zwei Fußballmannschaften der Oberliga unter Flutlicht, während sich auf die Dorfstraße nur ein paar einsame Straßenlaternen verirrt hatten.

Bei genauer Betrachtung der Umstände war also klar: Von Elba kam man am Beginn des 19. Jahrhunderts schneller herunter, als von Hiddensee im ausgehenden 20. Jahrhundert, und auch der große Kaiser der Franzosen hätte mit den Schmidts und seinen wachsamen sächsischen Genossen erhebliche Schwierigkeiten gehabt. Denn gegen dieses tschekistische Gespann war kein Unkraut gewachsen. Nicht hilfreich war auch die Tatsache, dass Schmidt unsere Dokumente an sich genommen hatte und wir damit jeglicher Identifikation verlustig gingen. Der stets aufmerksame tschekistische Apparat aber, der einen Großteil seiner Energie mit dem Anlegen, Verwalten und Auswerten von Registraturen verbrachte, musste es geradezu als Kriegserklärung empfinden, sollte sich ein Untertan, noch dazu einer, dessen Makel schon aktenkundig wurde, dem üblichen Registrierungs- und Verwaltungsprozedere widersetzen. Ohne Dokumente eine Reise in die Hauptstadt anzutreten, käme einem Selbstmord gleich, bei dem man noch nicht einmal die Waffe bestimmen konnte.

Das aber hieß, uns der Situation, so paradox sie auch immer in diesem Bauwagen sein mochte, mit einiger, wenngleich schwindender Hoffnung zu stellen und auszuharren. Möglicherweise, so machten wir uns Mut, wird ja am nächsten Tag der entlastende Bericht aus Stralsund oder gar der Hauptstadt eintreffen und damit unser Ferienaufenthalt gesichert sein.

Noch immer sprach ich lieber kein Wort mit Franklin und Claudia, denn nach meinem Auftritt beim Abendessen war ich nicht sicher, wie sie reagieren würden. Gerade Claudia dürfte eine von mir vorgetragene Meinung, egal wie richtig sie auch immer war, als passende Gelegenheit nehmen, mir Vorwürfe zu machen. Und da jetzt auch noch eine andere Frau ins Spiel kam, könnten sich die Vorwürfe bei der ebenso schönen wie schnell reizbaren Freundin schnell zu einer Anklage ausweiten. Aber nicht nur dies beunruhigte mich. Aus Claudias vieldeutigen Vorhaltungen im Zusammenhang mit Kathrins Auftauchen am Nachmittag konnte ich mir keinen Reim machen, war ich doch eher schwesterliche Ratschläge und nicht eifersüchtige Anwürfe, wie sie Geliebte von sich geben, gewöhnt. Auch wenn ich in diesem Zusammenhang bei mir kein schlechtes Gewissen erkennen konnte und mein Verhältnis zu Claudia im reizvollen Niemandsland geklärt sein sollte, schwieg ich lieber und wartete auf ihr Entgegenkommen.

Die Schlafgelegenheiten im Wagen wurden von Unterleutnant Schmidt schnell zugeteilt. In den linken Raum, oder sollte man besser Zelle sagen, wurde Claudia verwiesen, während Franklin und ich uns den rechten Raum teilten. Franklin übernahm freiwillig den oberen Teil des Doppelstockbettes und warf schon einmal seinen Rucksack auf die Ablage. Ich setzte mich schweigend auf das Eisenbett und wartete erst einmal ab. Die dicken Matratzen waren hart und knirschten bei jeder Sitzbewegung, als wären sie mit Sand gefüllt. Doch noch mehr störten mich die schweren, aber dennoch nicht besonders dicken Wolldecken, für deren Reinheit ich meine Hände nicht ins Feuer gelegt hätte. Auch Schmidt nicht, der auf Eile drängte und Claudias Widerwillen, auch nur in eines der, wie sie meinte, unhygienischen Betten zu steigen, tapfer ignorierte.

Nur Genosse Weltfriedenshüter nahm die trotzige Haltung der jungen Frau zum Anlass, uns einmal mehr über den Ernst der Lage aufzuklären. Wir sind nicht im Ferienlager, tobte er, sind Sie zufrieden, dass Sie überhaupt hier untergebracht werden. Eigentlich müssten wir Sie direkt nach Stralsund überstellen.

Diese Worte verfehlten bei der allgemein angespannten Lage nicht ihre Wirkung, denn schon das Wort – überstellen – verhieß eine qualitative Aufwertung des Begriffs Festnahme. Die Überführung und Aufnahme in eine Untersuchungsinstanz, sei es bei der Polizei oder einem anderen bewaffneten oder unbewaffneten und zur Verteidigung der sozialistischen Heimat geschulten Staatsorgan in Bergen, Stralsund oder Berlin würde zweifelsfrei eine Kettenreaktion auslösen, an deren Ende es kein Entkommen gab. Die Zwangsläufigkeit der Ereignisse und der Sachverhalt, dass etwas ins Rollen käme, bedeutete unweigerlich, dass der Vorgang eine Eigendynamik gewann. Das Räderwerk würde auf einer neuen höheren Stufe zu mahlen beginnen und aus dem Raum eines einfachen Bauwagens wirklich eine Zelle machen.

Insofern bewahrte uns die Zuweisung dieses Bauwagens wenigstens noch die Hoffnung, dass der Spuk bald vorbei sein konnte. Auch Claudia fand nach einer Weile und den ersten Tränen der Nacht zu dieser Einsicht.

Nachdem Schmidt auf die Wasserschüssel im Vorraum, zwei Fünf-Litereimer und einen Eimer für die Notdurft verwiesen hatte, verließ er mit einer letzten Warnung den Wagen. Zurück blieb nur der Klang des Schlüsselbundes beim Abschließen unserer nächtlichen Behausung und seine Taschenlampe, denn hier gab es keinen Strom. Den Kerzen, die unsere Vormieter auf den Tischen am Fenster hinterlassen hatten, wollte er nicht vertrauen. Der Weltfriedensretter folgte ihm, wobei mir klar war, dass wir damit keine Ruhe haben, denn ganz so freiwillig dürfte sich der Beamte in Zivil, dessen Urlaub auf der Insel dank uns eine spannende Abwechslung gefunden hatte, nicht zurückziehen.

Und ich sollte recht behalten, denn als ich Minuten später ans Fenster trat, um eigentlich auf dem Tisch nach Streichhölzern für eine der Kerzen zu suchen, sah ich draußen einen Schatten entlanghuschen. Unzweifelhaft war dies Genosse Cowboy, denn sein blondes Haar leuchtete auch in der Nacht. Sicher beobachtete er uns aus einiger Entfernung, hoffte auf ein uns selbst belastendes Gespräch in den hellhorigen umfunktionierten Gefängniswänden oder gar, und das bewegte mich dann doch am meisten, auf eine gute Sicht, sollte sich Claudia im schwachen Schein der Taschenlampe, die wir ihr überlassen hatten, auskleiden. Letzteres wurde mir zur Gewissheit, denn noch bevor ich nach einer kurzen und nicht besonders gründlichen Wäsche auf meinem knarrenden Bett lag und eine Kerze entzünden konnte, um noch einige Zeilen in Hauptmanns Gedichtband zu lesen, trat ich erneut ans Fenster. So sah ich seinen Schatten aus meinem mich schützenden Dunkel. Er stand auf einer hölzernen Bierkiste, die an einer Hausecke lehnte. Das Fernglas, das er sich ins Gesicht drückte und ihn zu einem Außerirdischen mit riesengroßen Glubschaugen machte, war auf den Schein des Lichtes im Nachbarraum gerichtet. Keine Frage, dass unser Weltfriedensretter sich als tschekistischer Spanner auf höchst merkwürdige Weise im nächtlichen Klassenkampf bewährte.

Kurz entschlossen riss ich eine Seite aus meinem Gedichtbüchlein, was mich unter normalen Umständen eine Menge Überwindung gekostet hätte, und schrieb eine Warnung vor der allzu neugierigen, wenn auch auf der Bierkiste zugegeben wackligen Staatsmacht. Den Zettel schob ich vom Vorraum durch den Türspalt in Claudias »Zelle«.

Nach wenigen Sekunden kam die beleidigte Antwort. Lass ihn doch, wenigstens jemand, der meinen Anblick zu schätzen weiß!

Typisch, dachte ich und ärgerte mich. Doch weniger über Claudia, von der ich nach dem Vorgefallenen wohl nicht mehr erwarten konnte, als über den Mann, der jetzt im gesellschaftlichen Auftrag die Errungenschaften des Sozialismus gegen vermeintliche sich auskleidende konterrevolutionäre Elemente verteidigte. Offensichtlich hatte der sächsische Genosse die zehn Gebote der sozialistischen Moral vergessen, die schon jeder Jungpionier auswendig aufsagen konnte. Ihn daran zu erinnern wäre sinnlos, ja geradezu albern gewesen, schon weil mich der Gedanke daran, wie ich den Verhaltenskodex mit seinen ethischen und moralischen Wunschvorstellungen fehlerfrei durch die Hiddenseer Nacht rief, schmunzeln ließ.

Auch Franklin ließ sich nicht überzeugen, noch einmal von seinem Bett aufzustehen, damit ich ihm den Mann auf der Bierkiste zeigen konnte. Dabei würde gerade unser Villon seine Freude an dem Bild haben, das einen eifrigen Vertreter der Ordnungsmacht zwar mit festem Klassenstandpunkt, aber dennoch ohne festen Halt auf einer wackligen Bierkiste zeigte. Letzteres könnte ihn zu manch kreativem Einfall verleiten.

So aber blieb ich mit meinem Unmut allein und dachte an Claudia, die es nicht verdient hatte zum Anschauungs- und vielleicht unfreiwilligen Lustobjekt eines Weltfriedensretters mit selbst kreiertem Klassenkampfauftrag zu werden. Irgendwann versuchte ich, mir einzureden, dass es ihre eigene Eitelkeit und dieses bewusste Provozieren war, die eine Lösung verhinderten, mit der auch ich, aber eben nicht der Cowboy leben konnte. Nun war es nicht das erste Mal, dass ihre Reaktion so unberechenbar und wie ich meinte, der Situation nicht angemessen ausfiel. Ich hatte gelernt, damit umzugehen, was mir nur dann nicht schwerfiel, wenn ich sie einfach ignorierte.

Andererseits verfolgte mich nun umso mehr das Gefühl, etwas Ungeklärtes zu hinterlassen, was wiederum in mir den brennenden Wunsch erzeugte, nach einer sofortigen Lösung zu suchen.

Denn genau dieses Gefühl des Ungeklärten, Unfertigen marterte mein Hirn. Dies wusste Claudia und damit verstand sie mich auch an Stellen zu schlagen, die zu meinen empfindlichsten gehörten.

Eigentlich hätte ich vor Erregung toben müssen, aber das wiederum konnte ich nicht. Denn es war dieser Trotz, der mit einem Schmollmund daherkam, der sie mir, genau im Moment unserer größten Distanz sehr nahe, ja geradezu verführerisch nahebrachte.

So zog ich mich auf mein Bett zurück, entzündete die Kerze und vertiefte mich in mein, nun um eine Seite ärmeres Buch.

Doch so gern ich in den Gedichten Hauptmanns, wie dem »Wiegenlied« oder der »Mondscheinlerche« las, deren Wehmut mich bewegte, jagten mir doch ganz andere Gedanken durch den Kopf. Zunächst stellte ich mir vor, wie der blonde Cowboy am ersten Arbeitstag in seiner Sicherheitsbehörde vor den Mitarbeitern mit der Behauptung glänzte, er habe während seines wohlverdienten Urlaubs zur Aufdeckung einer gegen die sozialistische Ordnung gerichteten Straftat beigetragen. Und man würde ihm auf die Schulter klopfen und sagen: Sehr gut, Genosse. Da beweist sich eben eine tschekistische Spürnase mit einem gefestigten Weltbild! Ein guter Genosse hat eben nie Urlaub!

Vielleicht wird der Mann dann auch mit einem »Orden für besondere Verdienste um die Sicherheit des Vaterlandes« oder der »Verteidigung der Errungenschaften des Sozialismus« geehrt oder einen Platz in der Bildergalerie der »Straße der Besten« finden, die, so mutmaßte ich, mitten durch das große Behördengebäude der revolutionären Klassenkämpfer und Weltfriedensretter führt.

Dort würde sein Bild in großem Format an einer Tafel neben den Besten der Besten prangen, auf dem er den Kollegen zulächelt, die Ameisen gleich, mit Aktenstößen von Vorgängen unter den Armen, die langen Gänge entlang von Zimmer zu Zimmer eilen.

Und die Kollegen würden aus Stolz vor dem Genossen oder aus Neid, nicht auch in der »Straße der Besten« mit einem Foto Berücksichtigung gefunden zu haben, entsprechende Gesichtszüge hinterlassen. Und schon das allein, dürfte Antrieb genug sein für diesen Gesetzeshüter, dessen Lebensinhalt die innere Ordnung des Systems zu sein schien und der jetzt das Privileg als stets wachsamer Tschekist und geehrter Planübererfüller genoss.

Dazu musste man gar nichts verstehen. Warum sollte er auch etwas verstehen, wenn er sich doch nur als kleines Rädchen in der großen Maschine drehte und als solches seinen Dienst und damit seine Pflicht erfüllte. Wahrscheinlich, so dachte ich, war für den Cowboy allein diese Pflichterfüllung schon ein Lebenszweck, ein Wert, der den Sinn des Lebens ausmachte. Dienen, das war es, das wohlige Gefühl der Erfüllung, wobei es dann zweitrangig wird, wem man dient, weil es schon genügt, dass man dient. Dienen, als Kategorie, als Maßstab im Kleinen, eng verbunden mit dem Erfolg des Großen und deshalb gleichsam ein verinnerlichtes Dienen um des Dienens willen.

Doch nicht nur kreisten meine Gedanken um den Mann, vielmehr dachte ich an den nächsten Tag. Werden wir endlich eine Antwort aus Stralsund oder Berlin haben? Und was, wenn sie uns belastet und nicht entlastet?

Die Konsequenzen wollte ich mir erst gar nicht ausmalen, denn alles, was dann käme, würde unser Dasein auf den Kopf stellen. Das hieße, so wurde mir noch einmal drastisch klar, Überführung nach Berlin, möglicherweise Untersuchungshaft, Gerichtsverfahren oder gar Gefängnis! Und das wäre dann ein richtiges, nicht so ein Zirkuswagen auf Hiddensee.

Schon der Gedanke machte mich krank und allein die Vorstellung von alledem ließ meiner durch allerlei Bücher angeregten Fantasie freien Lauf. Im Halbschlaf sah ich mich in weitläufigen Gerichtsgebäuden in Erwartung eines bevorstehenden Prozesses umherirren, dabei Registraturzahlen und Buchstabenkolonnen von Vorgängen und Gerichtsakten vor mir her sagend, dass ich schwindlig und am Ende völlig kopflos in den Armen eines kräftigen blonden Gerichtsdieners zusammensank.

Erschrocken kam ich zu mir. Die ganze Dimension der unausweichlichen Folgen, träte die Vorahnung, die sich nicht mehr verdrängen ließe, ein, wurde mir jetzt, dank eines wirren Halbschlafs, zum ersten Mal in ihrer Gesamtheit bewusst. Ich staunte über mich selbst, nicht schon vorher an all dies gedacht zu haben. Vielleicht wollte ich es nur verdrängen, so wie man Unangenehmes in das Reich des Irrealen verdrängt, denn eine so düstere Vorahnung hätte mich gelähmt und zu keiner vernünftigen Handlung fähig gefunden.

Nein, es verbot sich schon von selbst, darüber nachzudenken, auch wenn mir mit aller Brutalität klar wurde, wie dicht das Verhängnis neben der Rettung lag und wie schnell das eine in dem anderen aufgehen konnte. Ein ungleiches Paar, das da Hand in Hand durch die Zeit wandelt und dem man lieber nicht begegnet.

Was mich in diesem Moment absurderweise nicht bewegte, war die Tatsache, dass ich mich damit schon einer vorgegebenen Handlungskette unterwarf, die ich jetzt nicht einmal infrage stellte. Hatte ich schon aufgegeben?

Schon den Gedanken daran wollte ich nicht zulassen. So galt auch weiterhin das Prinzip Hoffnung, das sich mit dem Prinzip Verdrängung vereinte und mich jetzt darüber nachsinnen ließ, wie ich den Urlaub wenigstens für die verbleibenden Tage retten konnte. Würde es mir dann möglich sein, Schmidts Tochter ohne Probleme wiederzusehen? Ich konnte ja unmöglich an der Haustür des Abschnittbevollmächtigten klingeln und ausgerechnet ihn nach seiner Tochter fragen: Guten Tag, Herr Unterleutnant Schmidt, ich bin der Mensch dritter Klasse mit dem höchst anrüchigen Dokument, Sie wissen schon, der aus Berlin mit seinem Freund Villon. Aber das tut ja nichts zur Sache, denn ich wollte ja nur Ihre Tochter näher kennenlernen. Sie verstehen schon, was ich meine!

Allein dieses Bild ließ mich innerlich schmunzeln und würde mich in der Realität gänzlich der Lächerlichkeit preisgeben. Und was, so malte ich mir jetzt auch noch aus, obgleich es natürlich gar keinen Anlass für ein solches Albtraumszenario gab, wenn Kathrin mich gar nicht sehen mochte. Stattdessen selbstbewusst neben ihren Vater träte, das Haar nach hinten werfend und mich fragte, was ich hier wollte? Aus Berlin? Ich kann mich nicht erinnern, mit so einem blasierten Fatzke und Neunmalklug würde ich mich sowieso nicht einlassen. Stimmts, Vater?

Nicht auszudenken, die Blamage wäre perfekt. Fatzke! Neunmalklug! Oder würde sie Lachnummer sagen oder gar Lustmolch? Und das vor den Augen von Schmidt oder gar dem zufällig erscheinenden Cowboy, dem vor lauter Genugtuung die Brust schwellen würde. Und dann hielten sie sich alle den Bauch vor Lachen, ein Lachen, das über die halbe Insel schallte.

Nein, das konnte ich nicht riskieren. Wenn ich schon so unbeholfen mit der Situation umginge, dann wäre es wohl besser, Kathrin am Strand abzupassen. Doch was wäre, wenn sie gar nicht zum Strand ginge oder an einen Abschnitt, den ich selbst nicht aufsuchte?

Allein, dass ich mir all diese Gedanken machte, zeigte, wie wichtig mir die Frau mit dem dunkelblonden Haar und dem strahlenden Lächeln war, obgleich ich kaum etwas von ihr wusste, außer dass sie Kathrin Schmidt hieß und die Tochter des Insel-ABVs war. Und doch war etwas bei diesem Tanz mit mir passiert. Kathrin hatte mit ihrer einfachen und doch so ehrlichen Art eine Nähe erzeugt, die mich anrührte. Dazu kam, dass ihre Fantasie, die sie auch noch mit wunderschönen Metaphern zu verkleiden verstand, in meinem Kopf faszinierende Bilder entstehen ließ. Sie hatte in mir eine Saite berührt und in Schwingung versetzt. Mein Begehren, sie zu sehen, mit ihr zu reden, sie zu berühren, wuchs mit jedem Gedanken.

So malte ich mir schon aus, wie ich sie begrüßen, mit welcher Bemerkung ich ihre Aufmerksamkeit gewinnen und welche Vorschläge zu gemeinsamen Erkundigungen ich machen konnte. Dabei, das war mir klar, müsste ein Besuch im Gerhart-Hauptmann-Haus und auf dem Inselfriedhof in Kloster auf der Tagesordnung stehen, schon um mit meinem Wissen über den bekannten deutschen Naturalisten nicht ganz uneigennützig zu glänzen. Und so sah ich mich schon am Grabe Hauptmanns in epischer Breite über jene drei Wünsche referieren, die einst seine Beerdigung begleiten sollten.

Einer davon war die Beisetzung in einer Mönchskutte, die der Dichter 1912 im Kloster von Santa Margherita erworben hatte.

Kathrin würde ein neugieriges Gesicht hinterlassen, das mir Gelegenheit gäbe, noch ausführlicher aus dem wechselvollen Leben Hauptmanns zu berichten. Nichts anderes aber wollte ich, außer ihre Bewunderung. Letzteres wohl auch mit dem klaren Bewusstsein, dass ich weder mit Aussehen noch großer Muskelmasse, wie sie oft am Strand zur Schau gestellt wurde, überzeugen konnte, sondern nur mit Geist, Wort und Wissen. Das waren meine Waffen, die, so hoffte ich in einer mir eigenen Eitelkeit, auch diese Erwählte verzaubern würden. Wenn nicht, so rechtfertigte ich schon vorher eine mögliche Niederlage mit der Feststellung, dann wäre sie auch nicht die richtige Frau und meiner »nicht wert«. Dies, so war ich mir selbst bewusst, hörte sich verdammt arrogant an, aber gegen mein Gefühl im Umgang mit diesen Angelegenheiten und der eigensinnigen Rechtfertigung von Niederlagen, vermochte ich auch in dieser Nacht nichts auszurichten.

Irgendwie schlief ich bei diesen Gedankenspielen ein, sei es bei der Vorstellung, Kathrin zu einem Abendessen in den Garten des »Kleinen Inselblicks« oder des »Wiesenecks« einzuladen oder mit ihr an der Steilküste entlang hinauf zum Leuchtturm zu wandern. Allesamt entsprangen sie dem Wunsch, der jungen Frau begegnen zu können.

Irgendwann, es muss einige Stunden später gewesen sein, wurde ich wach. Es war dunkel und so spürte ich, wie sich ein weicher warmer Körper mit wohlgeformten Rundungen an mich schmiegte. Kathrin schoss es mir sofort durch den Kopf. Doch eh ich begriff, dass es für Schmidts Tochter unmöglich war, mich in dieser Bauwagenzelle aufzusuchen, lag schon ein schlanker weiblicher Finger auf meinem Mund, der mir das Reden untersagte. Jetzt roch ich sie. Es war der leichte und gerade deshalb verführerisch anziehende Duft eines mir bekannten Parfüms, der um Claudias Körper lag und es schien, dass dieser Duft, erst auf die Dunkelheit gewartet hatte, um all seine Wirkung zu entfalten.

Ich wehrte mich nicht, denn irgendwie tröstete ich mein Gewissen mit dem Gefühl, dass ein Gefangener vor seiner Hinrichtung einen Anspruch auf eine Henkersmahlzeit hat, auch wenn diese nun besonders üppig ausfallen sollte. Moral hat im Angesicht des Henkers eben eine ganz andere Bedeutung.

X

Am nächsten Morgen hörte ich als Erster die Schlüssel an der Bauwagentür klappern. Instinktiv suchte ich mit einer tastenden Handbewegung den weichen warmen Körper neben mir, aber das Bett war leer.

Als ich die Augen öffnete, stand Schmidt in Uniform in der Tür. Es war Viertel vor sechs. Er hatte einen bunten Stoffbeutel in der Hand. Frühstück, sagte er und stellte den Beutel auf den Tisch. Franklin drehte sich über mir, dass das Eisenbett knarrte. Was ist denn?, fragte er schlaftrunken. Unterleutnant Schmidt ist da, antwortete ich. Pünktlich versteht sich! Dann setzte ich mich auf die Bettkante und drückte die Finger in die verschlafenen Augen.

Aber Franklin wollte das gar nicht hören, denn sein ruhig gehender Atem verriet, dass er noch vor Ende meines Satzes in den Schlaf zurückgefallen war.

Und, fragte ich Schmidt, den ich von der Seite betrachtete, mit einer gewissen Gleichgültigkeit, wissen Sie Neues?

Schmidt schüttelte den Kopf. Nichts Neues, in der Nacht wird ja auch keiner an dem Problem arbeiten.

Natürlich nicht. Aber wie soll es weitergehen?

Schmidt hob die Schultern, wir müssen warten. Ich bin ziemlich sicher, dass wir bald eine Nachricht erhalten. Doch sein Gesicht wurde mehr von Zweifeln geprägt, als dass man in ihm die Hoffnung auf ein für uns ebenso glückliches wie schnelles Ende ablesen konnte.

Hmm, dann also doch, erwiderte ich. Der Satz kam so unvermittelt, dass Schmidt nicht wusste, was er von meiner Bemerkung halten sollte. War das schon der Satz eines Resignierten, sich selbst Ausliefernden?

Schmidt sah keine Veranlassung, darauf zu antworten und so wäre es zwischen uns still geworden. Aber da erwachte Franklin zum Leben und mit ihm alle Lust an der Provokation, die um diese frühe Stunde aufzubringen war.

Unser Bewacher ist ja da, gähnte er und setzte sich im Bett auf. Pünktlich um 5.45 Uhr. Damit wir den ersten Dampfer um sechs Uhr nicht bekommen. Könnten ja die Insel verlassen! Fliehen wie Napoleon von Elba und eine hunderttägige Herrschaft errichten! Nur, dass auf dem Festland nicht die getreuen Gefährten warten, um den Marsch auf Paris oder Berlin fortzusetzen.

Hör auf!, fuhr ich schnell dazwischen, schon um zu verhindern, dass sich Franklins morgendlicher Missmut nun gänzlich über Schmidt ergoss, den und davon war ich fest überzeugt, wir besser bei Laune halten sollten.

Von Fliehen hat keiner was gesagt, unterbrach mich Schmidt, der damit, im Gegensatz zu meiner Hoffnung, Franklins Bemerkung aufgriff.

Aber gedacht!, erwiderte Franklin und sprang von oben aus dem Bett. Oder wollen Sie uns erzählen, dass Sie am Wochenende immer so früh aufstehen?

Unfreundlicher hätte der verbale Angriff gegen Schmidt kaum formuliert werden können und es war eine Frage der Zeit, wie lange er sich dies gefallen ließ. Ich fürchtete, dass er, schwer getroffen, seine Mittlerrolle zwischen uns und dem blonden Mann verlieren könnte. Die Folge wäre ein Verlust von Zugänglichkeit, den wir uns bei Schmidt erarbeitet hatten, schließlich zeigten wir uns fast immer kooperativ und ergaben uns als getreue Untertanen ganz und gar unserem Schicksal. Vielleicht war es auch Kathrins Einfluss, wie ich es gern glauben wollte, dass Schmidt jetzt zugänglicher wirkte und uns mit dem Frühstücksbeutel überraschte. Was auch immer, es gab keinen Grund, ausgerechnet Schmidt Vorwürfe zu machen, jetzt wo sich unser Schicksal so eng mit ihm und mit den bevorstehenden Entscheidungen verband.

Glücklicherweise musste Schmidt nicht auf Franklins letzte Frage antworten, denn Claudia stand mit einem freundlichen und die Situation entschärfenden Lächeln, das zu dieser frühen Zeit auch aufgesetzt sein mochte, in der Tür.

Franklin!, ermahnte sie unseren Villon, der seinem Beinamen selbst in einem Hiddenseer Gefängniswagen alle Ehre machen wollte. Es ist doch sehr freundlich, wenn uns der Herr Abschnittsbevollmächtigte das Frühstück vorbeibringt.

Ich beobachtete Claudia von der Seite, neugierig und doch unsicher. Auf jeden Fall wollte ich den direkten Blick vermeiden, denn noch immer war mir nicht ganz klar, was ihr nächtlicher Besuch in meinem Bett zu bedeuten hatte. Auf jeden Fall überspielte sie das Ereignis, von dem ich annahm, es nicht geträumt zu haben, in bravouröser Manier und ließ mich fast glauben, dass es diese letzte Nacht niemals gegeben hatte. Eine Schauspielerin könnte es nicht besser tun.

Ach ja, ich vergaß, hob Franklin, nach Claudias Ermahnung keinesfalls verstummt, die Stimme. Ich wollte doch nur erinnern, dass es unnötig ist, uns hier zu bewachen. Warum sollte man auch fliehen, wo wir uns doch so sehr wohlfühlen in diesem Elysium zwischen einer ABV-Veranda, einem Bauwagengefängnis und dem Dünenhaus als Essensausgabestation für die Verbannten. Ja, wohlfühlen, dass einem ganz warm ums Herz wird bei so viel anheimelnder Kulisse und einer Gastfreundlichkeit, die in Vollversorgung gipfelt!

Doch das war nicht alles. Franklin hatte die Stimmlage geändert und fuhr jetzt umso derber fort: Denkt doch nur an den selbstgebackenen Kuchen und die freundlich unauffällige Bewachung, damit uns auch nichts zustößt, oder die Bedienung im Livree. Dabei zeigte er auf den uniformierten Schmidt. Dagegen sind alle Interhotels nur drittklassige Bretterbuden mit miesem schnapsnasigen Personal. Ich sage euch, das Paradies ist nahe, ihr müsst es nur schauen!

Hör auf mit dem Quatsch, versuchte es Claudia erneut.

Was für Quatsch. Das ist mein Ernst! Schaut euch doch um! Statt im Dreck haben wir auf einem Federbettchen gelegen, die Köpfchen auf Daunen gedrückt und in die weichen Kissen gepupst. Fehlte nur noch der nächtliche Zimmerservice mit jungen hübschen Damen, Nachtprogramm sozusagen, so was soll es ja geben.

Davon habe ich auch schon gehört, entgegnete ich mit unschuldigem Blick, der jetzt Claudia suchte und sich dabei fragte, ob Franklin etwas bemerkt haben könnte. Ich war mir nicht sicher, Claudia jedenfalls nahm keine Notiz, weder von meinem Blick noch von der Anspielung.

Die Zeit ihrer Sprachlosigkeit nutzte Franklin alias Villon für seine Selbstdarstellung schamlos aus: Wie heißt es doch so schön:

… und lieber als auf einer Rasenbank,
hab ich in weichem Bette mich gestreckt.
Was meint ihr? Findet ihr's nicht auch bequem?
Nur wer im Wohlstand schwelgt, lebt angenehm.

Nun hör schon auf, unterbrach ich ihn, auch weil ich noch immer davon überzeugt war, dass er mit dieser Art von sich steigerndem Zynismus unsere Situation nur verschlimmerte. Und genau das konnte uns jetzt zum Verhängnis werden, zumal ein unausgeschlafener Franklin schnell die Grenze, des für alle Seiten Erträglichen zu überschreiten drohte.

Schmidt antwortete nicht. Hilflos schaute er auf seine Uhr, dass er einem schon Leid tun konnte.

Also bedankte ich mich, wohl mehr aus Mitleid, als aus Höflichkeit für das Frühstück, ohne zu merken, wie weit ich selbst Gefangener der Situation war. Denn wer sonst, dem man seinen ersehnten Urlaub auf einer wunderschönen Ferieninsel auf diese Weise verkürzte, würde sich noch bei den Verursachern all dieser Widrigkeiten bedanken. Auch wenn es nur ein Dank für die Verbesserung der »Haftbedingungen« war, so änderte sich doch nichts an dem Umstand der Festnahme und der Verwahrung in unserem Bauwagengefängnis.

Franklins strafendem Blick nach hatte wenigstens er verstanden, während Schmidt mürrisch den Raum verließ und auf dem dreistufigen Eisentreppchen vor dem Bauwagen Platz nahm.

Erschrocken über mich selbst, denn meine Äußerungen konnten als indirekte Anerkennung des polizeilichen Vorgehens gelten, aber auch als Einsicht verstanden werden, dass mein Denken damit schon ganz den Umständen jahrzehntelanger staatsbürgerlicher Erziehung angepasst und deformiert war, erhob ich mich vom Bett.

Inzwischen hatte Claudia den Kopf, in den von Schmidt mitgebrachten Beutel gesteckt und frische Schrippen und sogar Honig entdeckt. Vielleicht doch Elysium, bemerkte Franklin.

Von meiner Frau, klärte Schmidt von seiner Freitreppe aus auf, so als müsste er deutlich machen, dass nicht er für die Verbesserung der Haftbedingungen zuständig und auch nur ausführendes Organ sei. Ich glaube, mit Ihrer Frau würden wir es viel leichter haben, antwortete ich. Die hätte uns bestimmt schon laufen lassen. Oder wir hätten eine mitfühlende Verteidigung.

Schmidt brubbelte einige unverständliche Laute. Auf jeden Fall bedanken wir uns herzlich bei Ihrer Frau, wiederholte ich noch einmal, in der Annahme, endlich den richtigen Tonfall getroffen zu haben. Doch Schmidts Gesichtszüge hellten sich auch jetzt nicht auf, während Franklins Miene mir wegen eines offensichtlich opportunistischen Verhaltens einen grausamen Straffeldzug androhte.

Zu Recht, wie ich unter normalen Umständen zugegeben hätte. Aber was war um diese Zeit und nach dieser Nacht noch normal?

Dafür lächelte mich Claudia nun vielsagend an und ich hätte einiges darum gegeben, zu erfahren, was in ihrem Kopf vor sich ging.

Manchmal möchte ich Gedanken lesen können, wandte ich mich mutig an sie.

Es ist besser, wenn man nicht alles weiß, lächelte sie zurück. Es war ein Lächeln, das Antwort genug war.

Ist es denn so schlimm, alles zu wissen?

Nein, aber es könnte ernüchternd sein und Platz für die Fantasie rauben.

Vielleicht hast du recht, gab ich mich zufrieden. Ohne Fantasie wäre alles nur trist.

Traurig?, fragte sie.

Ich schüttelte den Kopf.

Franklin verstand nicht, aber um diese Zeit fiel es auch mir schwer, den Dialog, der so viele Interpretationen zuließ, richtig zu bewerten. Also steckte ich im Vorraum meinen Kopf in die Waschschüssel und nahm am Tisch Platz.

Wir sollten uns jetzt lieber Gedanken machen, wie wir uns aus der misslichen Lage befreien, begann Franklin, nachdem sich Schmidt für einige Minuten entfernt hatte, nachdenklich. Habt ihr schon mal was von einer Verteidigungslinie gehört?

Ich war erstaunt über so viel Realitätssinn, den ich ihm am frühen Morgen gar nicht zugetraut hatte. Eigentlich wäre es jetzt üblich gewesen, dass unser Meister des Vergessens den vergangenen Tag wie eine Buchseite umblättern würde und den neuen Morgen und damit den Neubeginn mit Spott und Ironie überschüttete. Jetzt aber hatte ausgerechnet Franklin genau jene Frage aufgeworfen, die mich schon seit geraumer Zeit bewegte und mir nicht mehr aus dem Kopf ging. Das erste Mal stellte ich sie mir beim Entzug meines Personalausweises in der Polizeidienststelle der Schönhauser Allee. Und sie holte mich beim Tanz mit Kathrin wieder ein, ohne dass ich eine Antwort gefunden hatte. Je öfter ich sie mir stellte, umso drastischer wurde mir die Ausweglosigkeit der Lage bewusst. Welchen Sinn, so quälte ich mich auch an diesem Morgen, hat eine Verteidigung vor einem Gericht, wenn der Angeklagte doch gar nicht weiß, welcher Schuld er sich eigentlich bewusst sein sollte?

Claudia und Franklin schauten mich neugierig an.

Wie aber soll eine Eingabe aussehen, erklärte ich laut, die sich nur sehr allgemein gegen den Umstand der Festnahme selbst, nicht aber gegen die Ursache richtet. Zwar darf man Einwände vorbringen, Beschwerden schreiben und Argumente sammeln, doch ist nicht herauszufinden, ob sie jemals gehört oder gelesen werden und damit den Vorgang beeinflussen. Denn der Vorgang an sich lässt nur Raum für Mutmaßungen und bleibt uns verborgen.

Da haben wir es!, erregte sich Franklin, als hätte er eine lange gesuchte Erklärung gefunden. So ein Vorgang ist wie ein »Ding an sich«, an dessen Ursprung wir niemals geraten.

Jetzt werdet ihr auch noch philosophisch, stöhnte Claudia. Und das am frühen Morgen!

Franklin ließ sich nicht abbringen: Der Einzelne ausgeliefert einem in dicken Aktenbergen festgehaltenen Vorgang, welchen er nicht kennt und welchen er auch nicht kennen darf, weil er sonst wüsste, dass ...

Was?

Vielleicht ist auch das nur eine Vorstellung!

Kein Wunder, sekundierte ich, wenn das Verfahren nicht nur vor der Öffentlichkeit, sondern auch vor dem Angeklagten selbst geheim bleibt. Ich bin nicht einmal sicher, ob Unterleutnant Schmidt den Vorgang kennt, zu dessen Verwalter und Vollstrecker er sich unfreiwillig macht. Und mit purer Pflichterfüllung folgt er dem vorgeschriebenen Prozedere wie einem imaginären Gesetz, weil man es von ihm verlangt.

Aber wer verlangt es? Claudia schaute mich mit großen Augen fragend an. Etwa der ewig lächelnde Generalsekretär?

Das scheint mir nicht einleuchtend, vielmehr vermute ich, dass es etwas gibt, das über dem Generalsekretär steht, weil es das Gesetz ist, so wie etwas Übermenschliches. Ein Übergesetz!

Das ist es!, rief Franklin voller Begeisterung und sprang vom Bett auf. Da bin ich ziemlich sicher. Nicht umsonst macht sich dieses Gesetz hier oben so breit und baut Kartenhaus um Kartenhaus auf den Mauern einer Vorstellung. Und unsere stets wachsamen Gesetzeshüter, Oberamtsaufpasser, tschekistischen Planübererfüller, dienstbeflissenen Gerichtsdiener und revolutionären Weltfriedensretter schreiten folgerichtig zur Exekution. Bleibt nur noch die Frage wann und wen!

Ich bin wahrscheinlich der Erste, bekannte ich mich schon schuldig, schließlich hätte ich schon begonnen, die Schuld nicht im System, sondern bei mir selbst zu suchen. Damit, so stellte ich selbstkritisch und doch augenzwinkernd fest, würde ich alle Hoffnung begraben und mich das unausweichliche Ende ereilen.

Also sind wir doch ausgeliefert, sagte Franklin. Das ist wie bei des Kaisers neuen Kleidern, nur dass wir alle nicht zugeben wollen, dass der Kaiser nackt ist, obgleich er uns täglich seinen nackten Arsch ins Gesicht hält.

Muss das sein? Claudia schaute uns beide gereizt an. Vielleicht hatte sie etwas mehr Ernst im Umgang mit unserer Situation erwartet.

Unsere uniformierte Staatsmacht wird schon ganze Arbeit machen, erwiderte Franklin und zeigte mit einer Kopfbewegung auf Schmidt, der nach einer kurzen Runde wieder auf der Freitreppe unseres Wagens stand und mit verdutztem Blick und Kopfschütteln dem Dialog folgte.

Claudia war außer sich. Woher nehmt ihr nur die Überheblichkeit, euch so aufzuspielen?, erregte sie sich. Reicht es nicht schon, was hier passiert?

Ich verstand ihr Bemühen zur Deeskalation, aber sah auch keinen Grund, das Gesagte zu bedauern, schließlich brachten nicht wir uns in diese Lage. Wir können auch über etwas anderes reden, versuchte ich sie zu beruhigen.

Ach ja?

Franklin setzte sich zu uns an den Frühstückstisch, den Claudia während meiner Ausführungen provisorisch eingedeckt hatte, und schaute mich mit großen Augen an. Vielleicht über Frauen?

Ich antwortete nicht.

Oder über einen Abend im Dünenhaus?

Ich weiß nicht, was du meinst.

Ich dachte an den zeitweiligen Verlust handelnder Akteure mit dem Ergebnis hektischer Suchaktionen.

Ich wusste nicht, dass ihr mich sucht, gab ich kleinlaut zu.

Wir nicht, aber unsere Ordnungshüter und die können ganz ungemütlich werden. Hast du vielleicht auch mal an uns gedacht?

Auch jetzt antwortete ich lieber nicht, denn natürlich hatte ich in diesem Moment überhaupt nicht an die beiden gedacht und mir damit später schon genug Vorwürfe gemacht. Mein Denken und noch viel mehr mein Fühlen gehörte Kathrin. Was interessierten mich in diesem Moment die Genossen Schmidt oder ein blonder Cowboy, mit sächsischem Singsang, aufgerissenen Lippen und einer schwarzen Lederjacke? Was interessierte mich die merkwürdige Situation unter Bewachung öffentlich Abend zu essen und was mein Leben mit einem Dokument, das mich zur unerwünschten und höchst verdächtigen Person stempelte? Jeder Gedanke daran war wie verflogen, er war weg, und ich fühlte mich unglaublich frei, frei von einer Last, jedem Denken ein Schema, ein übergeordnetes Muster zu verpassen, weil das allmächtige System es gewohnt war, in Mustern zu denken und zu handeln. Ich hatte an keine innere oder äußere Ordnung, an kein Gesetz, keine Verordnung, noch an irgendwelche Vorschriften, Normen oder Verhaltensregeln und erst recht nicht an historische Missionen, Klassenantagonismen oder Friedliche Koexistenzen, sondern nur an mich gedacht und in diesem Egoismus meine Gefühle genossen.

Also nicht, konstatierte Franklin und wusste damit nicht, wie viel recht er hatte. Warum solltest du auch an uns denken!

Hör auf!, mahnte Claudia. Es hat jetzt wenig Sinn, uns gegenseitig Vorwürfe zu machen.

Nein, das hat es nicht, aber sauer kann man doch wenigstens mal sein. Hab ja sonst nichts zu tun hier auf der Insel. Dabei erhob er sich und trat nach draußen zu Schmidt. Wann glauben Sie denn, gibt es von Stralsund eine Antwort, fragte er in einem gereizten Ton. Ich weiß nicht, sagte Schmidt und blickte gedankenversunken in den blauen Himmel, vor dem einige Möwen kreisten. Um diese Zeit wird uns das keiner sagen. Und was machen wir nun, wollte Claudia wissen und schaute mich mit großen Augen an. Wie meinst du das?

Wie schon.

Nichts machen wir. Wir warten! Wie lange denn noch?

Robinson hat Jahre auf einer Insel verbracht und das war nur halb so gemütlich, warf Franklin ein.

Da haben wir ja sogar noch etwas Zeit, ergänzte ich. Nur der Winter hier oben dürfte kalt werden.

Frühstücken Sie erst mal, dann sehen wir weiter, entgegnete Schmidt mürrisch, dem diese Art der Unterredung gar nicht gefiel.

Wir sehen weiter. Das habe ich schon mal gehört, sagte Claudia resigniert. Immer warten. Wir können doch nicht den ganzen Tag in Ihrer Veranda sitzen. Das ist unser Urlaub, verstehen Sie! Ja ja, brubbelte Schmidt. Von mir aus wäre das auch schon alles erledigt. Aber was soll ich denn tun? Uns laufen lassen!, antwortete Franklin und schaute verschmitzt aus den Augenwinkeln. So wie das Ihre Frau schon längst getan hätte. Dabei lehnte er sich an den Türrahmen.

Begeistert stimmte Claudia zu. Ja, es kann doch so einfach sein!

Das könnte Ihnen so passen! Also lassen Sie meine Frau aus dem Spiel.

Aber stellen Sie sich mal vor, um wie viel unkomplizierter unser aller Leben dann wäre, führte ich aus. Der Vorgang wird einfach geschlossen. Vorgang zu, Akte zu und ohne Akte greift nicht mal eine Vorschrift und ohne Vorschrift keine Verordnung oder gar ein Gesetz! Und dann?

Frei von allen Verwaltungszwängen zieht auch auf Hiddensee Frieden und Harmonie ein!

Also doch Elysium! Franklin nickte zustimmend.

Zum ersten Mal musste auch Schmidt schmunzeln, doch erkannte er sofort wieder den Ernst der Lage. Das kann ich nicht, erwiderte er und stellte sich breit vor den Eingang. Franklin schüttelte den Kopf. Also wieder Veranda. Das wird sich ergeben, antwortete Schmidt und hob fast hilflos die Schultern.

Ja, das wird es, nickte ich. Wie lange sollen wir das noch glauben. Am Ende, na ja, das wissen wir ja ...

XI

Den Weg zu Schmidts Haus kannten wir schon, vorbei an den reetgedeckten Häusern und den Sanddornsträuchern, die die Grundlage für so manchen hier oben frisch gepressten Sanddornsaft boten. Vorbei an den frohgelaunten Urlaubern, die mit ihren kreischenden Kindern zum Strand strömten und an den Fischern, die eine schmale Beute auf Karren durch den Ort zogen.

Schmidt, seine grüne Volkspolizeischwalbe schiebend, ging, wie es die Vorschrift verlangte, hinter uns. Während ich mich des Gefühls nicht erwehren konnte, wie peinlich mir diese Form der, für jeden sichtbar, polizeilichen Begleitung war, machte Franklin wieder seine üblichen Späße. So winkte er den Zuschauern zu, die zu Dutzenden am Wegrand neugierig stehen blieben und tuschelten. Und dies in der Pose eines Fernsehstars oder bekannten Politikers aus dem Zentralkomitee der Sozialistischen Einheitspartei, die sich des Respekts der Verehrer und Untertanen sicher sein konnten. Nur kannte niemand diesen unbekannten Berliner Hinterhofdichter und Harlekin, der mit seinen zu kurz geratenen Hosen und ausgetretenen Latschen durch den Staub der Vitter Dorfstraße schlurfte und mit unbekannten Villon- oder anderen fremden und mit eigenen Gedichten aufzuwarten verstand. Schmidt wirkte unsicher, aber hielt tapfer durch, auch wenn ihm der Spaß zu weit ging und ihm die Anstrengung den Schweiß auf die Stirn trieb.

An Schmidts Haus empfing uns wie am Vortag der blühende Garten mit dem Duft von Rosen und Malven. Die Kieswege zwischen den Beeten waren frisch geharkt und Bienen kreisten über den farbenfrohen Blütenkelchen. Die Idylle war perfekt, wäre da nicht das große, jedermann Respekt einflößende Eingangsschild mit dem unendlich langen Namen: »Abschnittsbevollmächtigter«.

Was für ein Wort, dachte ich und fragte mich, warum sich die riesigen Regierungs- und Verwaltungsapparate und ihre Bediensteten Worte erfinden. Worte, die auszusprechen sich unsere Zungen schwertun. Denn in ihnen gibt es keine Bewegung, keine Veränderung, nur diesen gesetzten statischen Klang, der jede Veränderung, jede Abwandlung ausschließt. Abschnittsbevollmächtigter, so viele Wörter, zusammengepresst in einem, um die Bedeutung in das Unerreichbare zu steigern, sodass man sie fast mit Gewalt über die Zunge schieben musste: Abschnitt, voll, Macht, Bevollmächtigter.

Einmal mehr wurde mir klar, dass in einem Land, dessen gesellschaftliches System die Allmacht des Staates in das letzte und kleinste Glied seiner Befehls- und Unterstellungsketten trägt, Wörter eine andere, viel größere Bedeutung haben. Es ist dabei zweitrangig, welche äußeren Attribute oder Selbstbeschreibungen das Land auszeichnen, ob es sich mit Titeln wie Arbeiter- und Bauernstaat, Diktatur des Proletariats oder Heimatland der Werktätigen schmückt, immer sind es die Wörter, vor deren vermeintlicher Größe der Mensch erschrickt. So geben Diktaturen den Wörtern einen Sinn, damit sie nicht fliehen können mit ihren Buchstaben, nicht fliehen in die Bedeutungslosigkeit des Aussprechens und Vergessens. Diese Wörter sind wie Denkmale in Stein gemeißelt und lassen keine Interpretationen zu. Sie sind hart und grausam, so wie die Gesetze und Verordnungen selbst. Und damit unabänderlich. Und auch ihre Farbe ist gleichbleibend. Grau, so grau wie das Schild an Schmidts Gartentor.

Träumst du?, stieß mich Franklin von der Seite an. Denkst wohl an Schmidts Tochter. Er sagte es so leise, dass es Claudia nicht hören konnte.

Nein, ich habe nur an das Schild gedacht.

Was für Schild.

Abschnittsbevollmächtigter. Ist das nicht ein merkwürdiges Wort?

Das habe ich mich auch schon mal gefragt, lachte Franklin, und mich gefragt, was für ein Abschnitt eigentlich gemeint ist. Ist es eine lokale oder regionale Größenordnung, eine Zeitspanne oder gar Teil einer Hierarchie? Logisch, wir vermuten etwas, aber ist unsere Vermutung auch richtig? Was, wenn es nur ein Trick ist, uns zu verwirren?

Jetzt musste auch ich lachen und dachte daran, wie es ist, wenn man sein Leben in Abschnitte teilte und sie den Bevollmächtigten überließe, vertikal den Bevollmächtigten der Zeit und horizontal den Bevollmächtigten des Ortes und des Raumes. Aber dann, so gab ich in der Annahme, dass es Schmidt nicht vernahm, zu bedenken, sind wir eigentlich alle Abschnittsbevollmächtigte, denn jeder hat einmal Vollmacht über einen Teil seines oder des Lebens anderer.

Das denkst du dir so und theoretisch ist es wohl auch richtig. Aber praktisch? Auf Hiddensee haben wir jedenfalls keine Vollmacht.

Nein, ausgerechnet hier nicht, da hat sie ein Herr Unterleutnant, seines Zeichens gefürchteter Inselritter, hoch zu Ross auf einer wutschnaubenden, die goldene Mähne werfenden grünen Schwalbe.

Der sie wohl nicht so schnell aus der Hand geben wird. Jedenfalls nicht lebend. Und wenn, dann nur an einen blonden Knappen mit schwarzer Lederjacke. Da wäre sie dann wirklich sicher. So grausam sicher wie eine päpstliche Bulle.

Nur dass hier keiner geächtet wird. Noch nicht! Franklin musste schmunzeln.

In Schmidts Haus empfing uns das übliche Lächeln des Generalsekretärs, denn die Tür zum Dienstzimmer stand offen.

Nehmen Sie Platz, sagte Schmidt, wies auf die Holzstühle in der Glasveranda und verschwand mit samt Generalsekretär in seinem Arbeitszimmer. Da er die Tür schloss, ließ er nicht einmal den freundlichen Blick des Generalsekretärs in die Veranda zu.

So nahmen wir wieder auf den vertrauten Holzstühlen Platz und harrten der Dinge, die aus Stralsund, Berlin oder von sonst wo kommen sollten und die die weitere Entwicklung auf so unterschiedliche Weise beeinflussen konnten. Dennoch war an diesem Tag alles anders. Inzwischen waren fast zwanzig Stunden seit unserer Ankunft auf Hiddensee vergangen, gespickt mit zwei unvergesslichen Inselhöhepunkten, dem aufregenden Abend im Dünenhaus und der wild romantischen Nacht im Bauwagengefängnis. Ich war festgenommen von einem ABV und ausgeliefert einem Gesetz, dessen Inhalt ich nicht kannte und möglicherweise nie kennenlernen würde. Und ich war hilflos eingezwängt zwischen zwei Frauen und meinen Gedanken, die, je länger ich nachsann, nach immer komplizierteren Erklärungsmustern suchten. Antworten auf die vielen gestellten und, noch mehr, bislang ungestellten Fragen fand ich nicht. Am Ende überlegte ich sogar, ob ich nicht dem Rat einer guten alten Freundin folgen sollte, die dafür eintrat, schwierige Entscheidungen einfach der Zeit zu überlassen. Der Gedanke gefiel mir, nicht nur weil ich selbst einer gewissen Schicksalsgläubigkeit anhing, sondern weil ich auch nicht mehr wusste, was ich zu denken und zu fühlen hatte. Dennoch, die Anspannung ließ mich nervös auf meinem Stuhl umherrutschen, was auch Claudia nicht entging.

Ist was, fragte sie mit einer gespielten Anteilnahme und der Überzeugung, dass ich wohl nur an sie denken konnte. Sie, die sich nicht einmal ansatzweise als jene Frau zu erkennen gab, die sich in mich verliebt hatte. So konnte ich es nur vermuten, nachdem ich mich an ihre zweideutige Aussage zu Beginn des Urlaubs erinnerte und mir nicht entgangen war, dass sie ihren Anspruch durch die nächtliche, körperlich höchst eindrucksvolle Hingabe unterstrichen hatte. Vielleicht war es mir auch entgangen, so wie ich mir oft den Vorwurf anhören musste, dass uns Männern das Gefühl fehle, pikante Situationen richtig einzuschätzen.

Aber auch jetzt dachte ich nicht an Claudia, sondern an Kathrin, die jeden Moment aus einer der Türen treten konnte. Und allein dieser Gedanke bereitete mir Unbehagen, denn Claudia beobachtete mich schon jetzt mit Argusaugen. Glücklicherweise ersparte mir Franklin mit dem Beginn einer seiner, er glaubte es zumindest, erbaulichen Vorträge eine Antwort, zudem erfuhr ich dadurch einige Ablenkung. Gewohntermaßen waren seine Ausführungen auch diesmal nicht besonders erhellend, entsprangen sie doch seiner Vorstellung von der heilenden Kraft des Vergessens. So führte er aus, dass wir nur warten müssten, bis alles Vergangenheit sei, denn mit der dann zurückgelassenen Vergangenheit böte sich uns die einmalige Chance, alles zu vergessen. Da wäre es, so seine Theorie, dann kein Problem mehr, uns als deklassierte Bürger anzunehmen, da wir nicht mehr wüssten, je solche gewesen zu sein.

Claudias Einwand, dass man trotzdem noch unter der Erinnerung leiden könnte, wies er ab. Die Erinnerung sei, so Franklin, nur eine Vorstellung, die man beliebig, je nachdem welche Brille man aufsetze, beeinflussen könne. Und da nicht zu erwarten sei, dass sich diejenigen, die uns diese Unannehmlichkeiten bereitet hätten, entschuldigen würden, wäre das Vergessen nur die logische Konsequenz.

Entschuldigung!, lachte Claudia. Von wem?

Von ABV Schmidt oder dem blonden Cowboy, unserem Weltfriedensretter, schlug ich vor.

Von mir aus, sagte Franklin. Aber sind wir doch mal ehrlich, eine Entschuldigung wird es nicht geben und eine Entschädigung könne man erst recht nicht erwarten, sind ja schließlich nicht irgendwo. Wer entschädigt schon einen Verurteilten, der nach einem Gesetz verurteilt ist, das keiner kennt. Das hieße ja, eine Geschichte anzuerkennen und ein Fehlverhalten, das auf einem Umstand beruhte, den es gar nicht geben konnte.

Damit war das Gespräch zu Ende und der Gedanke an Kathrin, die plötzlich in der Tür stehen würde, gewann wieder die Oberhand. Zu meiner Erleichterung kam sie nicht, aber schon dass ich dies positiv bewertete, zeigte einmal mehr meine Zerrissenheit, denn unter allen anderen Umständen hätte ich mir nichts Sehnlicheres gewünscht, als ihr so schnell wie möglich wieder zu begegnen.

Um mich abzulenken, las ich in einer alten Ausgabe der »Ostseezeitung«, die auf dem Tisch in der Veranda lag. Die Zeitung, immerhin das Zentralorgan der Sozialistischen Einheitspartei im Bezirk Rostock, glänzte in gewohnter Manier mit Erfolgsmeldungen aus dem hohen Norden der Republik. Doch trotz der ausführlichsten Berichterstattung vom heldenhaften Kampf der LPG-Bauern an der mecklenburgischen Erntefront, über einen mit 112 Prozent erfüllten Plan von Hafenarbeitern auf der Rostocker Volkswerft Warnow und der Sicherung der Staats- und Friedensgrenze durch die trotz großer Hitze stets einsatzbereiten Grenztruppen konnte ich keine klaren Gedanken fassen. Zu sehr belastete mich die Situation und schon der Hinweis auf die Grenztruppen machte mir Angst. Meine Sorge gehörte dem bevorstehenden Entwicklungen, die sich nach Lage der Dinge, von uns kaum beeinflussen ließen. Auch das Durchdenken aller Eventualitäten, das Abwägen der Notwendigkeiten einer Verteidigung, das Grübeln über unerklärliche Zusammenhänge, das Nachsinnen, welche der handelnden Personen uns nutzen könnten, welche uns schaden sowie das Vergleichen von Vor- und Nachteilen einer eigenen oder fremden Verteidigung zermürbten mich zusehends. Dabei war eigentlich noch gar nichts passiert. Noch saßen wir in der lichtdurchfluteten Veranda eines ABVs auf Hiddensee, dessen Frau vorzüglichen Kuchen anzubieten hatte und dessen freundliche, ja geradezu liebenswürdige Tochter, ein zumindest für mich begehrenswertes Geschöpf darstellte, und warteten.

Aber allein die Tatsache, dass wir als quasi Angeklagte uns immer mehr als festen Bestandteil eines laufenden unaufhaltsamen Vorgangs fühlten, den wir selbst zu beeinflussen keine Möglichkeit hatten, ließ dunkelsten Vorahnungen und Befürchtungen breiten Platz und auch meine Kräfte ermatteten. Es gab keinen Zweifel, dass die Staatsmacht und ihre tschekistischen Helfer einfallsreich genug waren, wenn es darum ging, sich mit großem Erfolg sogenannter feindlich-negativer Elemente zu erwehren, die das sozialistische Aufbauwerk der Arbeiter und Bauern gefährdeten oder aber diesem Werk den Rücken kehrten. Aber irgendwie wollten wir einfach nicht glauben, dass gerade unser sehnsüchtig erwarteter Kurzurlaub auf der schönen Ostseeinsel uns in diesen Strudel volkspolizeilicher und damit staatlicher Sicherungsmaßnahmen ziehen konnte. So klammerten wir uns an jede Äußerung Schmidts wie an einen Strohhalm. Immer in der Hoffnung, etwas zu unserer Entlastung zu erfahren. Dabei hätten wir uns inzwischen auch mit der Kenntnis von Details der gegen uns vorgebrachten Anwürfe zufriedengegeben, schon um nicht weiter im Trüben zu fischen. Bei näherer Betrachtung waren uns auf Hiddensee die Möglichkeiten verbaut, an Informationen zu gelangen und selbst das vertrauliche Miteinander mit Schmidts Tochter versprach nicht mehr Aufklärung. Dafür aber um so mehr Verwirrung.

In diesem Moment trat Schmidt aus der Tür seines Arbeitszimmers. Seine Stirn legte sich in tiefe Falten und machte ihn alt, aber nicht strenger, sondern irgendwie menschlich.

Stralsund weiß noch immer nicht, sagte er kleinlaut und wahrscheinlich war auch die Art, wie er es vortrug, ihm selbst peinlich genug.

Das Verfahren nimmt seinen Lauf, flüsterte ich und sah mich durch die Entwicklungen bestätigt.

Schmidt antwortete nicht und schüttelte den Kopf.

Und nun?, fragte Claudia und schaute Schmidt mit ihren großen traurigen Augen an.

Wenn ich nur wüsste, sagte Schmidt und setzte sich auf einen der noch freien Holzstühle. Allein diese Geste zeigte seine eigene Ratlosigkeit.

Sie können uns ja nicht den ganzen Tag hier festhalten, beschwerte sich Franklin. Wir haben ja nichts getan.

Schmidt schaute auf seine Uhr, dann auf den Generalsekretär, als könnte dieser ihm einen Rat geben. Doch der lächelte in der gewohnten Manier und ließ Unterleutnant Schmidt mit den vermeintlichen Delinquenten in seiner Veranda allein.

Wir können doch an den Strand gehen!, rief Claudia in diesem Moment, als hätte sie die Lösung für Schmidts und unsere Probleme gefunden.

An den Strand? Schmidt verstand nicht.

Ja, an den Strand, dann melden wir uns stündlich. So können wir doch nicht verloren gehen. Und wir haben wenigstens etwas von der Insel.

Und unseren Urlaub!, ergänzte, begeistert von der Idee, Franklin.Schmidts Stirn bekam große Falten. Sie wollen doch bestimmt auch nicht Ihre Veranda den ganzen Tag bewachen. Und von der Insel kommen wir doch ohnehin nicht runter. Claudia fuhr ihren ganzen Charme auf. Schmidt schaute zum blauen Himmel auf, dann erneut auf seine Armbanduhr und zuletzt zum freundlich lächelnden Generalsekretär, der ihm erneut keine Antwort geben konnte. Dann drehte er sich uns zu. Musternd betrachtete er seine Gefangenen. Das wäre vielleicht eine Möglichkeit, sagte er schließlich. Sie sagen mir, wo Sie am Strand sind und dann melden Sie sich stündlich bei mir oder ich komme selbst vorbei. Eine prima Idee!, rief Claudia und hatte Mühe, sich vor lauter Begeisterung zu beherrschen. Wir kommen doch noch an den Strand! Sie sind wirklich nett.

Verlegen zupfte Schmidt an seiner Uniform, als hätte er die Bemerkung nicht gehört. Also, wo finde ich Sie? Wo? Claudia sah erst mich und dann Franklin an. Zum Schluss hob sie die Schultern. Am FKK-Strand gleich hinterm Dorf Richtung Kloster, sprang Franklin ein. FKK?, fragte Schmidt und zog die Augenbrauen in die Höhe.

Aber vorher hatte ich schon die Augen verdreht, aus Angst Schmidt könnte jetzt einen Rückzieher machen, sollte er den Vorschlag als Provokation ansehen. Auch stellte ich mir vor, dass Schmidt in seiner Uniform wohl kaum gewillt sein dürfte, uns am FKK-Strand aufzusuchen, sollte wirklich eine Nachricht vom Festland eintreffen. Ja, FKK, wiederholte Franklin umso entschlossener. So wie Gott uns erschaffen hat. Nackt!

Claudia schaute mich hilflos an. FKK – muss das sein?, fragte Schmidt mürrisch.

Noch bevor Claudia oder ich etwas sagen konnten, um einen Kompromiss zu signalisieren, log Franklin: Ja, wir haben leider keine Badesachen mit. Waren ganz und gar auf FKK eingerichtet, sozusagen als Nackte unter den anderen nackten Werktätigen. Aber ..., wollte ich noch einmal intervenieren, um Schmidt eine goldene Brücke zu bauen.

Doch Franklin ließ keinen Widerspruch zu. Nicht wahr?, unterbrach er mich. Du hast dich auch schon darauf gefreut, vor allem auf den FKK-Strand. Ich schaute mich Hilfe suchend um. Dann nickte ich, um nicht noch mehr Verwirrung zu stiften. Schmidt brubbelte etwas und wandte sich ab. Ich dachte sofort daran, dass er bestimmt noch einer jener Ordnungs- und Gesetzeshüter war, die in den Fünfzigerjahren Nacktbader der Insel verwiesen haben oder die damals übliche Strafe von 150 Mark verhängten. Und jetzt sollte genau dieser Mensch, wenn auch dreißig Jahre später, uns freiwillig dieses einst amoralische Vergnügen gönnen?

Schmidt drehte, die Hände auf den Rücken gelegt, eine große Runde in seiner Veranda. Eine lange, sehr lange Runde, wie ich fand und damit fürchtete, er könnte seinen Entschluss revidieren. Zumindest bereute er ihn sicher.

Doch dann sprach er, die Hände noch immer auf dem Rücken und uns gar nicht anschauend, den befreienden Satz: Na gut, wenn es denn nicht anders geht.

Toll, Claudia konnte ihre Begeisterung kaum zügeln. Dabei war nicht mehr passiert, als dass uns Unterleutnant Schmidt, Abschnittsbevollmächtigter der Insel Hiddensee, während der Gefangenschaft einen Ausgang gewährte.

Wie der Mensch so ist, feierten wir diesen Ausgang schon wie eine Befreiung. Dabei hätten die Erfahrungen in den letzten Stunden und die Unberechenbarkeit der Gesamtsituation uns auch eines Besseren belehren müssen. Eine Freilassung widersprach eigentlich schon dem üblichen Lauf der Dinge.

Also jede volle Stunde!, stellte Schmidt nun noch einmal klar und schaute auf seine Armbanduhr. Beginnen wir um zehn. Einverstanden!, rief Claudia, um zehn sind wir selbstverständlich hier. Können sich darauf verlassen.

Letzteres hätte sie besser nicht tun sollen, denn kaum hatten wir Schmidts Haus verlassen, musste sie sich der Vorwürfe Franklins erwehren. Auch wenn er nicht grundsätzlich anderer Auffassung war, so meinte er doch, sie hätte mit ihrem Versprechen eine besondere Form der Untertänigkeit gefunden, die seit dem Barock in Deutschland ausgestorben sei. Fehlte nur noch das Pionierehrenwort, tobte er.

Dennoch, mit oder ohne Pionierehrenwort, mit oder ohne den tobenden Villon mit den viel zu kurzen, über den Knöcheln schlackernden Hosen und der üblichen Theatralik, der zweite Urlaubstag durfte bei herrlichem Wetter am Strand von Vitte beginnen. Nackt, wie uns Gott geschaffen hatte!

XII

Bereits kurz vor zehn stand Schmidt, der offensichtlich trotz Claudias Versprechen wenig Vertrauen zu uns hatte, in seiner grünen ABV-Uniform am Strand und hielt Ausschau. Ich war gerade dabei, Claudia und Franklin von meinem ersten Hiddensee-Aufenthalt zu berichten, der drei Jahre zurücklag. Damals war ich noch im Besitz eines allgemein üblichen Ausweisdokuments, das zumindest noch nicht meinen gesellschaftlichen Abstieg anzeigte und mir damit eine gewisse Freiheit gab, die auszukosten mir allerdings verwehrt blieb. Drei Tage hatte es geregnet, und da ich dank unseres bekannten Immobilienverwalters Franziskus, einen jener mit Holzbrettern verkleideten Schuppen mein Eigen nennen konnte, hielt ich mich zwangsläufig in der Bretterbude auf. Diese war nichts anderes als ein umgebauter Hühnerstall, der auf seine spartanische Weise das Wohl unseres Heiligen mehrte. Das Wort Absteige verbot sich für dieses Domizil, wie mir Franziskus zu verstehen gab, denn selbst ein Hühnerstall samt Bett und Tisch und Donnerbalken hinter dem Misthaufen war im von Urlaubern überrannten Hiddensee wie Goldstaub.

Sei froh, dass du dafür kein Westgeld hinlegen musst, klärte mich der Heilige auf.

Ich war es und hielt tapfer durch, auch als meine Sachen im Schuppeninneren klamm wurden und der Regen langsam, aber sicher durch das Schuppendach tropfte. Notdürftig reparierte ich das Dach, indem ich eine bunte Aldi-Wegwerftüte, eine Errungenschaft von meiner Bochumer Tante, mit vier Steinen über dem vermeintlichen Loch beschwerte. Doch auch diese Reparatur verschaffte mir nur eine kurzzeitige Erleichterung, denn bereits am nächsten Morgen fehlte das gute Stück, Made in West Germany. Kein Wunder, hatten doch die im Haupthaus einquartierten Gäste aus Crimmitschau, Bezirk Karl-Marx-Stadt, ihre Begehrlichkeiten an dem bunten Etwas entdeckt. Und eine Westtüte war für manchen Crimmitschauer offensichtlich das untrügliche Zeichen einer anderen, paradiesisch anmutenden Welt, das man mit besonderem Stolz zur Schau trug.

Kurzum, ich sah die Aldi-Tüte eines Tages an der Hand der etwas mollig geratenen Urlauberin aus dem Haupthaus wieder. Sie trug sie wie eine Trophäe eines erlegten Großwildes für jedermann sichtbar und dank der unnatürlichen Farben leuchtend durch das verschlafene Vitte, während es wieder unaufhörlich durch das Dach meines Hühnerstalls regnete.

Auf der Suche nach einem wenigstens stundenweise trockenen Aufenthalt begab ich mich in das nächste Lokal, »Fröses Gasthaus«. Hier wurde ich im doppelten Sinne fündig. Zwar war das Dach dicht, doch hatte der anhaltende Regen Urlauberscharen in das Lokal geschwemmt, mit dem Ergebnis, dass bereits mittags die Getränke ausgingen. Nun saß ich im wahrsten Sinne des Wortes im und vor dem Trockenen, was mir den Aufenthalt auf Hiddensee ziemlich vermieste. Jedenfalls hatte ich ihn mir anders vorgestellt. Doch zu meinem Glück gab es eben noch das Gerhart-Hauptmann-Haus in Kloster, in das ich mich mit einiger Verzweiflung und in Ermangelung von Alternativen verkroch. So hatte ich fast zwangsläufig zwei Tage in einem Museum verbracht und dabei, das war das Besondere, keinerlei Langeweile verspürt. Ganz im Gegenteil fühlte ich mich in dem fremden, so anheimelnden Heim, bald wie zu Hause und wartete schon am zweiten Morgen auf das sehnlich erwartete Schlüsselklappern des Einlassdienstes.

Deshalb auch deine Begeisterung für Hauptmann, mutmaßte Claudia.

Das kann schon sein, lachte ich und mein Blick ging, als hätte ich endlich eine Ausrede gefunden, gegen Norden, dort wo sich in der Ferne der Dornbusch erhob. Doch nicht dem Hauptmann-Haus gehörte meine Aufmerksamkeit, das ohnehin hinter den hohen Buchen nicht zu sehen war, sondern einer jungen hübschen Frau, mit dunkelblondem Haar und hellen aufgeweckten Augen. Ich war fest davon überzeugt, dass Kathrin irgendwann auch zum Strand kommen musste, auch wenn ich nicht wusste, wie ich die Situation, die sich aus der Anwesenheit Claudias ergab, meistern sollte. Irgendwie wollte ich einfach alles geschehen lassen und die Lösung des nicht einfachen Problems, neben Claudia nackt zu liegen und an Kathrin zu denken, dem Schicksal überlassen.

Doch nun stand Unterleutnant Schmidt auf der Düne, der mit seinem Uniformgrün wie ein überdimensionierter Frosch aussah, der sich am Ostseestrand verirrt hatte. Er erblickte uns, die wir bäuchlings, wie in einer Fischbüchse aneinandergereiht auf unseren Badetüchern lagen, sofort. So watete der grüne Frosch etwas unbeholfen durch den hohen weißen Sand auf uns zu, was Franklin veranlasste, sich zu dem allseits bekannten Zitat des Generalsekretärs hinreißen zu lassen: *Den Sozialismus in seinem Lauf halten weder Ochs noch Esel auf.* Freilich hätte es eher heißen müssen, den ABV in seinem Lauf, halten auch die Nackten nicht auf, doch auch so hatte das Bild, das uns der Abschnittbevollmächtigte bot, etwas Theatralisches. Hier Schmidt, in Uniform der wehrhaften Arbeiter- und Bauernmacht und auf der anderen Seite wir, deren Nacktheit die Wehrlosigkeit der Untertanen symbolisierte. Wenn eine Autorität noch Autorität war, dann war sie es hier am Strand von Vitte. Nur Schmidt war gar nicht nach Theater zumute, obgleich sein Waten durch den weißen Sand, begafft von Dutzenden nackten wie neugierigen Zuschauern und angestrahlt von einer gleißend heißen Sonne etwas von einem bühnenreifen Auftritt hatte. Das Schauspiel ging unweigerlich seinem Höhepunkt entgegen.

Schmidt stoppte, noch in gehörigem Abstand zu uns. Vielleicht, weil auch ihm bewusst wurde, dass alle Autorität, trotz Uniform und Pistolengürtel, wie Butter in der Sonne dahinschmolz. Und die Sonne am FKK-Strand war wirklich unbarmherzig mit dem einzig bekleideten Wesen, das jetzt wie ein gestrandeter grüner Fremdkörper wirkte.

Flüchtig streifte uns Schmidts Blick, dann blieben seine Augen unruhig auf dem weißen Sand liegen, als schämte er sich des Anblicks. Und so schaute er doch lieber genau an jener Stelle hinaus aufs offene Meer, die bei den Fischern den Namen »Harter Ort« trug. Hart schien es auch für ihn zu sein, denn einmal mehr wurde ihm bewusst, welche unendlichen physischen und psychischen Strapazen ein Insel-ABV-Dasein mit sich brachte.

Trotzdem sprang Claudia als Erste auf und hielt sich ein großes Badetuch vor die Brust. Dann standen auch Franklin und ich auf und liefen Schmidt entgegen. Nur Claudia blieb zurück und sah uns miteinander diskutieren. Dabei flogen die nackten Arme wild gestikulierend durch die Luft. Verstehen konnte sie nichts, denn der Wind trug die Worte hinaus aufs Meer. Unbedeutende Worte, wie sie hätte feststellen können, denn noch immer war nichts entschieden und selbst in Stralsund wusste man nach Schmidts Aussagen nichts Genaues. Kein Wunder, hält sich doch der Eifer der Staatsmacht an Wochenenden, noch dazu an hochsommerlichen, in Grenzen. Der Vorgang war ins Stocken geraten.

Überall aus den Sandburgen und Windfängen hoben sich jetzt Köpfe. Erstaunte Gesichter mit blonden, braunen und schwarzen Haaren. Die umhertollenden Kinder ließen Schippen und Eimer fallen und zeigten mit kleinen Fingern auf unsere Gruppe, in deren Mittelpunkt ein überdimensionierter Frosch stand und schwitzte. Schmidt drängte zur Eile. Noch einmal, sagte er und wischte sich mit einem Taschentuch die Schweißperlen von der Stirn, Sie bleiben hier! Mehr nicht. Dann watete der grüne Fremdkörper wieder los. Für Sekunden hinterließ er tiefe Spuren im weißen Ostseesand. Aber auch diese rieselten bald wieder zu.

Zurück blieben ratlose und nervös tuschelnde Badegäste, denen eine Erklärung für den ungewöhnlichen Besuch fehlte, die aber gerade deshalb jetzt größte Vorsicht walten ließen. Man weiß ja nie! Vielleicht war ihnen auch nicht entgangen, dass wir als privilegierte Hiddenseegefangene einer besonderen Kontrolle unterstanden.

Es war nicht verwunderlich, wenn wir jetzt überall Beobachtungsposten wahrnahmen, die sich mit ihren Sandburgen immer dichter an die vermeintlich feindliche Frontlinie herangruben. Aber auch das mag unsere Einbildung gewesen sein, eine Einbildung, die sich im Leben manchmal zu krankhaften Angstzuständen entwickeln kann. Besser wir ignorierten tapfer den Aktionismus »gegnerischer« Kräfte, die sich, wie Franklin betonte, zum Aufmarsch und Frontdurchbruch sammelten, und machten uns sonnenhungrig auf unseren Badetüchern breit.

Doch wie zu erwarten, fanden wir keine Ruhe, denn erneut beschäftigte uns die Frage nach dem Warum. Und diese Frage konnte quälend sein.

Auch wenn uns ihre Beantwortung vor ein unlösbares Problem stellte, öffnete sie uns doch ein jedes Mal wieder die Augen, wie weit wir schon selbst Bestandteil eines Aktenvorgangs geworden waren. Wir hatten uns der Ordnung ergeben, ohne den geringsten Widerstand, als wäre es das Selbstverständlichste der Welt, am helllichten Tag von der Straße geholt und unter Polizeibegleitung abgeführt zu werden. Wir hatten erst Stunden später, nach dem anfänglichen Unverständnis über die Kontrolle und die ungewöhnliche polizeiliche »Zuführung« darüber nachgedacht, weshalb und mit welcher Begründung wir festgehalten wurden. Damit aber waren wir zu Rädern in dem großen Räderwerk geworden, die mitsurrten, still und leise und ohne großes Aufsehen. Wir waren Teil eines merkwürdigen Systems und belogen uns mit der Einsicht, dass die vorgegebenen Spielregeln uns eine wirkliche Chance ließen. Und in dieser Selbsttäuschung spielten wir fleißig mit.

Spätestens damit aber machten wir uns selbst schuldig und gestanden indirekt ein, dass es schon seine Richtigkeit mit der Festnahme haben musste. Es war das gleiche perfide Selbstverständnis, erläuterte ich, dem seit Jahrtausenden Untertanen ausgesetzt sind und in aller Regel zum Opfer fielen. Aber noch schlimmer, es war eine Anerkennung der äußeren Ordnung, die auch Schmidt vorgab, und der wir nur mit einem lächerlichen Widerspruch entgegentraten.

Das ist mir zu kompliziert, stöhnte Claudia und sprang von ihrem Badetuch auf. Eigentlich wollte ich nur wissen, was man uns vorwirft.

Das ist am Ende auch egal, sagte Franklin nachdenklich.

Jetzt fängst du auch schon an! Warum denn egal?

Weil es irgendeine vermeintliche Tat oder gar Straftat sein kann. Das alles sind nur äußere Etiketten.

Aber wieso denn Straftat?, erregte sich Claudia.

Nur Straftaten würden mir noch einfallen, antwortete ich und erläuterte einige übliche Straftatbestände. Versuchte Republikflucht zum Beispiel oder die Beleidigung staatlicher Organe! Oder die Herabwürdigung der öffentlichen Ordnung oder die Missachtung polizeilicher Anweisungen! Vielleicht ist es auch die Kontaktaufnahme mit fremden Mächten? Hat nicht jemand an Bord des Dampfers mit einem Unbekannten geredet, der aussah als sei er ein Klassenfeind? Oder gar ein Agent mit Sonnenbrille und Schlapphut?!

Aber das ist doch alles Quatsch!, rief Claudia und sah, so nackt vor uns stehend, nicht nur unschuldig, sondern auch unglaublich schön aus.

Es kann auch die berühmte Zusammenrottung staatsfeindlicher Elemente sein, ergänzte Franklin. Schau uns doch an! So nackt, wie wir sind, die Konterrevolution entblößt bis auf die Haut.

Was Besseres fällt euch nicht ein?

Doch, was willst du hören? Diebstahl, Banküberfall, Einbruch, schwere Körperverletzung, Mord!

Ich hätte auch noch ein paar Argumente, ergänzte ich und lieferte nach: Alkoholschmuggel, Entführung, Meineid, Verleumdung, Hehlerei. Es gibt schon eine Menge Möglichkeiten, um jemanden zu verhaften.

Womit wir genauso schlau wie vorher sind, bemerkte Claudia gereizt.

Eben, es ist egal, was man uns vorwirft. Immer gibt es ein Gesetz.

Aber wie wollen wir unsere Unschuld beweisen?, wollte Claudia wissen.

Unsere schuldige Unschuld, verbesserte ich, denn für ein Gesetz gibt es keine Unschuld.

Claudia starrte mich entsetzt an.

Um sie nicht völlig aus der Fassung zu bringen, legte ich meinen Arm um ihre Schultern. Dann lächelte ich, während Franklin johlend zum Wasser lief.

XIII

Fünfmal wiederholte sich an diesem Tag das Schauspiel. Fünfmal kam Schmidt mit der Nachricht, dass noch immer keine Nachricht aus Stralsund oder gar Berlin eingetroffen war. Fünfmal sprang zuerst Claudia auf und hielt sich das Badetuch vor die Brust, während Franklin und ich Schmidt entgegenliefen. Nichts geschah, nur dass sich mit Ausnahme zweier Vorposten, die sich besonders tief in ihren Strandburgen eingegraben hatten, immer mehr Badegäste aus unserem Umkreis entfernten. Erst wurde den Kindern verboten, in unserer Nähe zu spielen, dann sprachen die Erwachsenen, die selbst noch vor Minuten sehr redselig waren, kein Wort mehr mit uns.

Bereits am frühen Nachmittag begannen die Männer in Eintracht mit den Ehefrauen und den zunächst protestierenden Kindern ihre schönen, einst aufwendig hergestellten Sandburgen zu schleifen, um sie nicht den Konterrevolutionären in die Hände fallen zu lassen. In größeren Gruppen zogen die Badegäste nun davon, die Ruinen ihrer Burgen und Lager und eine verwüstete Strandlandschaft hinter sich lassend, nordwärts Richtung Kloster oder südwärts Richtung Vitte, um an anderer Stelle erneut ihre Lager aufzuschlagen und neue Sandburgen zu errichten.

Es war, als hätte die Schwarze Pest, die eine Berliner war, ausgerechnet diesen Teil der Ostseeküste heimgesucht. Die Angst angesteckt zu werden, verursachte eine Massenflucht. Der Kreis um uns, der menschenleer wurde und in dem man nur noch die Ruinen der Sandburgen zählen konnte, wurde immer größer und mit jedem erneuten Auftreten Schmidts machte sich ein neuer Treck auf, das angestammte Heimatufer zu verlassen. Am Ende fielen sogar die beiden Vorposten der allgemeinen Fluchtstimmung zum Opfer, sodass jetzt große Teile des Strandabschnitts uns gehörten.

Franklin verspürte eine große Lust, den wegziehenden Strandgästen zu folgen und malte sich schon die verdutzten Gesichter aus, wenn wir unser Lager immer in der Nähe der neu errichteten Sandburgen aufgestellt hätten. Ein schönes Katz- und Mausspiel, argumentierte er, vor allem dann, wenn sich die Fliehenden vor uns und damit zwangsläufig Schmidt nicht mehr sicher sein konnten und wir auf diese Art und Weise samt Sommergästen die Insel am Strand umrundet hätten.

Doch so gemein wollten wir dann doch nicht sein, auch verbot uns eine strenge Auflage Schmidts, den Platz zu verlassen. Franklin begnügte sich mit dem Hissen einer erbeuteten weißen Strandfahne, auf die er vorher einen schwarzen Vogel gemalt hatte. Der Vogel konnte gut ein Rabe oder gar eine Dohle sein und öffnete damit allen Interpretationen und Spekulationen Tür und Tor.

Ich selbst nahm von den Spielereien wenig Notiz, denn je länger wir warten mussten, umso eher hoffte ich gerade an diesem Strandabschnitt Kathrin zu treffen, zumal mir nach einiger Überlegung schien, dass ich mich auch hier der unmittelbaren Nähe Claudias entziehen konnte. Aber auch dieser Wunsch blieb mir verwehrt.

So nutzte Franklin die einmalige Chance der Abwesenheit weiterer Zuhörer, uns aus seinem letzten »Demonstrationszyklus«, den er am Vortage vollendet hatte, vorzutragen. Wie immer in solchen Fällen waren seine Aufführungen von einer Theatralik überladen, die etwas ungemein Komödiantisches hatte. Doch gerade die plastische Umsetzung des Gesagten in das Schauspiel, die Übertragung des Wortes in die Handlung machten seine Aufführungen sehenswert und ersetzten die fehlende Qualität des Textes durch schauspielerische Leistungen. Zum Zwecke der Vorführung hatte er sich eine Badehose an einen Stock gebunden, die nun wie eine rote Fahne im Ostseewind flatterte. Die Fahne hoch über seinen Kopf haltend und unser Lager im Gleichschritt umrundend, begann er laut zu akklamieren. Allein die erste Strophe reichte mir:

Rote und blaue Fahnen im Wind
und Hand in Hand schreiten Vater und Kind,
den Blick fängt die Kamera sicher ein,
wie schön bei der Demo zu sein.
Der Schritt ist nur stockend,
denn die Kehle schreit,
der Sonne frohlockend,
die Straße ist breit.

Ohne den Fortgang des Auftritts zu beachten und damit Gefahr laufend Franklins Unmut zu provozieren, verließ ich unser Lager und setzte mich ans Wasser, wo die sanften Wellen an meinen Fußsohlen kitzelten. Auch mein Hauptmann-Bändchen hatte ich dabei, sodass ich einige Gedichte des Künstlers las, die mich wegen ihrer Tiefsinnigkeit sehr anrührten.

Franklin ließ sich nicht beirren und drehte weiter, jetzt umso schneller seine Demonstrationsrunden.

Vielleicht hätte sich jetzt Claudia zu mir gesetzt, aber aus Angst vor dem dann völlig aus der Kontrolle geratenden Schauspieler blieb sie in Franklins Nähe, um im Notfall Schlimmeres zu verhindern.

Ich selbst war froh, damit einigen Abstand gewonnen zu haben, schon weil mir die ansonsten nicht ganz unkomfortable Situation, zwischen zwei Frauen zu stehen, überhaupt nicht behagte. Aber da es in diesen Tagen für vieles keine oder keine ausreichende Erklärung gab, konnte ich nichts anderes erwarten. Franklin schien auf seine Weise Gegenwartsbewältigung zu betreiben, denn noch immer kreiste er laut akklamierend, die selbst gebastelte Fahne über den Kopf schwenkend, um unser Lager.

In diesem Moment, als hätte ihn sein wachsames Ohr gerufen, tauchte Schmidt, am Horizont auf. Ich wusste nicht, ob es sich um einen Routinebesuch handelte oder ob jemand der anderen Strandgäste, mit dem Verweis, dass am Meer ein Irrer mit einer roten Badehosenfahne sich unentwegt im Kreise dreht, Schmidt auf den Plan gerufen hatte.

Franklin!, hörte selbst ich Claudia laut flüstern und sah, dass sie als Zeichen der drohenden Gefahr, den Finger auf den Mund legte. Doch ein Schauspieler, der von einer Gefahr nichts wissen will, bleibt ganz in seinem Element. Wild gestikulierend ignorierte der große schlaksige Kerl auch meinen Zuruf vom Wasser und sogar die Tatsache, dass ich ihm bestimmt nicht unbegründet mit großen Schritten entgegeneilte. Zu spät, schon stand Schmidt, die Arme in die Seiten gestemmt, in Uniform vor uns. Was ist denn hier los?, unterbrach er den Demonstrationszug.

Doch Franklin ließ sich in seinem Vortrag auch von der Anwesenheit Schmidts nicht abbringen und drehte weiter im Gleichschritt seine Runden. Hilflos starrten Claudia und ich auf den, in unsren Augen Verrückten und wagten noch nicht einmal aufzuschauen. Glücklicherweise blieb nur noch der Refrain:

Rote Fahnen wehen im Wind,
wie glücklich wir alle sind,
und am Ende erklingt die Musik,
hurra über alles, hurra Republik.

Franklin machte eine tiefe Verbeugung und setzte sich. Erleichtert atmeten Claudia und ich auf.

Ein vorwurfsvoller Blick Claudias traf mich dennoch, ein Blick, der mir sagen wollte, wie ich sie denn nur mit diesem Irren allein lassen konnte.

Ich nickte verständnisvoll. Mehr konnte ich nicht tun.

Schmidt wirkte unsicher und kratzte sich am Kopf. Wir sind doch kein Theater hier, sagte er schließlich. Haben doch schon genug Probleme mit Ihnen.

Er wollte uns nur die Zeit vertreiben, versuchte Claudia den Auftritt zu rechtfertigen. Es war ja auch nichts Anstößiges, haben Sie ja selbst gehört.

Schmidt hob die Schultern. Die Zeit vertreiben, wiederholte er und wusste doch nicht weiter. Jedenfalls muss ich Sie bitten, sich noch zu gedulden. Und machen Sie uns keinen Ärger. Letzteres war so schön gesagt und stellte einmal mehr die Realitäten auf den Kopf. Denn nicht wir bestimmten, was auf dem Kopf oder den Füßen stand, das hatten uns Schmidt und seine Helfershelfer auf Hiddensee, Rügen oder in Stralsund längst abgenommen.

Als Schmidt wieder verschwunden war, machte Claudia Franklin Vorwürfe: Du bist leichtsinnig, fauchte sie. Ist denn unsere Situation nicht schon schlimm genug?

Leichtsinnig, was heißt schon leichtsinnig, rief Franklin gereizt und hob bereits wütend den Ton. Es ist genauso leichtsinnig, ans Meer zu fahren, fuhr er umso heftiger fort. Wahrscheinlich ist es auch leichtsinnig ins Erzgebirge zu gehen oder in den Spreewald, alles ist leichtsinnig. Selbst in Berlin ist das Leben leichtsinnig. Am besten man verkriecht sich zu Hause und lässt sich nirgendwo mehr sehen. Aber dann kann ich mich auch gleich aufhängen!

Franklin, der soeben noch eine durch den Sand stampfende Karikatur abgegeben hatte, war nicht wiederzuerkennen. Wenn ihr wollt, tobte er, dann fahrt das nächste Mal doch allein!

So war das nicht gemeint, verteidigte sich Claudia. Aber du weißt doch, wie das ist.

Natürlich wusste er das. Die Staatsmacht, selbst die von Hiddensee, verstand wenig Spaß mit Texten, zumal mit solchen, deren Aussagen missverständlich waren oder gar als Kritik ausgelegt werden konnten. Auch Franklin kannte Menschen, die schon wegen ganz anderer Texte den Unmut der Ordnungsbehörden erfahren hatten. Egal ob sie exmatrikuliert wurden, ihre Jobs verloren oder gar in Zuchthäusern verschwanden. Eine Gefahr bestand also immer, selbst wenn das kleinste aller Übel die Ausweisung aus dem gelobten Land der Schmidts, sächsischen Weltfriedensretter und ewig lächelnden Generalsekretäre sein konnte, an deren Ende eben nicht Bautzen, sondern Bonn stand. Und das war bekanntlich etwas komfortabler.

Dennoch und gerade deshalb bewunderte ich Franklin, wie er mit jugendlichem Trotz und einer ungerührten Leichtfertigkeit den Gefahren ins Auge sah. Franklin war geradezu ein Prototyp dieses gefährlichen Lebens, er balancierte seit Jahren auf einem dünnen Seil und es war nur eine Frage der Zeit, wann er aus dem Gleichgewicht kommen sollte. Da konnte er noch so sehr das Vergessen kultivieren, die Realität hätte ihn, den Dichter, Lebenskünstler und Meister des Vergessens, jederzeit einholen können. Franklin hatte gelernt, mit der Angst zu leben und arrangierte sich mit ihr. Er war, warf ich ihm einmal im »Wiener Café« vor, wie ein kleines Kind, das an einer stark befahrenen Straße Fußball spielte und trotz aller Warnungen nicht bereit war, den angestammten Spielplatz aufzugeben. Da wäre es dann nur noch eine Frage der Zeit, wann die ersten Autoreifen nach einem dumpfen Aufschlag quietschen.

Auch wenn Schmidt nichts mitbekommen hat, gefährdet ihr doch unseren Aufenthalt am Meer, gab Claudia jetzt zu bedenken. Dass sie »ihr« sagte, war ein Zeichen ihres Entgegenkommens, das Franklin erlaubte einen geordneten Rückzug unter meinem Schutz anzutreten. Den nahm unser Schauspielheld dann auch gern in Anspruch, in dessen Folge er sich langsam beruhigte. In der Tat waren wir froh, überhaupt am Meer zu sein und nicht den Tag in Schmidts Veranda verbringen zu müssen.

Das Vergnügen hatten wir noch zeitig genug, denn am späten Nachmittag saßen wir wieder in Schmidts Veranda wie in einer Untersuchungshaft mit Blick in den gepflegten Vorgarten. Vorher hatten wir auch selbst die Freude am Strandaufenthalt verloren, denn nach dem fünften Besuch unseres uniformierten Oberaufpassers fühlten wir uns von seiner Gegenwart zunehmend belästigt, unter Druck gesetzt und verfolgt.

Da half auch nicht das unerwartete Auftauchen von Franklins altem Schulkameraden am Strand, einem muskulösen stiernackigen Strahlemann und Frauenheld, der im Gegensatz zu Franklin zum erfolgreichen Staatsschauspieler avanciert war und im ersten Fernsehprogramm schon mit zwei Hauptrollen glänzte. Er, so erzählte uns Karl Heinz Beck voller Stolz, war nach Hiddensee gekommen, um hier, wie bei einer afrikanischen Großwildjagd den schönsten weiblichen Gazellen nachzustellen. An der angeblich leichten Beute verlustierte er sich dann in seinem in Kloster, im »Haus Dornbusch« befindlichen und, wie er prahlerisch bemerkte, luxuriösem Quartier.

Seinem Beuteschema entsprechend wollte er jetzt beim Schaulaufen am Strand nach den Palucca-Schülerinnen Ausschau halten, jenen Grazien, die ihre berühmten Sommerkurse unter Anleitung der großen Dresdner Tänzerin auf Hiddensee absolvierten.

Beck war es sichtlich peinlich, ausgerechnet hier mit dem dürren, seinen ästhetischen Selbstwert konterkarierenden Franklin gesehen zu werden, der in der Schaustellung von Muskelmasse trotz seines zweitklassigen Personalausweises höchstens in der dritten Liga spielte. Allein die Vorstellung, im Beisein dieses Harlekins nicht mehr einer seiner männlichen Glanzrollen zu genügen, wo doch jeden Moment eine jener grazilen Schönheiten seinen Weg kreuzen konnte, trieb Beck den Schweiß auf die hohe Stirn. So bemühte er sich, auch gleich wieder das Weite zu suchen, denn beim Schaulaufen konnte er mit uns im Schlepptau nur verlieren. Nicht einmal das Lächeln, das breit in seinem kantigen Gesicht lag, hätte da unseren Sonnyboy retten können.

Meine kurzzeitige Überlegung, ihn aufzuhalten, um mit dem Fernsehstar als Entlastungszeuge von Schmidt gesehen zu werden, machte Franklin leider in der ihm eigenen Weise zunichte, denn er erzählte freimütig, dass wir hier als Gefangene zu betrachten seien und jeden Moment unser Bewacher als grüner Klecks auf der Düne erscheinen müsse.

Erwartungsgemäß beschleunigte diese Auslassung den Aufbruch des stiernackigen Fernsehhelden, dem das Strahlen im Gesicht erfroren war. Statt zu fragen, welchen Vorwurf man uns mache oder ob er uns seine Hilfe anbieten könne, entschwand Karl Heinz Beck mit der Bemerkung, Hiddensee sei eben ein echtes Berliner Dorf, wo man immer Bekannte aus der Hauptstadt treffe. Deshalb müsse er sich nun beeilen, wolle er ihnen allen die Hand und gegebenenfalls mehr drücken. Dabei lachte er vielsagend und verschwand. Ich war froh, dass sein bühnenreifer und gleichsam alberner Auftritt ein schnelles Ende nahm.

Ganz anderer Nerven bedurften die ständigen Besuche Schmidts am Strand. Das Warten und die Ungewissheit seiner Botschaft forderten bald ihren Tribut. Hinzu kam, dass irgendwann auf den Dünen, wie auf einem vorgezogenen Frontwachposten ein blonder Schopf, zuweilen eingewickelt in ein schwarzes Piratenkopftuch auftauchte, der sich ein schweres Fernglas vor die Augen drückte. Zweifelsohne war dies Genosse Cowboy, der trotz aller verwegenen Verkleidung sofort erkennbar war und seine staatsbürgerliche Pflicht an der vordersten Klassenkampffront tat. Inwiefern er diese Pflicht mit den eigenen sehr menschlichen Interessen verband, die ihn auch des Nachts auf wacklige Bierkisten zog, konnten wir uns nur denken. Allein die piratenartige Verkleidung und das vor die Augen gedrückte schwarze Fernglas ließ die auf der Düne auftauchende Gestalt bedrohlich und mysteriös wirken. Wir konnten uns des Gefühls nicht erwehren, dass die Realität uns mit Marsmenschen ähnlichen Gestalten nachstellte, um die Spannung zu erhöhen. Aber brauchten die Sicherheitsorgane des Arbeiter- und Bauernstaats dafür Außerirdische? Unweigerlich musste das merkwürdige Schauspiel seinem Höhepunkt entgegeneilen.

Schmidts letzter Besuch am Strand endete mit der Aufforderung, uns anzukleiden und ihm in sein Haus zu folgen. Das taten wir dann ohne Widerrede, auch wenn uns sehr unterschiedliche Gefühle begleiteten. Ich weiß nicht, was in mir bei der Rückkehr in das Schmidt'sche Haus mehr Aufregung erzeugte, war es die Ungewissheit einer bevorstehenden Vernehmung oder war es Kathrin, die mir jederzeit über den Weg laufen konnte. Auch wenn ich zunächst hoffte, sie nicht zu treffen, weil ich ihr den Anblick ersparen wollte, den ich in der Veranda unter den strengen Augen Claudias abgab, wünschte ich mir doch bald ihre Nähe. Daran änderte sich auch nichts, als mir Claudia am Ende unseres willkürlich abgebrochenen Badetages einen Hühnergott in die Hand drückte, den sie am Strand gefunden hatte. Die Übergabe erfolgte wortlos, aber das Lächeln, das ihr dabei über die Lippen huschte, war vielsagender als jede Erklärung.

Dennoch, je öfter ich an Kathrin dachte, desto stärker wurde meine Sehnsucht nach ihrer Nähe. Gerade ihre fortdauernde Abwesenheit reizte mich zunehmend, auch wenn mir bewusst war, dass gerade in dieser Abwesenheit die Gefahr einer Verklärung lag. Und diese Gefahr wurde größer, je länger ich mir ihre Erscheinung in schillernden Farben malte. Doch dessen nicht genug, eine merkwürdige Anziehung ging von ihr aus, die ich mir selbst nur mit der Tatsache erklären konnte, dass Kathrin eine Art Sicherheit ausstrahlte, ein Gefühl von Geborgenheit unter den Fittichen eines Abschnittbevollmächtigten. So absurd es auch immer klingen mag, dieser Sehnsucht nach einem Frieden, einem In-Ruhe-gelassen-Sein will man sich selbst in Diktaturen nicht verschließen, einem Frieden, den bei Lage der Dinge nur die Diktatur selbst bieten konnte. Einmal nur, so dachte ich, möchte auch ich das Gefühl haben, in Sicherheit zu sein, nicht kontrolliert, nicht ausgefragt, nicht mitgenommen, nicht verhört zu werden, weil irgendein Staatsdiener, und sei es ein kleiner ABV, die Gewähr für Sicherheit und Schutz bot. Ich wusste, wie schwach ich in diesem Moment war, mich dieses Gefühls nicht zu erwehren. Aber das Bewusstsein des Ausgeliefertseins machte mich anfällig für diesen Frieden, der ein schöner Schein war. Auch wenn er mich betrog, schenkte er mir doch die Hoffnung, in diesem Schein untergehen zu können.

Kathrin – und das hätte ich wissen müssen, war nicht Teil dieser Sicherheit. Aber dennoch, allein dass es etwas gab, jenseits der Bedrohung, das mir selbst in seiner größten Verlogenheit noch Rettung sein konnte, gab mir zu denken.

XIV

In Schmidts Veranda wartete statt der schönen Kathrin schon unser blonder Pirat. Das verhieß nichts Gutes. Er saß breitbeinig, das Fernglas um den Hals, in der Mitte des Raumes und taxierte uns.

Besonders an Claudia schien er großes Interesse zu haben, denn seine Augen wollten gar nicht mehr von ihr lassen, was ihre zunehmende Nervosität erklärte.

Ich hoffe Sie haben die Sonne genossen, sagte der Cowboy in einem Ton, der uns unmissverständlich zu verstehen gab, dass er uns genau dies nicht gönnte.

Ja, das haben wir, antworte ich in einem gleichgültigen Ton und nahm auf einem der Stühle Platz.

Na, dann werden Sie uns ja endlich etwas zu sagen haben, schließlich sind wir Ihnen ja auch entgegengekommen. Stimmts?

Schmidt nickte zwangsläufig, war aber über die Art dieser Vernehmung gar nicht erfreut. So verschwand er in seinem Dienstzimmer, in dem sich nichts geändert hatte. So weit ich durch den schmalen Türschlitz sehen konnte, war weder der Schreibtisch mit neuen Akten gefüllt, noch hatte sich der freundliche Blick des Generalsekretärs eingetrübt.

Obwohl Schmidt nun die Tür schloss, konnten wir wieder das gewohnte Klackern der Telefondrehscheibe vernehmen. Schmidt war noch immer ohne Antwort geblieben und auch jetzt erhielt er keine ausreichende Auskunft, wie denn mit den Festgesetzten zu verfahren sei. Das erste Gespräch verlief kurz und ohne größeren Wortwechsel. Nach wenigen Augenblicken schlug der Hörer wieder auf die Gabel. Dann passierte eine Weile nichts und es blieb ruhig.

So verging eine weitere Viertelstunde, die jetzt selbst unserem Cowboy zu lang wurde. Er erhob sich und drehte eine Runde in der Veranda, dabei schaukelte das Fernglas vor seiner Brust. Sie haben alles in der Hand, meine Herrschaften, sagte er und vergrub die Hände in den Hosentaschen. Wenn Sie nicht wollen, dann können wir auch beim Nachdenken helfen. Wie diese offensichtliche Drohung zu verstehen war, entzog sich unserer Vorstellungskraft. Vielleicht kostete er auch nur die Wirkung des Satzes und damit seine Macht aus, die in der Glasveranda eines kleinen Häuschens auf Hiddensee eine besondere Wirkung zu entfalten schien. Unaufgefordert betrat er Schmidts Dienstzimmer.

Minuten später klackerte erneut die Drehscheibe. Hallo, rief Schmidt, hallo, ist da Stralsund? Den Genossen Müller bitte!

Wir wussten nicht, wer Genosse Müller ist, aber zum ersten Mal verbanden wir mit einem der Orte, in dem über unser Schicksal entschieden werden sollte, auch einen Namen. Genosse Müller, so hofften wir jetzt umso inständiger, könnte doch dem Spuk ein Ende setzen. Und dazu bedurfte es eines einzigen, mit der Autorität eines Herrn Müller in Stralsund vorgebrachten Satzes.

Herr Müller, von dem wir nur ahnten, dass er wichtig sei, tat uns leider nicht den Gefallen. Der Satz, der uns sofort in das erhoffte pralle Inselleben entlassen hätte und einen Teil unseres Urlaubs retten konnte, blieb aus. Dafür stand Schmidt nach wenigen Minuten mit nachdenklicher Miene in der Tür. Hinter ihm der verkniffene Blick des Weltfriedensretters und das Lächeln ihres gemeinsamen Generalsekretärs. Drei Gesichter, wie sie nicht unterschiedlicher sein konnten.

Ja, sagte Schmidt, Sie wissen ja, wo es langgeht.

Wir schauten uns fragend an. Gibt es immer noch keine Antwort?

Fragen Sie nicht so viel, das macht die Sache nicht besser. Die Genossen arbeiten mit Hochdruck an einer Lösung!

Doch so recht schien Schmidt von dieser Aussage nicht überzeugt zu sein. Wir werden uns um Sie kümmern, legte er nach und verließ mit nachdenklicher Miene die Veranda durch den Flur und trat durch eine seitliche Tür in die Küche.

Sie haben es gehört!, sagte der Cowboy. Die Genossen arbeiten gründlich, worauf Sie sich verlassen können. Und so lange werden Sie mit uns vorliebnehmen. Da kann so ein Strandurlaub nur die Ausnahme sein. Aber wir sind ja keine Unmenschen. Dabei lachte er so laut, dass Schmidt zurück in die Veranda eilte, weil er fürchtete, es wäre etwas Ernsthaftes passiert.

Erleichtert atmete Schmidt auf, als er seinen vergnügten zivilen Kollegen sah. Übrigens, so eröffnete er uns bei dieser Gelegenheit, würde seine Frau sich noch um etwas Essen kümmern. Dann geht es los. Den Weg zum Bauwagen kennen Sie ja schon.

Aber wir können doch nicht noch eine zweite Nacht in dem Bauwagen verbringen, protestierte Claudia. Es ist doch unser Urlaub.

Den hat Ihnen doch niemand streitig gemacht, erklärte der Cowboy. Waren heute sogar am Meer. Ich weiß gar nicht, was Sie noch wollen.

Urlaub nennen Sie das?

Der Cowboy lächelte. Wir erfüllen nur unsere Pflicht und das, so gut es geht. Und was Ihren Urlaub angeht, so werden wir noch rechtzeitig was Richtiges für Sie finden, worauf Sie sich verlassen können. Ob das allerdings so komfortabel wie dieser Wagen ist, kann ich nicht versprechen. Wieder ertönte das schallende Gelächter eines Mannes, der sich offensichtlich in der Rolle des Zynikers gefiel.

Aber Sie können uns doch nicht so lange festhalten! Claudias unschuldiges Gesicht und ihr so vorgetragener Widerspruch bewiesen einmal mehr ihre Unkenntnis im Umgang mit den Hütern der sozialistischen Errungenschaften. Allein, dass sie noch immer glaubte, der Charme ihres weiblichen Protestes könnte ausgerechnet diese Vertreter der Staatsgewalt erweichen, mochte sie naiv und schützenswert erscheinen lassen, allerdings blieb erwartungsgemäß der Erfolg aus.

Doch das können wir, sagte der Cowboy trocken und ließ keinen Widerspruch zu. Also kommen Sie schon!

Verdutzt schaute sich Claudia um, als erhoffte sie von irgendeiner Seite Hilfe. Aber die konnte nicht kommen und so rannen jetzt große Tränen über ihr Gesicht.

Der Cowboy ließ sich nicht erweichen und auch nicht der Pirat, denn in Erwartung des Aufbruchs band sich der Mann wieder das schwarze Tuch um den Kopf. Brauchen Sie noch eine Extraeinladung?, fragte er bedrohlich laut und drängte uns zur Haustür, während Schmidt noch einmal in die Küche eilte und mit einem gefüllten Stoffbeutel zurückkam.

So, hier haben Sie etwas für heute Abend. Schmidt übergab Franklin den weißen Beutel. Aber, so wandte er sich mit einem seiner Lieblingssätze an uns, ich muss Sie bitten, uns keinen Ärger zu machen.

Auch wenn der Satz, die Tatsachen noch immer auf den Kopf stellte, entsprach er der Situation und zeigte mir, dass auch unser Gegenüber Angst hatte.

Wenigstens Ihre Frau hat noch ein Mitgefühl mit uns, flüsterte Claudia mit Verweis auf die Essenration, bevor sie wieder zu heulen anfing.

So verließen wir unter der gewohnten Bewachung Schmidts Haus und fanden uns eine knappe halbe Stunde später vor dem Bauwagen wieder.

Schmidt öffnete die Tür und trat als Erster in das Wageninnere. Wir folgten ohne Widerspruch, als wäre dies trotz fortgesetzter Ungewissheit, die uns mehr und mehr zu schaffen machte, der übliche Gang der Dinge.

Claudia schien nicht einmal die Hoffnung zu haben, dass sich alles noch zum Besseren wenden könne, denn ein leises Schluchzen begleitete schon unseren Weg zum Bauwagen und jetzt, wo sie wieder in ihre de facto Zelle trat, warf sie sich laut heulend auf das Bett. Schmidt verließ daraufhin sofort wieder den Wagen und nahm auf der Freitreppe Platz, während Genosse Weltfriedensretter auf seine Art Abhilfe gegen den Lärm schaffte und die Tür zu Claudias Raum schloss. Dann lehnte er sich an den Rahmen unserer Tür, um zu sehen, was Franklin aus dem Schmidt'schen Stoffbeutel zog. Obgleich er wusste, dass es sich nur um unser Abendbrot handelte, schien er mit besonderer Neugier wissen zu wollen, was uns Frau Schmidt auf die Brote getan hatte.

Es wird nicht so lecker sein, wie im Dünenhaus, sagte Franklin und wandte sich dem blonden Mann zu, aber wenn sich Frau Schmidt schon so viel Mühe macht, dann wollen wir uns nicht beschweren.

Dafür gibt es auch keinen Grund.

Ich hätte trotzdem lieber im Dünenhaus gegessen, bemerkte Franklin, und ich bin sicher, der dort auch. Dabei zeigte er mit einer Kopfbewegung auf mich.

Das kann ich mir denken meine Herren, aber schon deshalb würde ich Ihnen den Gefallen nicht tun. Leute wie Sie ... Der Mann sprach nicht weiter, vielleicht weil er das, was er sagen wollte, dann doch für unangemessen hielt oder weil er genau in diesem Moment ein Briefcouvert zu Boden fallen sah, das aus einem der Essenspakete rutschte.

Auch ich sah das Couvert, nun auf dem Boden liegend, das zu meiner Überraschung auf dem Adressfeld meinen Vornamen in großen blauen Lettern trug. Schnell griff ich nach dem Papier. Doch noch bevor ich verstand, dass es sich bei dem Brief nur um ein Schreiben Kathrins handeln konnte, donnerte schon der Fuß des blonden Cowboys auf das Couvert nieder.

Es gehört mir, machte ich sofort meinen Anspruch auf das Schreiben geltend.

Nichts gehört Ihnen!

Aber der Brief gehört schon mir. Schließlich steht ja mein Name drauf!

Der Cowboy lachte. Doch das Lachen ging in einen ernsten Blick und dieser in ein wütendes Geschrei über: Wir haben Sie festgenommen, das scheinen Sie noch nicht kapiert zu haben! Und ob Sie hier je rauskommen steht in den Sternen! Verstehen Sie das endlich! Der Mann ließ seinen Fuß genüsslich auf dem Couvert stehen.

In mir stieg eine unglaubliche Wut auf. Ich spürte die unbändige Lust, mit aller Kraft gegen den Fuß des Mannes zu treten oder ihn sogar ins Gesicht zu schlagen, obgleich ich niemals die Hand gegen einen anderen Menschen erhoben hatte. Aber diese unerträgliche Situation mit dem Heulen Claudias im Hintergrund und all meiner in anderthalb Tagen angestauten Wut ließen mich alle bisherigen Vorsätze vergessen. Ich wollte unter allen Umständen dieses Couvert, als hinge daran mein Leben. Bei aller Irrationalität, die dieser bis zum Zerreißen gespannten Situation eigen war und jede sonst kaum vorstellbare Entgleisung begründet hätte, gab es glücklicherweise Franklins entsetztes Gesicht, das mich buchstäblich in letzter Sekunde an die Folgen meiner drohenden Unbeherrschtheit erinnerte. Und trotz dieser mimischen Warnung oder besser dem befürchteten Ausblick hatte ich, inzwischen rasend vor Wut, allergrößte Mühe einer, wie auch immer gearteten Explosion Einhalt zu gebieten.

Der Cowboy musste das geahnt haben. Schlagen Sie ruhig, grinste er. Was auf Widerstand gegen die Staatsgewalt steht, wissen Sie ja hoffentlich. In der Regel nicht unter neun Monate, in schwerem Fall auch zwei bis drei Jahre. Und der dürfte hier wohl vorliegen.

Ich hasste ihn, wie man nur hasst, wenn man auch bereit ist, nach dem Leben eines anderen Menschen zu trachten. Ich trachtete nach seinem Leben und vielleicht war ich hier und jetzt zum ersten Mal in meinem Leben so weit, auch den Tod eines Menschen in Kauf zu nehmen. Und mein Hass und eine unbändige Wut steigerten sich noch, als ich mir klarmachte, dass der Inhalt des Schreibens auch Kathrin belasten konnte, sie, die mir trotz Abwesenheit so nah gekommen war.

Aber auch jetzt siegte die Vernunft, der ich selbst nicht mehr gehorchte, aber die wie eine Vorsehung eine rettende Hand bot.

Er hat recht, sagte Franklin mit seiner unnachahmlich theatralischen Stimme, der Genosse hat ja so recht. Du bist in Haft, festgesetzt wie ein Krimineller, da muss man nicht lesen und auch nicht schreiben und schon gar nicht denken. Wo kommen wir denn sonst hin, wenn jetzt auch schon die Kriminellen zum Denken neigen. Nein, das geht nicht. Man hat sich den Gesetzen zu stellen und zu funktionieren, wie ein Rädchen, ein klitzekleines Rädchen im großen Räderwerk des geliebten sozialistischen Vaterlandes und seiner Partei- und Staatsführung. Nicht wahr Genosse?

Sie halten sich da raus, fauchte der Mann. Ihnen wird auch noch das Lachen vergehen.

Ich lache doch gar nicht, erwiderte Franklin unschuldig, ich kläre nur diesen renitenten Kerl auf, der nicht mal einen richtigen Ausweis hat.

Durch den Lärm im Wageninneren wurde nun erneut Schmidt,

der bis dahin vor dem Eingang wartete, auf den Plan gerufen. Was ist denn hier schon wieder los, tobte er und betrat den Wagen.

Es ist mein Brief, beteuerte ich und zeigte auf die weißen Ecken, die noch immer unter dem Fuß des Cowboys hervorschauten.

Ein überaus wichtiges Beweismaterial Genosse Unterleutnant, stellte der Weltfriedensretter stolz fest.

Aber er ist von heute, damit kann man gar nichts beweisen, entgegnete ich.

Er ist aus einem der Essenspakete gefallen, so sah es aus, erläuterte nun der blonde Mann seine Beobachtungen. Vielleicht aber hat ihn auch jemand dem Trio zugesteckt. Möglicherweise eine geheime Botschaft und äußerst subversiv! Vielleicht sogar von Komplizen, von denen wir noch nichts wissen! Sie verstehen, was ich meine.

Schmidt, der jetzt verständig nickte, hatte in wenigen Augenblicken die Situation erkannt. Ihm musste klar sein, dass hinter dem Brief seine Tochter steckte, denn kein anderer war in die Nähe des Stoffbeutels mit der Essenration gekommen. Und seine Frau musste er ausschließen. Zugleich ahnte er nun, dass die eigene Tochter sich, aber auch ihn selbst in höchst unangenehme Schwierigkeiten bringen konnte, sollte der Brief polizeiintern Teil des Verfahrens gegen die Festgenommenen werden.

Nervös kratzte er sich am Kopf. Dann vollführte er einen rhetorischen Purzelbaum, wie ich ihn Schmidt in dieser Perfektion nicht zugetraut hätte.

In der Tat ein wichtiges Indiz für das Vorgehen dieser Leute hier, sagte er und hob das Schreiben behutsam auf. Es beweist einmal mehr ihre Gefährlichkeit. Wir müssen verhindern, dass sie jetzt in dieser wichtigen Phase der Ermittlungen Kontakt nach außen aufnehmen! Ja, es muss jeder Kontakt mit allen uns zur Verfügung stehenden Mitteln unterbunden werden, wollen wir nicht die Untersuchungen der Organe erschweren!

Genosse Friedensretter nickte pflichtbewusst.

Ich bin Ihnen deshalb besonders zu Dank verpflichtet Genosse. Sie waren wachsam und haben das Papier gleich sichergestellt.

Dem Genossen schwoll die Brust.

Also dieser Brief hier, fuhr Schmidt fort und schaute prüfend auf das Schreiben, kann einer der Tricks sein, mit denen gearbeitet wird, um die Ermittlungen zu behindern, falsche Fährten zu legen und damit uns zu falschen Schlüssen zu verleiten. Wir müssen uns hüten, Genosse!

Wieder nickte der Cowboy, während wir nicht im Entferntesten ahnten, was Schmidt bezweckte.

So glaube ich, dass es besser ist, hier und genau hier an dieser Stelle ein Exempel zu statuieren, damit diesen Bürgern ein für alle Male klar wird, dass sie mit diesen Tricks bei uns keine Chance haben. Noch während er dies sprach, zerriss er den Brief vor unseren verblüfften Augen.

Dem Cowboy blieb keine Chance, auch nur ansatzweise Widerspruch gegen das Vorgehen anzumelden, eilig war der Brief in Einzelteile zerrissen und mit einem Feuerzeug von Schmidt über einer Blechschüssel, die den Bauarbeitern als Aschenbecher diente, in Brand gesetzt. Hoch loderte die Flamme.

Kommen Sie nun Genosse, schloss Schmidt, wir haben hier unsere Pflicht getan.

Sprachlos blieben wir in dem verschlossenen Bauwagen zurück, und da mir schwindlig von den Tausenden Gedanken wurde, die wie Flugzeuge dröhnend durch meinen Kopf schossen, schleppte ich mich, noch immer am ganzen Leib zitternd, erschöpft zum Bett. Meine kreidebleiche Gesichtsfarbe veranlasste Franklin Sekunden später ängstlich nach meinem Befinden zu fragen, aber nicht einmal jetzt war ich zu einer Antwort fähig. Kathrin wollte ich sagen, Kathrin ...

Ich kam erst wieder zu mir, als wir draußen das Lärmen junger Leute vernahmen. Uns war sehr schnell klar, dass sich unsere Anwesenheit herumgesprochen haben musste, was auf der kleinen Insel auch nicht verwunderte. Wir stellten uns vor, wie die Gerüchteküche Hiddensees brodelte und welche Vergehen die Einheimischen uns unterstellen würden. Schließlich passierte es nicht jeden Tag, dass Unterleutnant Schmidt unter Begleitung eines Zivilisten sich gleich dreier Delinquenten erwehrte, die noch dazu mit merkwürdigen Papieren ausgestattet aus dem hauptstädtischen Berlin kamen. So belagerten am Abend die ersten Jugendlichen unsere Unterkunft, immer in der Hoffnung, einen Blick von jenen Aussätzigen zu erhaschen, denen die zweifelhafte Ehre zuteilwurde, zu den wohl berühmtesten Gefangenen von Hiddensee zu avancieren.

Da wir nach all dem Vorgefallenen keine Lust verspürten, mit den Einheimischen aus unseren merkwürdigen Bauwagenzellen heraus Kontakt aufzunehmen, beschlossen Franklin und ich, uns um Claudia zu kümmern. Sie hatte sich nach einer weiteren Stunde endlich beruhigt, sodass sie einwilligte, dass wir ihr etwas vortrugen. Dies in der Hoffnung, mich nicht nur selbst abzulenken, sondern auch sie jenseits des Hiddenseer Alltags auf andere Gedanken zu bringen. Leider hatten wir außer dem Gedichtbändchen keine anderen Texte Hauptmanns zur Verfügung, sodass wir, so gern wir eine Szene aus dem »Biberpelz« nachgespielt hätten, uns anderweitig behelfen mussten. Dabei wäre Franklin gerade die Rolle des Amtsvorstehers Wehrhahn bei seiner Jagd auf *dunkle Existenzen, politisch verfemte reichs- und königsfeindliche Elemente* auf den Leib geschnitten, während ich gut den Freigeist und »Majestätsbeleidiger« Dr. Fleischer verkörpern konnte.

So setzten wir eine, frei erfundene, aber nicht ganz unpassende Gerichtsszene auf den Spielplan. Es war eine Gerichtsszene, von der wir annehmen konnten, dass sie Claudia aufmunterte. Diese fand ausgerechnet in einem provisorischen Gerichtssaal statt, der eigentlich die Veranda eines Gartenhäuschens war. Es war ein Dialog zwischen einem Richter und seinem Angeklagten, in welchem der Richter seine Schwäche beklagte, sich in die Angeklagten zu verlieben. Als Begründung führte er an, dass es die Schuld sei, die die Angeklagten schön und unwiderstehlich machte. Umso größer die Schuld und das zu erwartende Strafmaß, desto leidenschaftlicher die Liebe. Aber leider, so stellte der Richter, alias Franklin, zu seinem großen Bedauern fest, könne er sich halt nur in Frauen, nicht aber in Männer verlieben, sodass ihm nichts anderes übrig bliebe, die Männer, zu denen der Angeklagte nun einmal gehöre, entsprechend hart zu bestrafen.

Ach, so seufzte er, wären Sie doch eine Frau und dann dieses einmalige, gegen alle Gebote der sozialistischen Moral, den Parteitagsbeschlüssen 124 und 125 und den Verordnungen zur Sicherung der staatlichen Maßnahmen gerichtete Vergehen mit dem zu erwartenden höchsten Strafmaß, ich würde vor Ihnen hinschmelzen. Aber so, nein, mein Lieber, so haben Sie nur den Tod verdient.

Aber es war doch nur ein Polizist!, beteuerte ich, nur ein ganz kleiner Polizist, der hatte ja nicht mal eine Uniform.

Der Richter alias Franklin ließ sich nicht erweichen. Vielmehr erläuterte er die Umstände seiner Liebespein, die ihn veranlassten, schon gar nicht mehr nach Männern zu suchen, sondern jedes Mal zu hoffen, dass wieder eine Frau vor seinen Richterstuhl träte. Denn, so der Richter mit schmerzverzerrter Stimme, er sei abhängig, abhängig von den Frauen!

Es gibt Schlimmeres, versuchte ich ihn zu trösten. Frauen seien doch was Besonderes, noch dazu, wenn sie erst einmal vor dem Richterstuhl stünden!

Ach junger Freund, führte Franklin mit Wehklagen aus, das habe er ja auch geglaubt, aber jetzt sei etwas passiert, was ihm viel stärker zusetze als seine Abhängigkeit von den Frauen. Viel tragischer wiege die Tatsache, dass die weiblichen Angeklagten geradezu die Anklage suchten! Denn es habe sich herumgesprochen, dass eine Anklage schön und unwiderstehlich mache!

Aber, so gab ich als Angeklagter zu bedenken, dass dies dann ja bedeute, dass sich das weibliche Geschlecht in dieser Erwartung massenhaft verschiedenen Gerichtsverfahren aussetzen würde, schon um nachteiliger äußerer Makel verlustig zu werden. Schließlich wolle so manch hässliches Entlein auch mal ein Schwan sein. Und wenn auch nur vor Gericht.

So ist es, bestätigte der Richter. Genau so!

Aber so viele Veranden, Gerichtssäle und Bauwagen haben wir doch gar nicht, wandte der Angeklagte ein.

Eben, klagte der Richter. Das sozialistische Rechtssystem kommt unter diesen Umständen seiner Pflicht, jeden einem ordentlichen, den marxistisch-leninistischen Rechtsgrundsätzen eines sozialistischen Justizapparates entsprechendem Verfahren zuzuführen, gar nicht mehr nach.

Dann brauchen wir Schnellverfahren und Schnellgerichte, forderte ich, schließlich würden die Frauen hier bald Schlange stehen.

Und wenn sie dann alle verurteilt werden?, fragte ängstlich Richter Franklin.

Dann müssen wir eben eine Gefängnisinsel bauen ... oder sie verschiffen, nach Rügen oder gar nach Übersee ...

Franklin und ich sprachen dabei so offenbar laut, dass auch die Zuhörer, die sich draußen auf der Straße versammelten, unserem Dialog folgen konnten.

Jedenfalls endete unser Auftritt mit dem befreienden Gelächter Claudias und dem Beifall der Umstehenden, was nun wiederum Unterleutnant Schmidt auf den Plan rief, dem man von dem ungewöhnlichen Auflauf an dem umfunktionierten Bauwagen berichtet hatte.

Schmidt, der nun allein die öffentliche Ordnung verteidigen musste, hatte einige Mühe, die Schar der Neugierigen von unserer Unterkunft fernzuhalten und erst als er mit Platzverbot drohte, zogen die jungen Leute murrend von dannen.

Befriedigt stellten wir fest, dass wir eine uns gebührende Anteilnahme bei der Inselbevölkerung gefunden hatten, was Franklin gleich zu weiteren Höhenflügen verleitete. So malte er uns mit leuchtenden Farben und detaillierter Kenntnis aus, wie sich die Inselbewohner ein Herz nehmen, die Bastille stürmen und die Gefangenen befreien würden. Auch bei der Französischen Revolution, so seine Argumentation, begann alles mit der Befreiung von einer Handvoll Gaunern und Verbrechern. Da sollte es ein Leichtes sein, drei ehrbare Bürger zu retten. Warum also nicht hier? Eine Revolution wäre das!, rief er vor Begeisterung. Eine Revolution auf Hiddensee! Und dann errichten wir die Republik, die freie Republik Hiddensee, mit der Hauptstadt Vitte.

Nun auch noch das, stöhnte ich und klärte unseren Villon auf, dass ein Bauwagen keine Bastille und die Freie Republik Hiddensee längst ausgerufen sei.

Was?

Jedenfalls auf Urkunden, erläuterte ich den Sachverhalt, wonach Gerhart Hauptmann bescheinigt wurde, Bürger der Freien Republik zu sein.

Immer klauten andere Leute seine Ideen, beklagte sich Franklin. Aber dennoch, er meine es im Gegensatz zu Hauptmanns Fangemeinde wenigstens ernst. Und wer ist schon Gerhart Hauptmann? Beleidigt zog er sich auf sein Doppelstockbett zurück und sein bald einsetzendes lautes Schnarchen verriet, dass er seinen Frieden gefunden hatte.

Ich dagegen lag nachts lange wach. Die Ungewissheit und die Angst vor dem drohenden Ausgang des Verfahrens ließen mich keinen Schlaf finden. Oft stand ich auf und trat ans Fenster. Aber diese Nacht war dunkler als die vorhergehende, und nur das Licht des Leuchtturms durchschnitt vom Rabenberg aus gleichmäßig den Himmel über Hiddensee. Claudia, deren Nähe ich mir nur deshalb wünschte, um mit meinen Ängsten nicht allein zu sein, besuchte mich diese Nacht nicht, was mir nicht nur neue Gewissensbisse, sondern eine noch größere Unordnung in meinem Kopf ersparte.

So dachte ich an Kathrin, die auf eine ungewöhnliche Art versucht hatte, mit mir Kontakt aufzunehmen. Ich marterte mein Gehirn mit den verschiedensten Mutmaßungen über den Inhalt des Briefes und war dann doch irgendwie froh, dass der Brief vernichtet war und nicht auch noch sie belastete. Trotzdem, der Gedanke an sie, der durch die besonderen Umstände unseres Kennenlernens eine besondere Aufwertung erfuhr, war so stark, dass ich mich mehr denn je nach ihr sehnte und mir sogar Vorwürfe machte, nicht anders gehandelt zu haben. So sah ich mich auf den blonden Mann einschlagen, ihn zu Boden werfen und sogar würgen, nur um ihm den Brief zu entreißen und zu fliehen. Und ich sah mich in einer sternenbekränzten Nacht in einem Fischerboot, das ausgelaufen war, in der Hoffnung ein fremdes nördliches Ufer zu erreichen. In meinen Armen Kathrin.

Was ich nicht sah, war die Realität, ein blonder Mann, der mit einem Fernglas um den Hals auch diese Nacht um unser Gefängnis auf Rädern schlich.

XV

Der zweite Tag in unserem Hiddenseer Gefängniswagen begann wie der erste. Pünktlich um 5 Uhr 45 stand Unterleutnant Schmidt in der Tür, um sicherzugehen, dass wir nicht in der Nacht heimlich oder gar höchst amtlich mit einem Ticket der volkseigenen Weißen Flotte um 6 Uhr das Weite gesucht haben oder suchen würden. Und wieder legte er ein paar Schrippen oder, wie man hier oben sagte, Brötchen auf den Tisch, berichtete in einem Ton, der nichts anderes erwarten ließ, dass es noch nichts Neues von den Dienststellen gegeben habe und er jeden Moment auf einen Anruf aus Stralsund oder sogar Berlin warte. Insofern blieb er diesmal nur kurz und verließ uns gleich nach 6 Uhr mit der Gewissheit, dass der zeitgleich fahrende Dampfer inzwischen ohne uns abgelegt hatte.

Ratlos blieben wir in dem von Schmidt erneut verschlossenen Bauwagen zurück. Und obgleich wir jetzt sichergehen konnten, in den nächsten ein oder zwei Stunden nicht behelligt zu werden, war jetzt ein Punkt erreicht, wo jeder von uns wünschte, so schnell wie möglich jener Insel den Rücken zu kehren, die uns einst wie das sommerliche Paradies erschienen war.

Das Gefühl des Ausgeliefertseins machte sich breiter denn je und jede Anwandlung von Widerstand wich einer erschreckenden Hilflosigkeit, sodass wir an uns selbst zu zweifeln begannen. Dazu kam eine durch Anspannung und Übernächtigung gezeichnete körperliche Verfassung, die zu einer gleichgültigen und ebenso selbstzerstörerischen Haltung führte. Sogar Franklin, der jetzt wunderbar am »Buch des Vergessens« arbeiten konnte und damit jede seelische Pein beerdigen würde, war nach der kurzen Nacht und dem sich wiederholenden Morgenritual nicht mehr ansprechbar und hatte seinen Zynismus, der ihm als Halt in den ausweglosesten Situationen diente, verloren. Wortlos und zusammengesunken saß er am provisorischen Frühstückstisch und kaute lustlos an einem der Schmidt'schen Brötchen.

Claudia nahm erst gar nichts zu sich. Blass kauerte sie in der Ecke und starrte auf den Fußboden. Noch am Morgen vorher wirkte sie frisch und trotz des Vorgefallenen erholt und ausgeglichen. Aber jetzt, nur eine Nacht später, war alles anders. Vielleicht, so dachte ich, machte sie mir Vorwürfe wegen des Briefes, auch wenn ich nicht wusste, wie viel sie von unserem Disput und dem geschickten Taktieren Schmidts mitbekommen hatte.

Ich selbst fühlte mich nach der durchwachten Nacht mehr als elend. Die Tatsache, dass der Versuch, mit Kathrin Kontakt aufzunehmen gescheitert war, machte mich wütend und traurig zugleich. Auch wenn ich nicht den Inhalt des Schreibens kannte, der auch das Gegenteil von dem sagen konnte, was ich mir einredete, bestimmte ich für mich, dass es sich nur um eine Freundschaftsbekundung, einen Aufruf zum Durchhalten oder den reizend vorgetragenen Wunsch nach einem schnellen Wiedersehen handeln konnte. Vielleicht, so glaubte ich sogar, war es eine Art Liebeserklärung, die ganz unromantisch mit den Stullenpaketen kommen sollte.

Warum, so versuchte ich auch gleich selbst den Beweis anzutreten, sollte sie auch sonst diesen ungewöhnlichen Weg gesucht haben, den Brief in meine Bauwagenzelle zu schmuggeln? Schließlich gefährdete sie sich sogar selbst. Wenn sich auch Vater Schmidt vor die Tochter gestellt hätte, ihr zukünftiger Lebensweg, wie immer er auch aussehen sollte, wäre allemal in Gefahr. Allein dieser Gedanke bereitete mir erhebliche Sorgen, aber wie konnte ich ahnen, dass ausgerechnet im Essensbeutel eine Nachricht auf mich wartete. Werde ich, so fragte ich mich besorgt, jemals wieder eine Chance haben, ihr wenigstens zu erläutern, dass der Verlust ihrer Briefsendung einem unglücklichen Zufall geschuldet war?

Die Fragen, auf die ich keine Antworten wusste, marterten mein Gehirn. So legte ich mich aufs Bett und schloss die Augen. In Situationen, in denen ich mich schlecht fühle, denke ich immer darüber nach, dass es anderen noch viel schlechter geht als mir selbst, um damit mein eigenes Elend zu relativieren. Dies fiel mir nicht schwer, denn ich dachte an einen Arbeitskollegen beim Theater, der sich leichtsinnigerweise in einem Telefongespräch gegenüber seinem Bruder im anderen Teil Berlins über seine Sehnsüchte äußerte. Dabei hätte er wissen müssen, dass man seine Wünsche und Träume auch in einer einsamen Telefonzelle nicht preisgibt. Schon gar nicht, wenn gewisse staatliche Organe, deren tschekistische Aufmerksamkeit, ausgestattet mit großen Ohren, bis in die letzte Telefonzelle reicht, etwas gegen diese Wünsche haben. Und diese Organe haben immer etwas gegen Wünsche, wenn sich Menschen ohne Erlaubnis ihnen und damit dem sozialistischen Aufbauwerk, für das sie da sein sollten, entziehen wollen. Dann ahndet ein Gesetz diese Wünsche, denn sie sind illegal. Mein Arbeitskollege wurde noch in der Nacht mit dem Verweis, dass er eine Flucht aus dem Land der Werktätigen plante, abgeholt. Nicht mal von den Kindern konnte er sich verabschieden.

Wie leidensfähig Menschen sind, stellte ich anerkennend fest und floh in einen tiefen Schlaf.

Gute zwei Stunden später weckte mich Schmidts Schlüsselklappern. Ich hätte sicherlich noch länger schlafen können, vielleicht den ganzen Tag oder sogar noch den Tag darauf. Möglicherweise wollte ich nur noch schlafen, schon um der Realität in die Träume zu entfliehen. Dabei meinte es die Realität diesmal gut mit uns. Schmidt schüttelte den Kopf, was auch eine Antwort auf die Frage nach dem Ergebnis der Anrufe auf Rügen, in Stralsund oder Berlin war, eine Frage, die niemand stellte.

Ich weiß nicht, ob ich erleichtert war, in jedem Fall hatte mir der Schlaf gutgetan und mir neue Hoffnung gegeben. Ich fühlte mich eher gewappnet, mich mit den Unbilden des Kommenden auseinanderzusetzen, auch wenn mir klar war, dass es immer einen Punkt geben konnte, an dem jeder Widerstand zwecklos wird.

Schmidt schaute uns nachdenklich an, als erhoffte er dadurch eine Antwort, die wir ihm auch nicht geben konnten. Er selbst, so schien es mir, war jetzt Teil des Stückes geworden, das unaufhörlich seinem dramatischen Finale entgegenlief und dem er, so sehr es auch wollte, nicht mehr entfliehen konnte. Auch Schauspieler ergeben sich irgendwann ganz einer Rolle und verschmelzen mit dieser, sodass jede Flucht zwecklos ist.

Und doch bäumte sich Schmidt gegen das auch ihm zugeteilte Schicksal auf. Sie können zum Strand gehen, sagte er nach einem langen Augenblick des inneren Kampfes. Ich weiß ja, wo ich Sie finde. Dieser Satz kam so unerwartet, dass wir nicht einmal imstande waren, angemessen zu antworten. Vielleicht wäre uns auch in diesem Moment keine passende Antwort eingefallen.

Danke, flüsterte dann doch Claudia und setzte sich damit Franklins vorwurfsvollen Blick aus, der nicht verstehen mochte, dass man sich bei seinem Gefängniswärter auch noch bedanken soll.

Was folgte, war ein, den Umständen angemessener, eigentlich wunderschöner Tag am Strand zwischen Vitte und Kloster, der vieles vergessen machen konnte, wäre da nicht der ständige Auftritt Schmidts gewesen, der seine Pflicht, uns zu beaufsichtigen, zwar mit fortschreitender Zeit vernachlässigte, aber sie dennoch erfüllte. Und diese Pflicht war immer mit dem gleichen Ritual verbunden, dem Aufschrecken von drei jungen Leuten, die mit jeder Nachricht das Schlimmste oder aber eine vollständige Entwarnung erwarten konnten, dem neugierigen Blick der übrigen Badegäste, sofern sie sich nicht in sicherem Abstand vor uns versteckten, dem Zusammenlaufen der Kinder, der stotternden Erklärung Schmidts, dass er noch immer nichts wisse, der Mahnung, den Platz nicht zu verlassen und dem Getuschel der Zurückgebliebenen. Dies alles lief nach einem halben Tag so reibungslos ab, dass Außenstehende denken konnten, es wäre eingeübt, sodass sich sogar die Strandgäste, die noch am ersten Tag sicherheitshalber das Weite gesucht hatten, nun an den ungewöhnlichen Auftritt eines Uniformierten am FKK-Strand gewöhnten. Letzteres, so verstand ich es zumindest, untergrub die Autorität der Hiddenseer Staatsmacht auf eine einfache, aber nachvollziehbare Weise.

So verlief der Vormittag, an dem es auch eine strahlende Sonne gut mit uns meinte, abgesehen von den Schmidt'schen Besuchen, ohne Zwischenfälle. Wir lagen im Sand, lasen in unseren Büchern oder schauten gedankenversunken hinaus aufs offene Meer und lauschten dem Rauschen der Wellen und den Möwen, die schreiend über uns kreisten.

Das Meer lag flach wie eine riesige azurblaue Scheibe, die am Horizont langsam in den Himmel überging. Kein Boot und kein weißes Segel verstellten den Blick in das unendliche Blau. Es war wie ein Blick ins Paradies, den wir den strengen Anordnungen der Grenztruppen zu verdanken hatten, die die Benutzung jeglichen schwimmenden Untersatzes, und damit waren selbst Luftmatratzen gemeint, an der offenen See unter Strafe stellten. Ich fragte mich, ob jemals Gerhart Hauptmann, Thomas Mann, Ringelnatz oder Albert Einstein bei ihren Inselbesuchen dieser Blick vergönnt war.

Im Norden erblickten wir, auf den Dünen stehend, die Dächer der wenigen Häuser Klosters, die sich in die meerabgewandte Landschaft drückten, im Süden einige Häuser Vittes. Gern hätten wir Kloster einen Besuch abgestattet, wären im Haus Hauptmanns auf Entdeckungstour gegangen oder hätten im Garten des Dichters unter den großen alten Buchen gesessen, um uns vorzustellen, wie er, der Hiddensee so liebte, hier gelebt hatte. Aber auch die im Norden zum Enddorn hinziehenden Hügel konnten ein sehr lohnendes, uns nun vorenthaltenes Ziel darstellen. Nicht anders erging es uns mit Neuendorf, jenem südlichen Fischerdorf, das auf einer platten fast baumlosen Fläche, wie auf einem Präsentierteller lag und ganz eigene Reize entfaltete. Wir wussten, was uns entging und doch genossen wir jetzt den friedvollen Augenblick und eine leichte Brise, die von Nordwest auf dem goldgelben Strand lag.

So lässt sich sogar die Verbannung aushalten, lästerte Franklin, der an einem seiner Gedichte schrieb, das er noch am Nachmittag zur Vorführung bringen wollte und das, wie er meinte, eine Abrechnung sei.

Ich selbst war immer wieder aufgestanden, lief in Sichtweite unseres Strandplatzes auf und ab und hielt Ausschau. Doch statt Kathrin sah ich nur immer wieder den blonden Schopf des Weltfriedensretters über der Düne auftauchen, der sich ein schweres schwarzes Fernglas ins Gesicht drückte. Möglicherweise, so versuchte ich eine Erklärung, konnte Kathrin gar nicht wissen, ob wir noch auf der Insel sind und falls ja, würde ihr der Vater sicherlich nicht unseren Aufenthaltsort verraten. Was Besseres fiel mir nicht ein.

Um mir meine Nervosität nicht ansehen zu lassen, las ich bei meiner Rückkehr, in dem Gedichtbüchlein, ein mir bis dahin unbekanntes Hauptmann-Gedicht. Dabei überraschte mich, wie wenig ich vom Lyriker Hauptmann wusste, der gerade auf der Insel anrührende Gedichte schrieb.

Ungeachtet unserer eigenen Sorgen, die in der zunehmenden Unsicherheit über den Ausgang des Verfahrens begründet waren, ging das Leben am Strand weiter, so wie es immer am Strand weiterging. Da waren gut gelaunte Menschen, die zwar zu uns Abstand hielten, und doch ihre Sandburgen schon im Vorgriff auf alle Eventualitäten wie Schützengräben tief aushoben und sie mit Steinen befestigten, als bauten sie nicht für einen Tag, eine Woche sondern für Monate und Jahre. Und trotz oder gerade wegen des Aufwandes, der ihnen eine Beständigkeit des unbekümmerten Daseins eines Strandlebens vorgaukelte, genossen sie ihr vermeintliches und für mich so oft beneidenswertes Glück zwischen gelbbraunen Sandbergen, nackten sonnenverwöhnten Körpern, Meeresrauschen und fröhlichem Kindergeschrei. Und dieses Glück, so kommentierte ich ihre Situation, war nur deshalb vollkommen, weil ihnen ein Besuch Schmidts und irgendwelcher Zivilbeamten erspart blieb. Der wohlbehütete Alltag, so wusste ich, konnte auch zerbrechlich sein.

Zerbrechlich schien auch das Glück von Claudias Onkel, denn sie eröffnete uns gegen Mittag, dass sie etwas Fürchterliches geträumt hätte.

Was denn?, wollte Franklin wissen.

Er wurde verhaftet, antwortete sie nach mehreren Nachfragen. Einfach so.

Einfach so?

Wenn du so willst. Und deshalb hat er auch seinen Job bei der Botschaft verloren.

Er ist entlassen worden?

Sie nickte. Jedenfalls im Traum.

Und deshalb hast du heute Morgen so schlecht ausgesehen? Ich hatte schon gedacht du bist krank. Lächelnd schüttelte ich den Kopf. Es gibt Schlimmeres als Träume.

Fürwahr, Albträume zum Beispiel, mischte sich Franklin ein. Und die soll es sogar auf Hiddensee geben. Da wäre die Entlassung eines hohen Beamten des Außenministeriums nicht mal erwähnenswert oder bestenfalls ein Stück Gerechtigkeit.

Aber das ist es doch gar nicht, wehrte sich Claudia. Ich hatte geträumt, dass er sich für uns verwenden wollte, weil wir zu hohen Zuchthausstrafen verurteilt wurden. Bautzen oder Brandenburg oder was weiß ich. Und schließlich war auch er dran.

Dann wäre er zumindest ein ehrenwerter Mann, die Sippenhaft ist dann nur die logische Folge.

Vielleicht. Claudia versuchte zu lächeln, aber es fiel ihr schwer.

Und ich habe ihn immer auf der anderen Seite gesehen. Ein typischer preußischer Beamter, bemerkte Franklin, dem es nur ums Dienen geht, egal unter welcher Fahne. Da bleibt eigentlich die Moral immer auf der Strecke.

Aber so ist mein Onkel nicht, verteidigte sich Claudia.

Natürlich nicht, entgegnete Franklin. So ist es immer. Alles grundanständige Kerle. Am Ende werden sie alle Helden und keiner war's gewesen. Man fragt sich nur, warum unsere deutsche Geschichte dann so ist, wie sie ist.

Was willst du damit sagen?, erregte sich Claudia.

Ich muss da nur an einen meiner Lehrer denken, solche wie der setzen sich in jedem System an die Spitze.

War das so einer?, fragte ich neugierig.

Mit Sicherheit. Jäger hatte nur einen Arm. Fronteinsatz. Den rechten hatte er immer noch hochgekriegt, sagten die Leute. Aber dann war der Krieg vorbei, und der Arm blieb unten. Und Jäger wollte nichts mehr wissen vom Krieg, denn dann kamen die anderen, ihr versteht, die mit den anderen Fahnen und Farben, und Jäger wurde einer von ihnen. Neulehrer hieß das, gab ja sonst keine einsatzfähigen Männer, sagten die Alten. »Einsatz« strich Jäger wohl in Gedanken weg, fähige Männer ließ er gelten.

Und der war bei euch Lehrer?, fragte Claudia ungläubig und nahm wieder auf dem ausgebreiteten Strandtuch Platz.

Sogar Direktor, auch wenn es nur eine kleine Schule in unserem Städtchen war, sagte Franklin. Und als Direktor stand er wieder an der Front, an der Friedensfront. Das war sein Lieblingswort. Und er hatte wieder ein Abzeichen, zwei Hände zum Handschlag vereint, als seien sie unlösbar miteinander verbunden.

Dreiarmig, spotteten manchmal die Schüler. Und vieräugig, ergänzten andere und erinnerten an die große Hornbrille, die Jäger trug. Die Fassung trug zwei umgestülpte Schnapsgläser. Außerirdische wären neidisch. Also, sehr hübsch, wenn ihr mich fragt.

Wir lachten, weil wohl jeder von uns sich ein eigenes Bild von einer Karikatur namens Jäger machte.

Aber mit Jäger war nicht zu spaßen, erläuterte Franklin und sprang, durch unser Gelächter zu einer seiner schauspielerischen Showeinlagen herausgefordert, auf. Was kam, hatten wir schon oft genug erfahren. Franklin, alias Jäger, jetzt mit Claudias großer Sonnenbrille ausgestattet, umkreiste, einen Arm auf den Rücken gelegt, unsere Strandtücher.

So und nicht anders stolzierte er durch die Klasse, erklärte Franklin keuchend. Wie ein Adler auf der Jagd nach Beute! Richtiger Beute! Menschenbeute! Die gläsernen Adleraugen schwebten über den Bankreihen, bis sie sich irgendwann in ein Opfer bohrten.

Genauso passierte es jetzt, denn Franklin, dem die Rolle des einarmigen Lehrers offensichtlich lag, sprang auf mich zu und baute sich drohend vor mir auf. Aber es passierte nichts. Warum auch.

Erst als das Opfer zu zittern begann, erläuterte Franklin, was ich auf Anweisung jetzt auch tat, schlug er zu. Blitzschnell. An die Tafel!, brüllte er mit rauer Stimme und eilte dann in großen Schritten vorneweg.

Der schlaksige Franklin schritt nun im tiefen weißen Sand groß aus, beobachtet von den Badegästen, deren Kopfschütteln einmal mehr zeigte, was sie von der theatralischen Vorführung und unserem Komödianten hielten, während wir uns vor Lachen kaum halten konnten.

Ja, so war er, unser Direktor, fuhr Franklin fort. Er griff nach dem Zeigestock, der länger, als er selbst war, schlug auf die hölzerne Tischplatte, dass es laut knallte, und richtete die Stockspitze auf sein Opfer, das sich in gebückter Haltung nach vorn schleppte. Jedem Schüler war klar, was folgen würde. Definitionen, denn Jäger liebte Definitionen. Lange Definitionen, kurze Definitionen. Als Lehrer, der für die staatsbürgerliche Ausbildung seiner Schützlinge Verantwortung trug, besaß er ein schier unerschöpfliches Repertoire davon und das nur, weil er meinte, dass zum »ideologischen Rüstzeug einer allseitig und harmonisch entwickelten sozialistischen Persönlichkeit« Definitionen gehörten. Definitionen waren also alles, Theorie und Praxis, vor allem aber Leben, wahres und falsches Leben.

Ich hatte keine Mühe, an meine eigene Schulzeit zu denken, vor allem aber an jenes verunglückte Aufsagen einer Definition, mit der ich die wissenschaftliche Weltanschauung begründen sollte. Das Trauma wirkte auch jetzt nach.

Nun, Freundchen, so hielt mich jetzt Franklin für seinen Direktor am Ohr, was verstehen wir denn unter der historischen Mission der Arbeiterklasse? Exemplarisch begann ich erneut für die Jungen seiner Schulklasse zu zittern.

Zwei Sätze bitte!, schrie Franklin. Ich zuckte mit den Schultern. Da ließ er ab. Jäger, so der Kommentar, erlaubte keine längere Antwort. Dann kam der nächste Begriff. Die Diktatur des Proletariats, der dialektische Materialismus, die leninsche Revolutionstheorie, die friedliche Koexistenz, die Beschlüsse eines Plenums oder die Hauptaufgabe eines Fünfjahrplanes.

Am liebsten aber hörte Jäger uns die verschiedenen Epochen der Entstehung, des Gedeihens und der zukünftigen gesetzmäßigen Entwicklung der vollkommensten aller Gesellschaftsordnungen und seiner weltumspannenden Idee und Wirkung aufsagen, mit einer entsprechenden Klassifizierung, versteht sich. Während das Opfer, so Franklin schnell die Rolle wechselnd, unruhig von einem Bein auf das andere hüpfte, fasste Jäger den Zeigestock fester, legte ihn wie einen Speer über die Schulter und blinzelte aus den gläsernen Adleraugen. Um auch dies zu verdeutlichen, schob Franklin Claudias Sonnenbrille auf seine lange blasse Nase, womit er sich noch lächerlicher machte, als er ohnehin schon war.

Nach genau zehn Fragen nahm Jäger den Füllhalter, hielt ihn wie eine Spritze gegen das Licht, wartete auf den ersten blauen Tropfen auf der glänzenden Federspitze und setzte sich wortlos auf den Lehrerstuhl. Auch Franklin setzte sich wieder, in der Hand einen alten Kugelschreiber, der ihm als Vorzeigeobjekt gedient hatte. Mit dem kleinen Finger der einen Hand, so berichtete Franklin weiter, öffnete Jäger das Klassenbuch genau auf der richtigen Seite, prüfte ein letztes Mal den Federhalter und schrieb eine Zahl. Setzen!, schrie er endlich und die Schüler begannen wieder zu atmen.

Auch Franklin schnappte erleichtert nach Luft.

Eine literarische Figur, stellte ich lachend fest, dieser Jäger. Hattest du bei ihm deinen Meisterlehrgang im Vergessen?

Na, sagen wir mal, er war so eine Art Lehrer im doppelten Sinne, wobei er im Fach Vergessen wohl am kompetentesten war. Jedenfalls eine gute Schule.

Und Franklin ist ein guter Schauspieler, freute sich Claudia und spendete ausgiebig Beifall. Auch einige Kinder, die zusammengelaufen einige Freude am Spektakel hatten, klatschten in die Hände.

Franklin genoss mit einer jovial lächelnden Miene die vorgebrachte Huldigung, auch wenn sich die wenigen aufmerksamen

Zuhörer nun gänzlich kopfschüttelnd abwandten. Trotzdem erhob er die Hand und ließ sie mechanisch und geradezu in Zeitlupe durch die Luft pendeln, als würde der Generalsekretär oder ein Alterspräsident eines Politbüros oder Zentralkomitees auf einer Tribüne den vorbeiziehenden Untertanen zuwinken.

Dank Franklins Einlage waren alle Umstände unseres Daseins, die Festnahme und die Angst vor dem offenen Ausgang für eine lange Zeit vergessen. Während sich Claudia noch vor Lachen krümmte, war es für uns Grund genug, aufzuspringen und uns johlend in die durch einen aufkommenden Wind aufgepeitschte Ostsee zu werfen.

Als wir wieder an Land kamen, zeigte Franklin auf zwei junge Männer, die ihre Fahrräder auf dem Dünenweg entlangschoben. Ohne Zweifel zwei alte Berliner Bekannte. Bandmann, ein fast glatzköpfiger stadtbekannter, aber ebenso erfolgloser Maler, und Lorenzo, ein schlanker gut aussehender Kybernetikstudent, der die italienische Form seines bürgerlichen Namens Lorentz seinem dunklen Teint zu verdanken hatte und wie Bandmann in den einschlägigen sogenannten Intellektuellen- und Künstlerkneipen des Prenzlauer Berges wie dem »Wiener Café« oder »Fengler« verkehrte. Bandmann trug standesgemäß einen Strohhut und sah mit seinem unrasierten kantigen und von der Sonne aufgerissenen Gesicht wie van Gogh auf einem seiner Selbstporträts aus. Die Freude, sie zu sehen, war groß, zumal es der erste Kontakt zu Freunden in dem ungewöhnlichen Verbannungsort war.

Beide hatten ohne große Probleme die Insel erreicht und suchten neben neuen Motiven für einige Nächte eine preisgünstige Unterkunft. Da wir ihnen unseren Bauwagen nicht empfehlen wollten, zumal er, wie Franklin zu betonen wusste, uns auch nicht gehörte, rieten wir ihnen, sich besser in Neuendorf oder Kloster umzusehen. Letzteres hätte zudem den Vorteil, nicht Schmidt oder gar dem blonden Weltfriedensretter in die Arme zu laufen. Auch müsste dort die Chance, Gleichgesinnte aus dem Prenzlauer Berg zu treffen, größer sein, schließlich war Kloster immer eine

Art Wallfahrtsort für die versprengten Berliner Großstadtseelen, von denen zumindest auf Hiddensee ein Teil behauptete, großartige, allerdings bislang unerkannte Künstler zu sein.

Gern hätten wir mit Lorenzo und Bandmann noch über die neuesten Berliner Ereignisse geplaudert, uns über einige neue Ausstellungen oder Lesungen, die in der Regel in privaten Wohnungen oder auf den alten Dachböden der Lychener Straße stattfanden, informiert oder ihnen gar die absurde Geschichte einer Reise erzählt, die in der Veranda eines Insel-ABVs endete. Aber all dies war nicht möglich und so blieb das Gespräch unmittelbar am Ufer nur kurz, denn es schien uns ratsam, sie vor einer drohenden uniformierten oder zivilen Gefahr, die auch auf den Dünen lauerte, zu warnen, wollten sie sich selbst nicht in Bedrängnis bringen. Die Folgen konnten wir ihnen glaubhaft schildern.

Dass diese nicht auszuschließen waren, lag auf der Hand, bedenkt man das Misstrauen, das die Inselstaatsmacht schon uns Dreien entgegenbrachte. Um wie viel größer wäre es, sollten wir uns unbemerkt vermehren? Schon sah ich die Überschrift im »Neuen Deutschland«, die vor einer drohenden Zusammenrottung staatsfeindlicher Elemente warnte, in dessen Folge erste Militärpatrouillen auf die Insel zusteuerten!

Ach was, verbesserte Franklin, Kriegsschiffe!, schließlich sei der Sozialismus auf dem Eiland in Gefahr.

Die mit ernstem Blick vorgetragene Warnung, schnell weiterzugehen, verstanden sie auch ohne große Erklärung und so taten wir – auch wenn wir es sehr bedauerten – schnell wieder so, als hätten wir uns vorher nicht gekannt und nie gesehen.

XVI

Am frühen Nachmittag endete der Strandtag. Unterleutnant Schmidt verband seinen dritten Besuch an diesem Tag mit der Aufforderung, uns anzuziehen und ihm zu folgen.

Obgleich damit um den Rest des schönen Tages gebracht, folgten wir wortlos dem Uniformierten, ohne zu wissen, was dieser Aufbruch bedeutete. Dabei gewöhnten wir uns gerade an den Strand, waren mehrmals im Wasser und hatten neben dem kurzen Besuch der Berliner Freunde, einigen Spaß mit Franklins neuen Darbietungen aus seiner, wie er es nannte, »Hiddensee-Tragödie«, die er noch kurz vor Schmidts Erscheinen mit improvisierten, aber wechselnden Verkleidungen zur Aufführung brachte. In ihr, wie konnte es auch anders sein, standen drei Urlauber im Mittelpunkt des Geschehens, die sich allerdings nicht auf Hiddensee, sondern auf Elba verirrten und dort neben dem ABV, der ein verkleideter Frosch war, den Kaiser trafen, der allerdings ein Generalsekretär war und Erich, der Kühne hieß.

Das Verwirrspiel, das nun folgte, entsprach ganz und gar den möglichen Realitäten und lieferte zum Schluss die Aussicht auf ein Happyend. Der Kaiser, alias Generalsekretär küsste, hingerissen von so viel Grün, den Frosch in Erwartung einer schönen Prinzessin. Diese entpuppte sich allerdings als bierbäuchiger Abschnittsbevollmächtigter.

Auf den Hinweis, dass er unter diesen Umständen auch mit seiner hässlichen und unausstehlichen Frau, die sich gerade die Haare blau färben ließ, vorliebnehmen könne, erhob sich ein Sturm der Entrüstung. Denn dies hätte zur Folge, dass der ABV wieder in einen Frosch zurückverwandelt worden wäre. Und das konnte der Kaiser seinen treuen Untertanen, die nun alle fürchteten, Frösche zu werden, nicht antun. Also biss er sich staatsmännisch auf die Zunge und nahm sich des ABVs an.

Zwanzig Minuten nach Ende der Vorführung saßen wir wieder in der uns allen so bekannten Schmidt'schen Veranda und warteten auf den Fortgang des realen Geschehens, dem nur wenig mit Theater beizukommen war.

Auch Genosse Cowboy, dessen Abwesenheit wir als Gewinn betrachteten, war wieder da. Er trug eine riesige Sonnenbrille, so als hätte er zwei schwarze Untertassen vor den Augen, während das große Fernglas vor seiner Brust baumelte.

Diesmal war er gleich mit Schmidt im Dienstzimmer verschwunden. Von dort vernahmen wir zunächst keinen Laut, aber dann dröhnte die Stimme Schmidts, von dem wir bis dahin nicht annahmen, dass er wirklich laut werden könnte, nach draußen auf die Veranda. Es reicht jetzt!, schrie er. In Bergen und Stralsund weiß man immer noch nichts. Bestimmt liegt es an Berlin! Die in der Hauptstadt! Was denken die sich denn, haben doch gar keine Ahnung, wie wir hier arbeiten! Und wie lange soll ich die Leute denn nun noch festhalten? Soll ich das ganze Wochenende mit denen verbringen? Oder gar die Woche?

Ich wusste nicht, was diese Auslassungen bedeuteten, schließlich drehten wir uns seit Tagen im Kreis. Auch die Gesichter meiner Freunde verrieten nur Ratlosigkeit. Und doch war mir so, als würde sich unser Schicksal jetzt bald entscheiden und unser Aufenthalt auf Hiddensee unweigerlich seinem Finale entgegenstreben.

Der Cowboy antwortete etwas, nur war das in der Veranda nicht zu verstehen. Allein das Wort »Gesetz« drang nach außen. Sie glauben das doch nicht im Ernst!, tobte Schmidt. Da hätten die sich aber anders aufgeführt! Von der erregten Widerrede des blonden Genossen drangen nur einzelne Worte nach außen. Auch Verantwortung, Klärung und Protokoll, drei der typischen Worte, die den Sprachschatz des Verwaltungs- und Sicherheitsapparates im Land der Werktätigen auf unnachahmliche Weise bereicherten, waren dabei.

Ja ja, Protokoll, ist kein Problem!, schimpfte Schmidt. Das machen wir gleich. Also einer nach dem anderen. Ohne die Antwort des Gegenübers abzuwarten, riss er die Tür auf. Kommen Sie mal, sagte er zu mir und winkte mich als Ersten in das Dienstzimmer. Noch ganz benommen von dem Gespräch, das bruchstückhaft nach außen drang und nichts Gutes erwarten ließ, folgte ich Schmidts Aufforderung. Aber ich war auch sofort hellwach und mindestens genauso erregt wie Schmidt, nur dass ich versuchte, meine Nervosität nicht zu zeigen. Das hätte mich nur unnötig belastet.

Als ich in das Zimmer trat, stand Genosse Weltfriedensretter, die Arme ineinander verschränkt, neben dem Schreibtisch. Sein Gesicht hatte eine blasse Farbe, offensichtlich gefiel ihm der vorausgegangene Disput mit Schmidt gar nicht. Aber gerade dies, die Maßregelung durch den ABV, machte den blonden Mann noch gefährlicher. Mir selbst war schon beim Eintritt mulmig, denn statt der Erleichterung, endlich am dritten Tag vor einer Untersuchungsinstanz zu stehen und sich in einem Verhör zur Wehr setzen zu können, fürchtete ich nun um die Folgen.

Nehmen Sie Platz, sagte Schmidt, der sich hinter seinem Schreibtisch vor eine schwarze mechanische Schreibmaschine setzte. Während er umständlich versuchte, ein weißes Blatt einzuspannen, gehörte mein Blick dem Generalsekretär. Von oben herab sah er Schmidt über die Schulter und taxierte mich mit seinem Lächeln. Es war kein autoritäres, nicht einmal ein staatsmännisches Lächeln, trotzdem hatte es heute etwas Fremdes, Unnahbares, ja Künstliches. Vielleicht lag es auch daran, dass er sich im dunklen Anzug präsentierte, der in jede Schule, in jedes Krankenhaus und jede Behördenstube, wohl aber nicht an die Ostsee mit ihren hochsommerlichen Temperaturen passte.

Er lächelte aus dem hochgeschlossenen Hemd und dem zugeknöpften Jackett, sodass man Mitleid haben müsste. Aber es war kein Mitleid, sondern ein wenig Schadenfreude bei der Vorstellung, wie ihm jetzt der Schweiß auf der Stirn stehen und in den Nacken laufen würde. Doch so sehr ich es mir auch wünschte, der Generalsekretär schwitzte nicht. Er lächelte, so als hätte man ihn in das kleine Schmidt'sche Dienstzimmer eingesperrt und ihn dazu verpflichtet, eine gute Miene zu machen. Aber was heißt eingesperrt? Verbannt käme diesem Zustand in einem unscheinbaren Haus mit blühendem Vorgarten auf einer verschlafenen Insel näher.

Je länger ich auf das Bild starrte, je künstlicher erschien mir das Lächeln des Mannes. Damit sank alle Autorität und ich stellte mir vor, wie es wäre, wenn ich vor den Augen Schmidts und seines Helfershelfers um den Schreibtisch herum laufen und das

Bild abnehmen würde. Aber nicht nur das, ich würde es entweder wieder, und jetzt verkehrt herum, aufhängen oder gar das Fenster öffnen und den Generalsekretär nebst allen seinen Vorsitzendenfunktionen, von denen es im Arbeiter- und Bauernstaat eine ganze Reihe gab, und samt ewig lächelnder Miene im hohen Bogen in Schmidts schönen Vorgarten befördern, wo er zwischen den Astern, Sonnenblumen und roten Nelken liegen bliebe. Die Gesichter der Männer stellte ich mir besonders lebhaft vor, denn selbst Genosse Weltfriedensretter wäre, trotz aller zur Schau getragenen Abgebrühtheit, vor Schreck erstarrt und zumindest einen Moment lang unfähig, angemessen zu handeln.

So schnell, dachte ich, könnte also eine Macht vergehen und in einem duftenden Blumenbeet auf einer kleinen Insel ihr Ende finden.

Erschrocken über mich selbst lief ich rot an, wohl aus Angst, dass die Männer meine Gedanken errieten. Aber das war zu meinem Glück den beiden Ordnungshütern und Vertretern der Staatsmacht mit und ohne Uniform nicht vergönnt, so gern Letzterer mit seinem Riesenfernglas auch in mein Herz und Hirn geschaut hätte.

Was ihr nicht seid, ist der Gedanken Obrigkeit, so endete ein Gedicht, das ich als Fünfzehnjähriger in ein Schulbuch gekritzelt hatte. Durch Zufall fand ich es später in meiner Sammlung von Zitaten, die ich, wie meine Tagebücher, in eine alte Pappmappe geschnürt unter dem Küchenschrank versteckte. Ich erinnerte mich jetzt daran, weil sich die momentane Situation nicht besser erfassen ließ. Aber war es wirklich so? Hatten die Gedankenpolizisten, Späher und Wortwächter nicht schon längst in unsere Hirne und Herzen geschaut, nur dass wir noch immer glaubten, wir könnten sie wie Heiligtümer vor dem Zugriff der allmächtigen Staatsmacht retten?

Der Cowboy stellte sich jetzt demonstrativ neben den Generalsekretär, die Arme behielt er ineinanderverschränkt. Den Kopf leicht zur Seite gelegt, beobachtete er mich mit einer gewissen Anspannung.

Schmidt registrierte das nicht. Seine Zeigefinger eilten suchend über das Tastenfeld. Hier und dort blieben sie stehen und gingen nach kurzem Zögern ruckartig nieder. Dabei klatschten die Buchstabenstempelchen auf kleinen Ärmchen gegen das weiße Papier, das sich langsam um eine schwarze Rolle drehte. Seine Fragen kamen wie eingeübt. Wie heißen Sie? Wann sind Sie geboren? Wo wohnen Sie? Welchen Beruf üben Sie aus? Wo ist Ihre Arbeitsstelle? Seit wann arbeiten Sie dort? Weiß Ihre Arbeitsstelle von Ihrem Urlaub? Wie haben Sie ihn beantragt? Hatten Sie schon einmal Konflikte mit der sozialistischen Ordnung? Wenn, dann wie oft und in welcher Weise? Welche gesellschaftlichen Aktivitäten können Sie vorweisen? Was wollen Sie auf Hiddensee? Haben Sie hier Bekannte oder Verwandte? Wann waren Sie das letzte Mal auf Hiddensee? Wie oft waren Sie hier? Wie sind Sie angereist? Hatten Sie Kontakt mit anderen Menschen? Was haben Sie mit ihnen besprochen? So ging es in fortlaufend und die Buchstabenstempelchen schlugen unaufhörlich gegen das weiße Papier, sodass sich die schwarze Rolle Stück für Stück drehte. Dann blieb die Rolle stehen. Und auch Schmidts Finger wollten nicht weiter.

Hatten Sie die Absicht, unser Land zu verlassen?, lautete die Frage, bei der sich Schmidt und der blonde Genosse gegenseitig beobachteten, als hätten sie sich insgeheim darauf verständigt, jetzt am Höhepunkt des Verhörs, die Falle zuschnappen zu lassen.

Unser Land, wiederholte ich leise und wusste gar nicht, was das war. Unser? War es nicht eigentlich ihr Land? Jedenfalls war es irgendwie nicht meines, mir jedenfalls ein fremdes Land, obgleich ich gelernt hatte, mit den Organen der Staatsmacht und ihrer »auf der Grundlage der marxistisch-leninistischen Prinzipien basierenden sozialistischen Rechtsordnung und ihren Gesetzen« – ob ich sie nun kannte oder nicht – zu leben. Und doch war es noch mehr, zumal mich mit dem Land so viel verband: Heimat, die Eltern, Verwandte, Freunde, viel Geschichte, Kultur und Alltag, ein unendliches Leben, Freude und Leid. Wenn es verlangt worden wäre – eine Aufzählung hätte kein Ende gefunden.

So war ich unsicher, wie ich auf die Frage reagieren sollte. War sie eine Falle oder glaubten beide wirklich, dass ich auf diese geradezu lächerlich absurde Weise die geheiligte sozialistische Rechtsordnung verletzen wollte, wo jedem Kind bewusst war, dass man dem blühenden Heimatland der Werktätigen niemals den Rücken kehren durfte. Und das schon gar nicht per Flucht. Es zu verlassen stand gemeinhin unter Strafe, selbst wenn Abertausende den Wunsch, natürlich hinter vorgehaltener Hand oder zuweilen auch offen, hegten und gegebenenfalls sogar das Risiko eingingen, über das Meer zu entkommen. Letzteres galt sogar als »Anschlag auf die Staatsgrenze« und war damit ein Verbrechen.

Die Frage war aber auch deshalb wirklich lächerlich, da ausgerechnet mir, einer ausgewiesenen Landratte zugetraut wurde, mein Schicksal diesem unberechenbaren Meer in die Arme oder besser in die Fluten zu legen. Dabei war ich alles andere als ein Held, wenn ich nur in die Nähe des Wassers geriet. Genauso gut hätte man mich fragen können, ob ich den Mont Everest ersteigen oder über den Ärmelkanal schwimmen wollte. Insofern war diese Unterstellung, ich könnte möglicherweise das Heimatland der Werktätigen über den Seeweg verlassen, wirklich absurd. Ich war weder ein guter Schwimmer, noch Taucher, noch seemännisch erfahren genug, um mich der Gefahr des Meeres auszusetzen. Nein, jedes Gericht musste irren, wenn es mich auf einer Luftmatratze oder in einem Schlauchboot stundenlang, ja tagelang gen Norden treiben sehen wollte, dort wo irgendwann am Horizont dänischer oder schwedischer Boden oder wenigstens ein Fischerboot wartete. Ein solches Unternehmen erschien mir schon immer halsbrecherisch und ich schauderte schon bei dem Gedanken, mir das auch nur vorstellen zu müssen.

Einmal träumte ich sogar davon, wie ich nachts allein in einem aufgeblasenen Traktorschlauch, wie wir ihn als Kind beim Baden verwendeten, in See stach und schnell das Ufer aus dem Gesichtskreis verlor. Weit draußen auf offener See und im Kampf mit den Wellen versuchte ich vergeblich, mithilfe der Sterne die Richtung zu bestimmen. Ein Albtraum, der mich immer dann einholte, wenn ich an einen Jugendfreund aus der Nachbarschaft dachte, der von Rostock aus versucht hatte, unbemerkt im Schatten eines der großen Handelsschiffe zu entkommen. Vergeblich, denn so schlau die Idee auch war, irgendwann wurde er doch geortet, sodass seine Flucht mit einer zweijährigen Haft in einem schmeichelhaft »Roter Ochse« genannten Gefängnis endete.

Aber nicht nur dieser Traum hatte eine abschreckende Wirkung bei mir hinterlassen. Da waren auch noch die vielen grausigen Erzählungen über Ertrunkene, die dann irgendwo als angeschwemmte Flüchtlingsleichen auftauchten und die bei mir nicht einmal ansatzweise den Mut zu einer Flucht über ein Wasser geweckt hätten. Nirgendwo, so berichtete ein Hafenmeister einmal, würden so viele Wasserleichen angeschwemmt, wie zwischen Moen, Hiddensee und Rügen.

Nein, diese Frage war absurd und blieb lächerlich. Der Versuch, mich und meine Freunde als Verbrecher, die einen »Anschlag auf die Staatsgrenze« planten, zu überführen, sollte nach meiner festen Überzeugung scheitern, zumal es nicht den geringsten Beweis gab. Und wir selbst wollten uns auch nicht ans Messer liefern und uns einer Tat bezichtigen, die wir nicht geplant hatten. Nein, nochmals nein, für wie selbstmörderisch halten Sie mich eigentlich!

Aber das, was mir durch den Kopf ging und mir schon auf den Lippen lag, konnten weder Schmidt noch der Cowboy ahnen. Zum Glück, denn allein der Gedanke an die verbotene Tat erzeugt ja manchmal schon eine Schuld. Dennoch, die Unsicherheit im Umgang mit ihrer Frage, ob ich das Land verlassen wollte, das lange Nachdenken, Abwägen, Warten, die Selbstbefragung und die Selbstvergewisserung, machte mich in ihren Augen schon verdächtig, so wie man verdächtig ist, wenn man erst einmal vor einem Richter steht.

Mit aufgeworfenen Augenbrauen und großen Augen starrten sie mich neugierig an und auch der Generalsekretär schien in diesem Moment, der zweifelsfrei den Höhepunkt des Verhörs beschrieb, sein Lächeln mit der angespannten Miene eines Vernehmers ausgetauscht zu haben.

Wie oft wünschte ich mir ein zweites Leben, das ich auch jetzt wieder opfern könnte, schon um einen Anlass zu bieten, den Erwartungen der Ordnungshüter Genüge zu tun. Und wie gern würde ich in die langen Gesichter der drei Herren gesehen haben, wenn ich ihnen die Geschichte vom Hiddenseer Imbissbudenbetreiber Klaus Müller, einem gebürtigen Sachsen erzählte, die ich mir so gern zu eigen gemacht hätte. Aber auch nur deshalb, weil Müller, den wir selbst nur vom Hörensagen kannten, es fertigbrachte, eine Reise nicht nur nach dem Norden, sondern auch nach dem Süden und wieder zurück anzutreten. Dabei bedurfte es schon einer gewissen Kaltschnäuzigkeit, wie wir sie bis dahin nur dem Schuster Voigt, jenem berühmten Hauptmann von Köpenick zutrauten. Denn dieser Müller schrieb einem hochrangigen Mitglied der Partei- und Staatsführung und heimlich gehandelten Kronprinzen des Generalsekretärs einen Brief, um ihn von der beabsichtigten Reise nach Sizilien zu unterrichten. Freilich und dies machte das Erzählenswerte der Geschichte aus, mit der Absicht wieder auf den Dornbusch zu seinem Imbissstand zurückzukehren. Und genauso verlief dann auch die Flucht, die bei näherer Betrachtung eigentlich gar keine Flucht, sondern wohl eher ein Ausflug auf die andere Seite der Welt war.

Begonnen hatte der Ausflug in einer Juninacht bei Neuendorf, im Süden der Insel, wo er sein Segelboot heimlich zu Wasser ließ und dem günstigen Wind folgend, unentdeckt um die Südspitze des Gellens herum und durch den Gellenstrom bis zum dänischen Gedser segelte, wo er am nächsten Mittag eintraf. Nach sechswöchiger Italien- und Sizilienreise, die sich Müller durch Kellnerjobs finanzierte, trat er wieder die Heimreise an, natürlich durch entsprechenden Briefverkehr mit dem Mitglied der Partei- und Staatsführung angekündigt.

Eigentlich sollte jener Genosse Kronprinz, da selbst gebürtig an der Ostseeküste, Verständnis für die Segeltörns des Untertanen haben, zumal er wissen musste, welche Freude es machte, auf großen Yachten über das Meer zu schippern. Und dennoch fiel Müller erst einmal in Ungnade und den Sicherheitsorganen der Republik in die Hände, die ihn allerdings nach wenigen Tagen wieder freiließen. Offenbar war auch Genosse Kronprinz ratlos. Die Ermittlungsverfahren wegen des »Anschlages auf die Staatsgrenze« und wegen der »Kontaktaufnahme mit fremden Mächten« wurden eingestellt. Das Gesetz war kein Gesetz, Imbissbudenverkäufer Müller vom Dornbusch auf Hiddensee hatte es ad absurdum geführt.

Aber ich war nicht Schuster Voigt und auch nicht Imbissbudenverkäufer Müller, so sehr ich mir auch den Mut wünschte. Nein, sagte ich jetzt also umso bewusster. Nein, ich wollte wirklich nicht die Republik verlassen. Und ich hatte auch nicht die Absicht, irgendein Gesetz zu brechen. Schmidts Finger wollten immer noch nicht weiter, sie hingen wie von langen Marionettenschnüren gehalten in der Luft über der mechanischen Schreibmaschine. Vielleicht weil auch er darüber nachsann, welches Gesetz ich denn meinte oder ob ich mich nicht mit der Unschuldsbeteuerung selbst verdächtig machte. Aber vielleicht lag es auch an dem Weltfriedensretter, dem meine Antwort gar nicht gefiel und der jetzt die Arme aus der Verschränkung löste. Nun geben Sie es schon zu, sagte er in einem freundlichen Ton. Es hilft doch nicht, zu leugnen.

Ich schüttelte den Kopf. Da zog der Mann die Ärmel der schwarzen Lederjacke hoch, stemmte die Arme in die Seiten, dass sich sein Bauch nach vorn wölbte und trat vor mich. Geben Sie es zu!, schrie er. Sonst können wir auch anders! Wie dieses »anders« aussehen konnte, vermochte ich mir in diesem idyllisch anheimelnden Dienstzimmerchen nicht vorzustellen. Erfahrungen hatte ich allerdings mit diesem »anders« schon zur Genüge gemacht, ich musste nur an so manches »Gespräch« zur »Klärung eines Sachverhaltes« denken. Auch wenn niemals ein Vorwurf Bestand hatte und der Nachweis einer wie auch immer gearteten Tat nicht gelang, was angesichts der fehlenden Tatabsichten auch nicht verwunderlich war, blieb doch etwas Unerklärliches und damit ein Vorwurf im Raum stehen. Kein Wunder, wenn sich die praktizierte sozialistische Rechtspflege häufig genug von Personen mit feindlich-negativer Grundeinstellung herausgefordert sah, deren Einsicht in die ordnungspolitischen Notwendigkeiten zu wünschen übrig ließ.

Wir können auch anders, war dabei ein beliebter Satz der Vernehmer, um das Nachdenken und Erinnern dieser Personen zu erleichtern und wenn möglich zu befördern.

Also schüttelte ich lieber den Kopf, schon aus Angst, dass jede Antwort, die ich jetzt gab, den blonden Genossen nur reizen würde. Nein, wirklich nicht! Noch bevor er im Gegenzug seine Stimme erheben konnte, um mit den üblichen verbalen Angriffen fortzufahren, waren Schmidts Finger weiter. Vier Anschläge zählte ich zu meiner Erleichterung.

Nur dem blonden Mann passte das gar nicht. Also, was wollten Sie?

Nichts, nur Urlaub machen, beteuerte ich noch einmal.

Aber Sie sind doch nicht allein hier. Oder meinen Sie, uns ist das verborgen geblieben?

Ich musste nicht lange darüber nachdenken, was er meinte. Es war der Besuch von Bandmann und Lorenzo am Strand, die er, entgegen unserer Annahme beobachtet hatte, was natürlich sein Misstrauen verstärkte. Und er wollte eine Erklärung, in der Hoffnung, dass ich mich selbst in Widersprüche verstricke. Aber das war dann doch durchsichtig genug, sodass ich keine Mühe hatte, angemessen zu reagieren und den Verdacht, in welche Richtung er auch immer ging, zunächst zu zerstreuen. Dennoch wartete das Verhör bald mit einer neuen Gefahr auf.

Nein, wir haben Bekannte getroffen, sagte ich ruhig, und beobachtete Schmidt, der jetzt neugierig aufhorchte.

Was für Bekannte?, fragte der Cowboy.

Aus Berlin, gab ich kleinlaut zu.

Aha, sagte der Mann, aus Berlin also. Dabei zog er den Namen in eine unendliche Länge. Ber-liiiiin.

Name! Adresse!

Ich zuckte mit den Schultern. Wir haben sie mal auf einem Parkfest in Berlin-Treptow getroffen, log ich, schon um Bandmann und Lorenzo, die sich noch auf der Insel aufhielten, nicht zu gefährden. Mehr weiß ich auch nicht.

Und gemeinsam wollten Sie also?

Was wollten wir gemeinsam?

Na, das will ich doch von Ihnen hören!

Aber wir wollten nichts, nicht allein und nicht gemeinsam.

Aber Sie wissen doch gar nicht, was ich meine.

Doch, weiß ich es, bemerkte ich ungewöhnlich selbstbewusst.

Aha, das ist ja interessant, also was meine ich denn?

Ich vermute, dass Sie glauben könnten, dass da etwas sei, was wirklich nicht ist.

Schmidt legte die Stirn in Falten. Aber besser vermochte ich es wirklich nicht auszudrücken, da ich Angst hatte, ein Delikt zu benennen, mit dem ich dann gleichfalls verurteilt werden könnte. Und wer liefert sich schon selbst ans Messer, zumal ich diese Art von Verhörmethoden bereits kannte. In der Regel reichte es den Vernehmern zu hören, dass man glauben würde, sie unterstellten einen illegalen Fluchtversuch, die Planung einer verbotenen Zusammenkunft, das Abhalten aufrührerischer Reden, die Verbreitung unerwünschter Literatur oder die Kontaktaufnahme mit unliebsamen Personen, um beim nächsten Satz zu hören, nicht sie, sondern man selbst habe begonnen, darüber zu reden.

Trauen Sie sich nicht einmal, den Sachverhalt beim Namen zu nennen?, fragte der Cowboy.

Aber warum denn? So glauben Sie mir doch, es ist nichts und es war nichts.

Nein? Der blonde Mann lachte. Überhaupt nichts, denken Sie etwa, Sie sind zum Spaß hier? Glauben Sie das wirklich?

Ich schüttelte den Kopf, weil mir schien, dies könnte jetzt am ehesten deeskalierend wirken.

Aber das war es leider nicht. Vielmehr passierte genau das, was ich am Wenigsten erreichen wollte, der Mann erregte sich zusehends. So tobte er los: Da wir Sie seit Tagen festhalten, wird das ja wohl einen Grund haben! Oder glauben Sie etwa, wir machen das aus Vergnügen?

Gern hätte ich bejaht, was wohl bei unserem Weltfriedensretter zutreffend war. So aber wusste ich nicht, was ich antworten sollte. Sicherlich gab es noch einen anderen Grund, nur dass ich ihn nicht kannte oder ihm bei Lage der Dinge nur durch Vermutungen näher kam.

Der Mann setzte nach. Glauben Sie, wir nehmen Sie grundlos mit? Glauben Sie das ernsthaft?

Natürlich glaubte ich das nicht, doch konnte ich ihm nicht mit einem Geständnis dienen, wo es nichts zu gestehen gab. Wir wollten nur wenige Tage Ferien auf Hiddensee verbringen und die Insel, das Meer, die Sonne und die Landschaft mit vollen Zügen genießen, um dann rechtzeitig wieder in Berlin bei meiner Volkspolizeimeldestelle vorstellig zu werden. Mehr nicht. Aber ob ich ihm das nun sagte oder nicht, war auch egal.

Mein Gegenüber lief rot an. Also, was war es, was uns veranlasste hier einzuschreiten?, tobte er in diesem sächsischen Singsang, der weniger in ein Verhör, als eher in eine gemütliche Kneipenrunde passte.

Nun wurde es langsam eng und der Versuch, mir einzureden, wie richtig unsere Festnahme war, weil es natürlich einen Grund dafür gab, stellte Folge und Wirkung ganz auf den Kopf. Entscheidend war nicht mehr der mögliche staatsfeindliche Ansatz unserer Planung, sondern die Tatsache, dass allein die Festnahme eine Ursache hatte, die jetzt schon als Beweis diente. Im Klartext, die Vermutung des Vernehmers wurde zum Beweis und es reichte aus, sie nur zu äußern. Hinterhältiger konnte der Versuch nicht sein, noch an das Ziel zu kommen und uns einen Verstoß gegen ein Gesetz und damit eine Straftat nachzuweisen.

Ich habe nichts und wir haben nichts geplant auf Hiddensee. Verstehen Sie doch, es war nur unser Urlaub und sonst nichts!

Noch bevor der Mann wieder etwas sagen konnte, war Schmidt aufgestanden und postierte sich vor mir. Seine Hände verschwanden in den Hosentaschen. Er schien von den verbalen Auseinandersetzungen, in denen keiner der Streitenden auch nur ein Wort oder gar eine Silbe preisgeben wollte, genervt. Sicherlich war ihm auch die Diskussion zu theoretisch, denn er verfolgte sie nur mit Widerwillen. Also nichts?, fragte er missmutig und gab damit schon die Antwort vor.

Nein, gar nichts, beteuerte ich noch einmal und war geradezu dankbar, dass mich Schmidt auf diese Weise unfreiwillig erlöste.

Damit verlor Genosse Cowboy seinen roten Faden. Während ich noch darüber nachdachte, wie er jetzt wohl versuchen würde, mir einen neuen Strick zu drehen, hatte Schmidt, bereits wieder sitzend, das Protokoll beendet. Die schwarze Schreibmaschinenrolle drehte sich so schnell wie nie zuvor und gab ein beschriebenes Blatt Papier frei. Dieses legte Schmidt auf den Tisch.

Unterschreiben Sie, sagte er. Dann können Sie gehen. Ich war sprachlos und wagte noch nicht einmal den blonden Mann anzuschauen, dem wahrscheinlich jetzt die Gesichtszüge entglitten. Sie können gehen, wiederholte ich leise, als müsste ich mir die Aussage selbst bestätigen.

Machen Sie schon!, forderte Schmidt.

Die Befreiung, und als solche spürte ich es jetzt, wurde so abrupt vermittelt, dass ich Mühe hatte, sie zu begreifen. Und weil sie nach der Anspannung und der enormen psychischen Belastung der vorausgegangenen Stunden so unerwartet kam, fehlte mir sogar das Gefühl der Freude. Dieses war bei aller Aufregung verloren gegangen und so schaute ich umso verdutzter Schmidt an, als erwartete ich noch eine Erklärung.

Meine Sprachlosigkeit ersetzte unser Weltfriedensretter. Sie können doch nicht, protestierte er und trat vor Schmidts Schreibtisch.

Doch ich kann, entgegnete Schmidt schroff und kritzelte etwas in seine Unterlagen.

Aber ...

Nicht aber. Schmidt stand auf und schaute mit strenger Miene den blonden Mann an. Dann trat er wieder vor mich. Also, sagte er.

Wirklich?, fragte ich ungläubig, als wollte ich es noch immer nicht wahrhaben.

Jawohl!, sagte der Abschnittsbevollmächtigte in einem Ton, der keinen Widerspruch zuließ. Allerdings müssen Sie noch heute die Insel verlassen und sich morgen bei Ihrer zuständigen Volkspolizeidienststelle melden. Wir werden auch diesen Bericht dorthin senden. Verstehe, stotterte ich, und während ich noch die unerwartete Wendung verarbeitete, begann ich mir schon über die Folgen bewusst zu werden. So meldete sich geradezu automatisch mein noch eben verschütteter, wenn auch schwacher Widerstand zu Wort: Geht es wirklich nicht anders? Es ist doch unser Urlaub! Nein, sagte der Cowboy ernst, der sich nach seiner Niederlage gefasst hatte und jetzt wenigstens ein Nachhutgefecht gewinnen wollte. Sie sollten nicht noch diskutieren, sonst können wir Sie gern hierbehalten und das zu unseren Bedingungen! Schmidt zuckte mit den Schultern. Sie haben es gehört.

Da mir weder nach volkseigenem Bauwagen, noch nach täglichen Gesprächen mit den beiden Herren war und auch Schmidts ansehnliches Häuschen trotz eines wunderschön blühenden Vorgartens seinen Reiz verloren hatte, akzeptierte ich. Schnell überflog ich das noch immer vor mir auf dem Tisch liegende Papier und beschwerte mich noch nicht einmal über eine Reihe von Rechtschreibfehlern, die mir gleich ins Auge fielen, aber zu deren Beanstandung ich besser keine Lust verspüren sollte. Lieber tröstete ich mich damit, dass das fehlerhafte Papier mit meiner Absegnung im großen Verwaltungsapparat einer kaum zu durchschauenden staatlichen Behörde blieb und nicht der Öffentlichkeit zugänglich wurde.

So setzte ich meine Unterschrift bewusst sehr unleserlich unter das Protokoll und die Auflage, die Insel mit dem nächsten Dampfer der berühmten Weißen Flotte, weiß wie unschuldig, zu verlassen. Wahrscheinlich war dies die einzige Möglichkeit meiner zugegeben kleinlichen und nicht besonders effizienten Rache.

Dann erhielt ich von Unterleutnant Schmidt höchstpersönlich jenen grauen Schein zurück, der als Ersatzausweis fungierte und der zwei Tage vorher den willkommenen Anlass zu dieser Festnahme bot. Erleichtert und noch immer ungläubig, dass ich nun auf eine so unspektakuläre Weise frei sein sollte, verließ ich den Raum. Der Generalsekretär schaute mir nach, aber ich spürte noch nicht einmal die Lust, mir vorzustellen, was er jetzt dachte.

In der Veranda empfingen mich neugierige Blicke. Ich wartete einige Sekunde, wohl wissend, dass ich damit die Spannung noch einmal erhöhte, und warf mir erst einmal das Gepäck über die Schulter. Erst dann kam der befreiende Satz, der auch Claudia und Franklin einen Stein vom Herzen nehmen sollte: Ihr findet mich in der nächsten Kneipe Richtung Hafen. Also beeilt euch! Triumphierend winkte ich beim Verlassen der Veranda mit meinem grauen Scheinchen. Bis gleich, freute sich Claudia und konnte ihre Erregung kaum verbergen. Geht jetzt bestimmt alles schnell. Das dachte auch Franklin. Kannst ja schon bestellen, rief er mir siegessicher nach.

Doch da lief ich schon durch Schmidts blühenden Vorgarten und streckte vor Freude die Hände in die Höhe, als hätte man mich soeben aus sibirischer Verbannung entlassen. Erst am Gartenzaun stockte ich und wurde nachdenklich, vielleicht weil mir bewusst wurde, wie lächerlich ich mich mit diesem Gefühl machte. Denn schließlich war ich nur auf Hiddensee einer Verhaftung und Überführung entgangen, das Leben mit einem drittklassigen Dokument musste aber auch im real sozialistischen Alltag jenseits der Insel weitergehen. Doch nicht nur das machte mich nachdenklich. Da war noch das Bild, das ich solange mit mir herumtrug und das nun mit einem Mal zurückkam: Kathrin. Sie lächelte mich mit ihren großen braunen Augen an.

Sofort wandte ich mich um, in der Hoffnung sie irgendwo auf dem Grundstück oder auch hinter einem der Fenster des kleinen Hauses zu entdecken. Aber sie war nicht zu sehen. Jetzt erst wurde mir bewusst, dass ich Kathrin ausgerechnet mit der Zurückgewinnung meiner Freiheit, auch wenn sie eine fragwürdige, durch die innere Ordnung beschränkte Freiheit war, endgültig verlieren würde. Der Verlust ihrer Nähe war der Preis dieser Freilassung.

Vielleicht empfand ich es in diesem Moment auch noch drastischer: Mit dem Verstoßen aus der Hölle wurde mir auch der Weg ins Paradies versperrt.

Voller Erregung und von innerer Anspannung gepeinigt, überlegte ich, was nun zu tun sei, denn viel Zeit blieb mir nicht. Nicht einmal ansatzweise zu einer befriedigenden Antwort fähig, wählte ich den Weg zum Strand und eilte nun dem Meer entgegen. Dies war meine einzige und wohl auch letzte, wenn auch kleine Chance. Irgendwo musste sie doch sein, hämmerte es mir durch den Kopf und die Vorstellung, die Insel zu verlassen, ohne Kathrin noch einmal gesehen zu haben, machte mich rasend. Ich lief, so schnell ich es mit meinem Gepäck vermochte, einen der ausgetretenen Wege entlang, hinunter ans Meer.

Am Strand fand ich nur wenige Menschen. Die meisten Urlauber hatten um diese Zeit schon ihre Sandburgen verlassen und überließen sie damit den wenigen umhertollenden Kindern, dem Wind und dem Wasser. Vereinzelt lagen noch Menschen mit ihren nackten Körpern auf ausgebreiteten Decken und Tüchern, schliefen, lasen oder schauten hinaus aufs offene Meer. Ein älteres Ehepaar stand knöchelhoch im Wasser und fischte gebückt nach Bernstein. Die Ausbeute aus dem aufgewühlten Meer war nicht schlecht, denn als ich mich ihnen näherte, streckte mir die Frau eine Hand entgegen, in der sich gut ein halbes Dutzend kleiner Bernsteinkörner befand.

In kurzer Zeit hatte ich ein, zwei Kilometer am Strand zurückgelegt, war vor den heranlaufenden Wellen ausgewichen oder musste mich ihnen ergeben, wenn ich nicht schnell genug zur Seite sprang. Zuweilen spülte das Wasser Sand in meine Turnschuhe, sodass ich mich, während Salzwasser und Sand an mir klebten, des Gefühls nicht erwehren konnte, dass mich das Meer nicht loslassen wollte.

Mein Fußmarsch am Strand der Insel blieb erfolglos, Kathrin war nicht zu sehen. Ich musste mich damit abfinden, das Eiland zu verlassen, ohne noch einmal mit ihr gesprochen zu haben. In der Nähe des Hafens suchte ich den verabredeten Treffpunkt auf, ein schäbiges Lokal mit dem klangvollen Namen »Dünenblick«

und war froh, noch eine geraume Zeit allein zu bleiben. Dies, um mir selbst noch einmal bewusst zu werden, was in den letzten Tagen eigentlich passiert war, aber auch um meine Hilflosigkeit, die mich auf der Achterbahn der Gefühle begleitet hatte, wenigstens gedanklich zu beklagen.

Im »Dünenblick«, das mit dem verblichenen Charme der frühen Sechzigerjahre glänzte, bestellte ich bei einem mürrischen Wirt entgegen meiner sonstigen Trinkgewohnheiten ein großes Bier. Dann starrte ich auf die hölzerne Tischplatte vor mir, als wäre ich einer der wortkargen Fischer des Ortes und versank in Gedanken.

Ich hatte alles versucht, um Kathrin noch einmal zu sehen, versuchte ich dem eigenen Vorwurf zu begegnen, mich nicht ausreichend bemüht zu haben. Doch die Umstände, der vom Cowboy entrissene Brief und die verfügte Ausweisung von der Insel, banden mir alle Hände. Ich hatte keine reale Chance, dabei flackerte sogar kurz der Gedanke auf, einfach illegal auf der Insel zu bleiben und einen späteren Dampfer zu nehmen. Doch dies hätte ich weder vor meinen Freunden noch vor mir selbst ausreichend begründen können, wusste ich doch um die Folgen der Missachtung staatlicher Anordnungen.

Ich hatte bereits das zweite Bier bestellt, als Franklin das Lokal betrat. Sein Verhör dauerte offensichtlich länger, denn, wie für ihn typisch, hatte er die beiden Vernehmer in einen Disput über die Freiheit der Kunst und das Vergessen als moralische Kategorie verstrickt und nicht mit spätmittelalterlichen Vergleichen, in deren Mittelpunkt kein anderer als Villon stand, gespart.

Aber nicht nur das erklärte seine Verspätung. Am Vorplatz des Hotels zur Ostsee, den er unweigerlich kreuzen musste, traf er zwei junge Frauen, die er aus Berlin kannte. Die Frauen, mit denen er gleich ins Gespräch kam, boten an einem kleinen transportablen Marktstand, Armreifen und Ringe feil. Dabei hatten sie keine Mühe, diese auf einem Hinterhof in der Greifenhagener Straße im Prenzlauer Berg aus Edelstahl gestanzten »Schmuckstücke« für stolze Preise abzusetzen, obgleich die Herstellungskosten wenige Pfennige betrugen. Wie kaum anders zu erwarten, steckte hinter dieser neuen Geschäftsidee unser alter Bekannter Franziskus, der die Kaufwütigkeit der Hiddenseebesucher auf angeblich hochwertiges Kunsthandwerk schamlos auszunutzen verstand. Die Grundlage des Geschäftes war die Auffassung, dass die Besucher wie die afrikanischen Eingeborenen für Perlen, Glaskugeln und anderen billigen Tand ihre letzten Gold- und Geldreserven mobilisieren würden.

Keine Frage, der Handel mit Edelstahlreifchen und Glaskugeln florierte und mehrte damit den Reichtum unseres Etablissementverwalters, sodass wir fürchteten, dass Franziskus bei so viel sagenhaftem Reichtum die Insel nie mehr verlassen würde, es sei denn auf einer goldenen Bahre. Im Gegensatz dazu blieb uns Aussätzigen gar keine andere Wahl.

Es geht eben auch anders, seufzte Franklin und quittierte damit den Umstand, dass es sich auf der Insel mitten im hochgelobten Arbeiter- und Bauernstaat auch ohne Arbeit gut leben ließ. Eine Feststellung, der nicht zu widersprechen war und die Franklin offenbar veranlasste, sich noch eine geraume Zeit bei den auch äußerlich nicht unattraktiven Damen des Verkaufsstandes aufzuhalten.

Eine Stunde später erschien endlich Claudia im Lokal. Das lag nicht an Schmidt, sagte sie verteidigend, nur an seinen Fingern. Die sind zu langsam. Wir lachten.

Also dann, sagte Franklin und hob das Bierglas in die Höhe. Auf unseren vorzeitig beendeten Kurzurlaub und die zurückgewonnene Freiheit.

Laut schlugen die Gläser aneinander.

XVII

Wir hätten vergessen müssen, so wie man alles vergessen sollte, was einem das Herz schwer macht.

Leider geht das nicht immer, so sehr uns auch die Gurus und Franklins der Welt das Vergessen lehren. Vergangenheit kommt wieder, immer wieder und ist dann schmerzlicher denn je. Auch Franklin, der so gern das Vergessen als die wirkungsvollste Medizin des Jahrhunderts pries, begann sich zu erinnern. Und Erinnerung ist nun mal dort, wo es Geschichte gibt. Sie baut auf den fruchtbaren Böden des Wortes und den unfruchtbaren Böden des Vergessens und Verdrängens. Entsprechend groß oder eben klein sind die Früchte.

Aber was sie auch immer bewirkt, die Erinnerung ist es, die uns einen Spiegel vors Gesicht hält, in dem wir uns selbst finden oder verlieren.

Ist doch absurd, sagte Franklin, jetzt freuen wir uns schon, wenn wir in einem Lokal auf Hiddensee sitzen und nach Hause fahren können. Noch vor zwei Tagen wäre es nicht nur undenkbar gewesen, wir hätten uns geärgert und gegrämt, dass uns der Urlaub verweigert wird. Und jetzt ist es wie eine Befreiung, befreit vom Urlaub. Danke dem Vergessen, das solche Glanzleistung möglich macht.

Befreit vom Urlaub?

Befreit von einer Last, die ich nicht mehr tragen konnte, bemerkte Claudia. Also weg, schnell weg, damit uns die Geschichte nicht wieder einholt. Mit oder ohne Mutmaßungen.

Aber wir können doch nicht unsere Gefühle so schnell auswechseln und schon das Ausbleiben eines größeren Ärgers als Gewinn verbuchen, gab ich zu bedenken. Damit sind wir die geborenen Untertanen.

So schnell ändern sich eben die Zeiten. Claudia schüttelte ungläubig den Kopf.

Sind schon ziemlich deformiert von einem System, das wir weder gemacht haben, noch wissen wir um die Bedeutung seiner Gesetze, Anweisungen, Verordnungen, Richtlinien und Vorschriften. Und trotzdem ist es uns fast zum Verhängnis geworden!, erregte sich Franklin. Was ist nur aus uns geworden? Sind wir denn wirklich zu Statisten in dem großen Schauspiel geworden und bekommen es gar nicht mit?

Komm beruhige dich, versuchte Claudia ihn zu beschwichtigen.

Aha! Das System lässt uns also keine Chance. Franklin wollte sich gar nicht beruhigen, vielmehr erhob er sich, was, nicht ungewöhnlich für ihn, auf eine Eskalation der Situation wies. Habt ihr vergessen, dass wir uns mal auf diesen Urlaub gefreut haben?

Nein, das haben wir nicht!

Also, dann macht daraus jetzt kein Fest!

Claudia und ich schauten uns verdutzt an. Aber keiner macht daraus ein Fest, entgegnete sie empört.

Ich am wenigstens, beteuerte ich, ohne noch einmal zu erläutern, dass mir der Abschied im doppelten Sinne schwerfiel. Aber würden sie beide jetzt meinen inständigen Wunsch, Kathrin zu sehen, verstehen? Sollte doch Franklin denken, was er wolle

Wir können zufrieden sein, dass der Schmidt uns laufen ließ, beruhigte ich den aufgebrachten Franklin und tröstete damit eigentlich mich selbst. Wenn es nach dem Friedensretter gegangen wäre, säßen wir alle in U-Haft und das nicht einmal auf Hiddensee.

Auf jeden Fall hatten wir großes Glück, dass sich Bergen und Stralsund nicht mehr gemeldet haben, ergänzte Claudia.

Ja, so ein großer Apparat hat eben auch Makel, ergänzte ich. Frag mich nur, wie sie so den Plan an der Klassenkampffront erfüllen wollen. Egal, wenigstens wir können in Frieden ziehen.

Franklin schaute mich mit großen Augen an. Und alles zurücklassen? Was?

Ja, wir lassen einiges zurück, antwortete Claudia. Ich verstand nicht, was sie meinte, was aber auch an dem zweiten großen Bier liegen mochte.

Auch Franklin war damit nicht zufrieden und gab sich selbst die Antwort. Gerechtigkeit!

Gerechtigkeit, höhnte ich laut und schaute mich vor Schreck im Lokal um. Aber das Lokal war um diese Zeit noch leer. Selbst der Wirt, das Abbild eines Seemanns mit weißem Vollbart und gegerbter Haut, musste genau in diesem Moment den Gastraum verlassen haben. Nach solchen Phrasen ist mir nicht!

Das sind keine Phrasen!, widersprach Franklin heftig.

Für mich schon, aber das ist auch gar nicht das Thema.

Sondern?

Vielleicht die Menschen?

Aha, ich verstehe. Und diese Menschen haben zufällig ein hübsches Kleidchen an und ein verführerisches Lächeln, dass so manchen Helden nicht nur das Herz höher schlägt. Franklin war in seinem Metier.

Ich verstand sofort. Trotz des Alkohols, der vieles erträglich machen konnte, saß dieser Schlag. Zu einer vernünftigen Antwort war ich nicht mehr fähig. Kathrin hatte das nicht verdient. Hilflos suchte ich nach dem Gesicht Claudias.

Aber Claudia spitzte nur den Mund, so als hätte sie nichts mit dem Inhalt des Gesagten zu tun, und nippte an ihrem Glas Rotwein.

Darum geht es nicht, protestierte ich und wusste doch, wie schwach mein Widerspruch war. Natürlich würde ich einiges darum geben, Kathrin noch einmal zu sehen.

Ja, wir lassen einiges zurück, sagte jetzt Claudia, und im Gegensatz zu ihrer ersten Bemerkung, wusste ich genau, worauf sie anspielte.

Ihr konnte ich nach dem nächtlichen Vorfall noch nicht einmal böse sein. Murrend wandte ich mich ab und bestellte ein drittes großes Bier. Nach einem Gespräch war mir nicht mehr.

So saßen wir da und warteten auf den Dampfer, der uns zurück zum Festland bringen sollte. Es war still, nur ein paar Fliegen kreisten um unseren Tisch und landeten hin und wieder auf den Kunstblumen. Die standen rosa und gelb und mit einer dicken Staubschicht bedeckt in einer kleinen Vase auf dem Tisch.

Vielleicht können wir uns noch einen schönen Abend in Stralsund machen, unterbrach Franklin, nun offenbar versöhnend, nach einer langen Zeit unser Schweigen.

Ich weiß nicht, erwiderte ich und nahm noch einen kräftigen Schluck. Mir ist das alles hier vergangen.

So ein Ende hätte sich niemand träumen lassen. Claudia schaute mich neugierig an. Der Held ergibt sich dem Suff!

Nein, das hat der Held nicht nötig, erwiderte ich trotzig.

Na gut, Franklin hob beschwichtigend die Arme. Dann eben nicht so. Aber ein Ende wird es geben!

Das wird es auch, antwortete ich.

Ja, das wird es! Franklins Augen leuchteten. Am Ende wird der Held das Gesetz so verinnerlichen und geradezu eine Pflicht darin fühlen, sich das über ihm schwebende Messer selbst in die Brust zu stoßen.

Das wäre die Logik, entgegnete ich, schon das Vorhandensein eines Gesetzes treibt die Menschen zur Selbstjustiz, ohne dass sie sich selbst einem Richterspruch gestellt haben. Das Gesetz hat seine Wirkung auch ohne direkte Anwendung entfaltet.

Und das alles ohne Widerstand?, fragte Claudia.

Ganz ohne Widerstand, bestätigte Franklin und schaute in Claudias nachdenkliches Gesicht.

Und doch nimmt das Geschehen manchmal eine unerwartete Wendung, gab ich zu bedenken.

Ja, zum Glück. Auch uns die Dramatik erspart geblieben. Die Wirkung von Gesetzen ist eben manchmal unberechenbar!

Nein, protestierte Franklin. Ein Gesetz ist ein Gesetz.

Ja, das ist es wohl! Claudia zeigte fast nebenbei mit dem Finger zum Fenster.

Da war es wieder! Oder besser er! Wir glaubten unseren Augen nicht zu trauen, Unterleutnant Schmidt näherte sich auf seinem Moped mit großem Tempo dem Lokal. Es gab keinen Zweifel, wir waren sein Ziel.

Das Gespräch verstummte. Unfähig auch nur ein Wort über die Lippen zu bringen, starrten wir uns zitternd an, dann wieder zum Fenster, wo Schmidt bedrohlich näher kam. Wir brauchten keine Erklärung, Schmidt auf seinem Moped war Erklärung genug. Die Nachricht aus Stralsund oder gar Berlin musste eingetroffen sein und allein die Tatsache, dass und mit welcher Eile Schmidt sie mitzuteilen bereit war, verriet nichts Gutes.

Von wegen, die Dramatik ist uns erspart geblieben, fluchte Franklin. Der fünfte und damit letzte Akt beginnt!

Noch bevor wir auch nur einen ersten Gedanken fassen konnten, war Schmidt abgestiegen und eilte im Laufschritt über die Straße, direkt auf die Eingangstür des Lokals zu.

Während Claudia und ich wie gelähmt dem Kommenden entgegensahen, rannte Franklin zur Toilette. Da seine Notdurft nicht so groß sein konnte, wie die Eile, mit der er den Weg zur Toilette nahm, war mir sofort klar, dass er versuchen würde, über eine Hintertür oder ein Fenster zu fliehen. Auch ich dachte kurz daran, mich dem Schmidt'schen Zugriff durch die Flucht aus einem Hinterausgang zu entziehen, doch kapitulierte ich angesichts der Zeit, die mir nur Sekunden ließ, und der Schwere, die drei große Biere in meine Beine geschwemmt hatten. Ohnehin und das verdrängte ich in diesem Moment genauso wie Franklin, war eine Flucht von der Insel kaum möglich. Vor Schmidt zu fliehen, bedeutete noch immer, auf der Insel gefangen zu bleiben, also bestenfalls einen Pyrrhussieg zu erringen, der spätestens bei Betreten des Dampfers zur unaufhaltsamen und dann schmerzlichen Niederlage wurde.

Mit entsetzter Miene harrten Claudia und ich der Dinge, die nun unweigerlich auf uns zukamen und fürchteten auch schon das Schlimmste, denn geradezu instinktiv hielten wir uns, als sei es abgesprochen, beim Eintritt Schmidts die Hände vors Gesicht.

Keuchend betrat der Abschnittsbevollmächtigte die Gaststube. Stehenbleiben!, rief er laut, wohl in der richtigen Annahme, dass sich Franklin seiner erneuten Festnahme über einen Fluchtweg entziehen wollte. Keiner verlässt das Lokal!

Erschrocken beobachtete der Wirt das Geschehen in seinem Lokal und ging schon einmal sicherheitshalber mit seinem großen kräftigen Seemannskörper hinter dem Tresen in Deckung, als erwartete er jeden Moment die Explosion einer Handgranate im Gastraum. Klo!, rief er von dort aus, um Schmidt deutlich zu machen, auf welcher Seite er stand. Dabei zeigte er mit der rechten Pranke, die sich über den Schanktisch erhob, schon einmal in die richtige Richtung. Genauso gut hätte er auch eine weiße Fahne hissen können.

Schmidt stürzte, ohne uns eines Blickes zu würdigen, direkt zur Toilette. Türen schlugen zu und ein Schrei erfüllte kurz darauf den Nebenraum. Dann blieb es still, bis sich die Tür zur Toilette langsam öffnete und Schmidt erschien. Vor sich her schob er den humpelnden Franklin, der sich das rechte Knie hielt. Das Fenster, sagte er mit schmerzverzerrtem Gesicht, als müsste er sich vor uns für seinen Fluchtversuch rechtfertigen, da bin ich abgerutscht.

Wir blieben sprachlos, ohne zu wissen wer und was uns die Sprache geraubt hatte. War es das Erscheinen Schmidts und die Angst vor einer neuen Festnahme mit der Aussicht auf eine Überstellung nach Stralsund oder Berlin? Oder war es Franklins Fluchtversuch, der uns einen Bärendienst erwies und in höchstem Grade verdächtig machte? Allein dessen halsbrecherische Einlage, wie gerechtfertigt sie in dieser Situation auch immer sein mochte, verschlechterte unsere Lage deutlich. Also, sagte Unterleutnant Schmidt keuchend, ich habe Nachricht von Stralsund. Ich muss Sie leider mitnehmen. Nachher kommt das Boot und wird Sie abholen.

Ein Polizeiboot?, fragte Claudia ungläubig.

Ja, ein Polizeiboot. Sie werden nach Stralsund überführt.

Aber warum?, schrie Claudia verzweifelt, der die Tragweite der Entwicklung schnell bewusst wurde. Dabei lief sie kreidebleich an, während sich große rote Flecken über ihr Gesicht legten. Warum nur? Wir haben doch gar nichts getan. Laut und herzergreifend begann sie zu heulen.

Schmidt, dem die ganze Angelegenheit höchst unangenehm war, zog ein Taschentuch aus der Hose und wischte sich mit zitternden Händen die feuchte Stirn. Dann erst versuchte er eine Antwort, die er mit dem Wort Pflicht einleiten wollte. Doch im kurzatmigen Keuchen ging auch diese Antwort unter, sodass er über das hilflose Zucken mit seinen breiten Schultern nicht hinauskam. Und selbst diese Geste zeigte nur seine Unsicherheit.

Sie hat recht, stimmte ich der heulenden Claudia zu. Wenn wir wirklich fliehen wollten, dann hätten wir in den letzten Tagen genug Chancen gehabt. Oder meinen Sie, dass wir dann so ruhig hier gesessen hätten?

Von ruhig sitzen kann ja wohl nicht die Rede sein, erwiderte, noch immer schwer atmend, Schmidt, und zeigte auf Franklin, der sich mit schmerzverzerrtem Gesicht das Knie hielt.

Aber das war doch nur eine Kurzschlussreaktion, schluchzte Claudia laut, als müsste sie sich und nicht Franklin verteidigen. Wir wären in einer halben Stunde weg und jetzt soll sich das alles wiederholen! Die Tage und Nächte der Anspannung, des Drucks und der Angst waren doch genug!

Es war für alle Seiten nicht einfach, gab Schmidt zu, aber ich kann es nicht ändern. Es gibt Vorschriften.

Aber wir können nicht mehr!, rief Claudia mit weinerlicher Stimme.

Wieder wischte sich Schmidt die feuchte Stirn, doch die schöne weinende Frau ließ ihn nicht zur Ruhe kommen.

Denken Sie, es hat uns Spaß gemacht, hier die ganze Zeit? Eingesperrt wie Verbrecher waren wir, und trotzdem sind wir nicht verschwunden. Denn wir sind doch unschuldig! Verstehen Sie doch, was es auch immer für einen Grund gab uns festzuhalten, wir sind unschuldig!

Schmidt konnte nicht einmal antworten, denn schon wechselte Claudia, die sich zunächst einmal kräftig schnäuzte, ihren Tonfall, der jetzt fester, weniger mitleidig, aber dennoch anrührend und überzeugend direkt wurde. So entwickelte sie, einem Verteidiger vor einem Geschworenengericht gleich, eine eigene Argumentationskette mit Thesen und Gegenthesen, mit Verteidigungslinien und Ausschlussgründen. Darin versuchte sie, die Anschuldigungen zu entkräften, die Festnahme als eine Kette unglücklicher Umstände darzustellen und auch mögliche Fehler, wie die spontane Reise nach Hiddensee, ohne genaue vorherige Kenntnis der Übernachtungssituation, zuzugeben. In ihren Ausführungen ballten sich die Argumente von drei Tagen und zwei Nächten angestrengten Wartens und unentwegten Grübelns. Am Ende, so hätte jeder unabhängige Beobachter oder Geschworene einsehen müssen, konnte nur ein mildes Urteil oder gar der Freispruch stehen.

Dann begann Claudia erneut laut zu heulen.

Schmidt geriet zunehmend aus der Fassung, auch wenn er sich noch nicht für Claudias Argumente erwärmen konnte. Und so walzte sie noch einmal ihre Darstellungen mit tränenerstickter Stimme und in epischer Breite, gleichsam überzeugend, aus. Im Mittelpunkt stand unser Anspruch auf einen wohlverdienten Urlaub, der, so Claudia, jede andere Neigung etwa zu systemkritischen oder gar feindlich-negativen Aktivitäten automatisch ausschließe. Im Übrigen seien gerade er, der Abschnittsbevollmächtigte und seine zivilen Helfer und Helfershelfer, die Garanten dafür, dass die Machenschaften des Klassengegners auf der schönen Insel keine Chance hätten. Sich ihm als ABV durch eine ungesetzliche Tat zu entziehen, sich der Staatsmacht zu widersetzen oder gar eine Republikflucht anzutreten, mit dem Ziel das sozialistische Vaterland über die aufgepeitschte See zu verlassen, grenze dabei geradezu an Lebensmüdigkeit. Und genau dies könne er uns wohl nicht unterstellen.

Schmidt nickte verständnisvoll, sodass Claudia trotz ihres verheulten Gesichtes und ihrer weinerlichen Aussprache, die ihren Ausführungen unzweifelhaft Pathos verlieh, jetzt erst richtig in Fahrt kam. So erläuterte sie, warum wir uns gerade Hiddensee ausgesucht hatten, schließlich wollten wir Gerhart Hauptmann, den, wenn auch angenommenen großen Sohn der Insel auf dem Friedhof besuchen und uns über sein breites, hier entstandenes Werk informieren. Dabei log sie, dass ich, ein angeblich wandelndes Geschichtslexikon, kurz vor Beginn eines Studiums an der Berliner Universität stünde und Franklin ein anerkannter Hauptstadtkünstler sei, dem eine einmalige Karriere vorausgesagt würde.

Schmidt konnte beides nicht nachprüfen, aber die Darstellung nötigte ihm, der hier oben an der See weit weg von Berlin nur ahnen konnte, was dort in der fernen Hauptstadt geschieht, einigen Respekt ab.

Zweifelsohne profitierte damit Claudia von dem beachtlichen, nicht ganz unproblematischen Eindruck und jenem weitverbreiteten Staunen, dem die Bürger der Hauptstadt in der tiefen Provinz begegnen. Dass dieser Eindruck zu einem guten Teil Neid auf die Segnungen war, die die Hauptstädter im Schaufenster der Republik empfingen, war offensichtlich, tat aber dem Ganzen keinen Abbruch.

Am Ende wollte Claudia sogar ihre Hand für uns, die wir durch unsere Ausweise als Bürger zweiter und dritter Klasse zu erkennen waren, ins Feuer legen. Als Jugendclubleiterin in der Hauptstadt, so Claudia mit schluchzender Stimme, habe sie eine große gesellschaftliche Verantwortung im Umgang mit jungen Menschen und deshalb wisse sie sehr genau, worüber sie rede.

Schmidt blieb nur ein verständnisvolles und zustimmendes Nicken.

Damit schlug sie Schmidt mit seinen eigenen Waffen, aber nicht nur das. Geschickt bediente sie seine Eitelkeiten, wenn sie sein mitfühlendes, auf den Konsens gerichtetes Wesen hervorhob, das ihr nicht verborgen geblieben sei. Ich war verwundert, denn die überzeugende Art und Weise, wie sie es tat, würde ihr unter anderen Umständen eine glänzende Karriere als versierte Rhetorikerin bescheren, die es verstand, Schmidt um Kopf und Kragen zu reden. Sie haben ja recht, antwortete Schmidt, und machte ein nachdenkliches Gesicht. Aber jetzt habe ich nun mal die Anordnung bekommen, für Ihre Zuführung zu sorgen. Etwas leiser, damit auch der Wirt und die inzwischen eingetroffenen ersten Gäste es nicht hörten, fügte er hinzu: Mir passt das doch auch nicht.

Was wäre denn, holte Claudia jetzt zu ihrem entscheidenden Schlag am Ende ihrer Argumentationskette aus, wir wären nicht mehr hier gewesen und Sie hätten uns gar nicht erst gefunden?

Verblüfft über diesen Mut starrten wir, mit offenen Mündern, Claudia an.

Schmidt runzelte die Stirn. Dass er nicht gleich ablehnte, glich schon einem Wunder. Schließlich war Schmidt nicht irgendwer, sondern die Gestalt gewordene und uniformierte Inkarnation der

Staatsmacht auf einem strategisch wichtigen Eiland. Und Claudia, die das Alter seiner Tochter haben konnte, setzte jetzt alles auf eine Karte, indem sie mit weinerlicher Stimme und einem Augenaufschlag, dem kaum zu widersprechen war, nachlegte: Können Sie nicht einfach anrufen und mitteilen, Sie haben uns nicht mehr gefunden? Dann schnäuzte sie sich laut.

Schmidt kratzte sich am Kopf.

Ach bitte, lassen Sie uns doch laufen, flehte Claudia mit herzzerreißender Stimme. Sie wissen doch genau, dass wir nichts Unrechtes tun wollten. Und in zwanzig Minuten geht der Dampfer. Dann sehen Sie uns nie wieder! Versprochen!

Schmidt stand der Schweiß auf der Stirn. Die rechte Hand schob er ins Gesicht und drückte sich Daumen und Zeigefinger in die Augen. Der Höhepunkt war erreicht. Er überlegte.

Voller Anspannung starrten wir uns an. Zu reden wagte keiner. Dies war unsere letzte Chance, auch wenn es mehr als unrealistisch schien, dass sich die Staatsmacht von einigen Argumenten und einer heulenden jungen Frau umstimmen ließ.

Schmidt nahm die Hand vom Gesicht. Seine Augen waren gerötet. Ich werde anrufen, sagte er endlich. Sie sind eben schon weg.

Wir trauten unseren Ohren nicht. Schmidt wollte uns, entgegen der Anweisung aus Stralsund, laufen lassen?

Claudia hörte schlagartig auf zu heulen. Mit offenem Mund betrachtete sie den Uniformierten, als stünden nicht der Abschnittsbevollmächtigte Schmidt, sondern höchstpersönlich der Generalsekretär und mit ihm alle Mitglieder der Partei- und Staatsführung vor ihr.

Schmidt blieb ruhig. Außerdem müssen Sie sich ja bei Ihrer VP-Dienststelle melden. Sollen die dann weitersehen. Wieder kratzte er sich am Kopf. Das muss auch Stralsund akzeptieren.

Danke, sagte Claudia und wäre ihm fast um den Hals gefallen. Das Wort stolperte ihr dabei geradezu über die Lippen, denn sie hatte, so wenig wie wir, nicht mehr mit seiner Verwendung auf der Insel gerechnet. Vielen Dank. Das werden wir Ihnen nie vergessen!

Schmidt zupfte, unbeholfen mit dieser Situation umzugehen, an seiner Uniform. Nun macht schon, sagte er geradezu väterlich. Freudig warfen wir das Gepäck auf die Schultern und eilten zum Hafen. Nur ich blieb etwas zurück. Aber das lag an der jungen Frau, die wie aus dem Nichts, aus dem Schatten eines Baumes der staubigen Landstraße getreten war. Sie trug einen bunten Wickelrock und ein weißes T-Shirt. Über ihrer Haut lag ein seidener kakaobrauner Schimmer.

Die Umstände und der wartende Dampfer im Hafen nahmen uns die Zeit für ein Gespräch. Notgedrungen verzichtete ich auf alle Erklärungen und schaute sie lange an. Ihre braunen Augen glänzten. Ich griff nach ihren Händen und merkte, wie feucht sie waren. Ich wollte etwas sagen, aber sie legte ihren Zeigefinger auf meinen Mund. So standen wir einige Sekunden auf der staubigen Straße und doch schien mir, als läge in diesem Moment ein Stück der ewigen Glückseligkeit. Ich nahm das Hauptmann-Gedichtbändchen aus meiner Tasche, das mich in all den Tagen begleitet hatte. Mit einem Stift schrieb ich eine Widmung auf das Vorblatt: Ich muss fliehen, aber mein Herz wird bleiben.

Ich schlug das Buch zu und legte es in ihre feuchten Hände. Dann eilte ich den Freunden zum Hafen nach. Dort empfing mich wieder das bekannte Transparent mit dem Satz: *Wissen, Wachsamkeit und Tat – für den sozialistischen Friedensstaat.* Aber im Gegensatz zu unserer Ankunft kämpfte es jetzt mit einem böigen Westwind.

Noch vom Dampfer aus, der schnell an Fahrt und damit Abstand zum Ufer gewann, sah ich Kathrin stehen. Sie schaute uns lange nach und wurde dabei immer kleiner.

Andreas H. Apelt
Schwarzer Herbst
Roman

288 Seiten
gebunden mit Schutzumschlag
ISBN 978-3-89812-722-6
19,90 Euro

Um die »Geschichte vor dem Vergessen zu retten« lässt die ehemalige Gastwirtsfrau die Grabsteine ihres vom Tagebau geschluckten märkischen Dorfes heimlich in den Garten des neuen Heimatortes bringen. Damit bewahrt sie auf ihre liebevoll starrsinnige Art die wechselvolle Geschichte des Vierzig-Seelen Ortes vor den heranrückenden Tagebaumaschinen und den kleingeistigen Behörden um den Volkspolizisten Linke. Ein ungleicher Kampf, der nicht zu gewinnen ist. Als die »Wende« kommt, sehen sich die Dorfbewohner vor neue Herausforderungen gestellt. Und wieder ist es die eigene Geschichte, die sie einholt.

In diesem wunderbar poetischen Buch wird deutsche Geschichte des 20. Jahrhunderts auf einfühlsame wie dramatische Weise lebendig.

»Schon bei seinem Erzähldebüt ›Schneewalzer‹ hatte die Kritik Andreas H. Apelt hohe Stilsicherheit bescheinigt. In ›Schwarzer Herbst‹ bringt der Autor seine Erzähltechnik zur Meisterschaft.« *Die Welt*

»Ein eindrucksvoller Roman, den man, einmal angefangen, nicht mehr aus der Hand legen möchte.« *MDR Figaro*

»Das Buch fasziniert mich. Es ist eher ein Epos als ein Roman. Jede Regung ist vom Schicksal der Epoche bestimmt.« *Martin Walser*

Andreas H. Apelt
Sieben Kraniche
Roman

224 Seiten
gebunden mit Schutzumschlag
ISBN 978-3-89812-769-1
18,00 Euro

Der einst erfolgreiche Journalist Robert Sterner wird von der Redaktion zur Lokalseite seiner Zeitung abgeschoben und von seiner Frau verstoßen. Als er ein katastrophales Zugunglück überlebt und – tot geglaubt – einen mysteriösen Mann kennenlernt, beginnt ein seltsamer Rachefeldzug, dem jene zum Opfer fallen, die Sterner für sein Leiden verantwortlich macht.

Unmittelbar und mit faszinierenden Bildern wird er nun in ein Niemandsland zwischen Tod und Leben versetzt. Schritt für Schritt entwickelt sich eine Handlung, entsteht ein poetischer Spannungsbogen. Dabei bleibt bis zum Schluss unklar, ob sich Sterner von der magischen Kraft des unheimlichen Partners befreien kann.

»Die Lektüre von ›Sieben Kraniche‹ bietet eine gut verpackte Beschäftigung mit der Frage nach dem Zusammenspiel von Gut und Böse in jedem von uns.« *Hamburger Lokalradio*

»Ein psychologisch, ja philosophisch geprägter Krimi. Für alle, denen Menschen wichtiger sind als Einblicke in den Alltag von Ermittlern.« *Leipziger Volkszeitung*

2. Auflage 2012

www.mitteldeutscherverlag.de

Gesamtherstellung: Mitteldeutscher Verlag, Halle (Saale)

Umschlagfoto: Photocase.com – kallejipp

ISBN 978-3-89812-907-7

Printed in the EU